IMPRESSIONS

DE

VOYAGE EN ESPAGNE,

Par Fontaney,

COLLABORATEUR DE LA REVUE DES DEUX-MONDES.

Deuxième Edition.

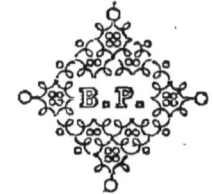

PARIS,

BEBQUET ET PÉTION, ÉDITEURS,

28, RUE MAZARINE.

1839.

IMPRESSIONS

DE

VOYAGE EN ESPAGNE.

IMPRESSIONS

DE

VOYAGE EN ESPAGNE,

Par Contaney,

COLLABORATEUR DE LA REVUE DES DEUX-MONDES

———○———

DEUXIÈME ÉDITION.

PARIS,

BERQUET ET PÉTION, EDITEURS,

28, RUE MAZARINE.

——

1839

UNE

COURSE DE TAUREAUX

A ARANJUEZ.

1

I.

LE TAUREAU DANS L'AMPHITHÉÂTRE.

Le dimanche 5 juin 1830, à cinq heures du soir, le double amphithéâtre et les loges de la place des Taureaux d'Aranjuez étaient garnis d'une innombrable foule, attendant avec impatience le commencement de la course.

C'était une magnifique et dévorante journée d'été. L'immense multitude entassée dans le cirque y entassait une double chaleur; l'air était épais et brûlant, on ne respirait que du feu.

Cependant, bien que le soleil encore dans toute sa force frappât d'aplomb sur une moitié du *tendido* (1), toutes ces têtes de la foule qui remplissait *las gradas de sol* (2) se laissaient stoïquement brûler; pas une place n'était désertée, pas une vacante.

Il est bon de savoir que l'entreprise des courses de taureaux est concédée au profit des hospices. — Or les hospices dépensent annuellement le produit de ces courses à soigner et guérir, s'il y a lieu, les *aficionados* (3) du *tendido* qui gagnent au soleil des fièvres cérébrales, des maladies inflammatoires.

Voyez l'habile combinaison ! —

Ce jour-là, le roi, la reine et les infans devaient assister à la course. La loge royale était préparée et tendue de draperies rouges à franges d'or.

Pour commencer, on attendait donc le roi qui devait commander la place. — C'était d'un excellent augure pour les amateurs, car le roi

(1) L'amphithéâtre découvert où se place le peuple.
(2) Les bancs exposés au soleil.
(3) Les amateurs.

étant lui-même amateur éclairé, on était sûr que la course serait parfaitement dirigée.

Une course de taureaux a quelques rapports avec une assemblée délibérante, en ce sens qu'il n'est pas moins important qu'elle soit habilement conduite et présidée.

On venait d'entendre les tambours battre aux champs.—Les voitures de la cour arrivaient. Bientôt le roi entra dans sa loge, tenant par la main la jeune et gracieuse reine, et suivi des infans et des infantes, pendant que la musique du cirque jouait à grand orchestre les airs nationaux : *El Contrabandista* et *la Cachucha*. Le roi était vêtu de noir : il se découvrit et salua plusieurs fois les loges, les *gradas cubiertas* (1) et le *tendido*, qui l'avaient reçu avec acclamations.—Dès qu'il se fut placé, la course commença.

Un escadron de chasseurs à cheval avait déjà fait sortir de l'arène ce qu'il y restait encore de peuple.

Les alguazils à cheval, la baguette à la main,

(1) L'amphithéâtre couvert qui règne au-dessus du *tendido*.

précédés de leur chef, *el alguacil mayor*, introduisirent bientôt les *toreros*.

Ils avaient tous choisi ce jour-là leurs plus riches costumes.

Venaient d'abord les *toreros* (1) à pied, *chulos, capeadores, espadas* (2) et *banderilleros* (3), la *montera* (4) sur la tête, au lieu du chapeau à cornes qu'ils portent à Madrid, puis enveloppés de manteaux de soie aux couleurs éclatantes. Ils étaient vingt environ. — On distinguait à leur tête le jeune Montès, l'élève de Romero, le *matador* favori du peuple.

Cinq *picadores* (5) à cheval les suivaient. Une telle profusion de perles, de galons et de broderies couvrait leurs petites vestes, qu'à peine en pouvait-on distinguer le velours. Il était aussi facile de voir que leurs *queridas*

(1) Sous cette dénomination, on comprend tous ceux qui combattent le taureau dans la course.

(2) *Espadas* ou *matadores*, ceux qui combattent le taureau avec l'épée.

(3) Ceux qui doivent piquer dans le cou du taureau des flèches appelées *banderillas*.

(4) Sorte de bonnet noir, orné de rubans noirs.

(5) Ceux qui combattent le taureau à cheval et avec la lance.

avaient mis toute leur coquetterie à composer les grosses rosettes de rubans dont étaient ornés leurs grands chapeaux blancs à larges bords.

Lorsque la troupe fut arrivée au pied de la loge royale, tous les toreros se découvrirent. — Les toreros à pied mirent un genou en terre.

Le roi leur fit signe de se relever et de courir à leurs postes.

Et en un instant, comme une volée d'oiseaux, tous les *banderilleros*, les *capeadores* (1) et les *espadas* s'étaient dispersés dans l'arène, prenant leurs manteaux dans leurs mains, et découvrant toute la magnificence de leurs élégans costumes de *majos*, surchargés de pierreries, de paillettes d'or et d'argent, que le soleil faisait étinceler à éblouir. —

C'est une petite armée qui prenait position, qui se rangeait en bataille pour attendre l'ennemi.

(1) Ceux des toreros qui n'ont, contre le taureau, d'autre arme que le manteau.

Trois des picadores sortirent de l'arène; ceux-là devaient former la cavalerie de réserve.

Les deux autres, Sevilla et Pinto, lorsqu'on leur eut remis leurs lances, allèrent se placer le long de la barrière, à quelque distance de la porte du *toril* (1).

Le roi en jeta la clef. Un des alguazils auquel elle fut donnée traversa la place pour la porter au *mayoral* (2); puis, se sauvant au galop, il sortit de l'enceinte, au milieu des éclats de rire et des sifflemens du peuple.

Le roulement de tambour se fit entendre.

C'était un terrible et solennel instant. — Quand le premier taureau va sortir du *toril*, l'attente de cette brusque exposition du drame est vive et pénétrante. — Certes, quiconque observerait alors (et ce ne serait pas le moins curieux spectacle, ce serait une belle et intéressante étude de l'âme humaine); quiconque observerait ces innombrables visages, ces innombrables regards, tournés à la fois vers un

(1) L'écurie où sont renfermés les taureaux.
(2) Le conducteur, le gardien des taureaux.

même point, admirerait avec combien de nuan-
ces diverses, selon les traits divers et les diverses passions, sur chaque physionomie vient se
peindre cette poignante anxiété, cette cruelle
émotion qui fait palpiter dix mille cœurs d'un
seul battement, comme dans une même poitrine.

C'est aussi pour le *picador*, qui, la lance en
arrêt, à deux pas de la porte du *toril*, attend
le premier choc, que le moment est grave et
rude à passer. — Il n'est encore, ni échauffé,
ni étourdi par le danger déjà couru, comme il
le sera dans les combats qui suivront. — Dans
cette cruelle partie où la vie est un jeu, il n'a
pas encore jeté les premiers dés.

J'ai entendu le brave Ortis, — Ortis vieux *picador*, qui peut-être a piqué dix mille taureaux,
et n'a pas une côte qui n'ait été brisée par les
chutes ou les coups de cornes; — je l'ai entendu
affirmer que jamais, lui premier picador, il
n'avait ainsi attendu le premier taureau, sans
qu'un violent frisson lui parcourût tout le
corps, sans que son front se couvrît d'une
sueur froide.

Les portes du toril s'ouvrirent. — Un magnifique taureau noir et blanc, un taureau de *Colmenar*, s'élança dans l'arène.

Il se retourna vers le premier picador, incertain, grattant la terre du pied, secouant la tète, comme s'il eût voulu fondre sur son ennemi, — puis il fit une cabriole, et passa outre.

C'était un taureau jugé!

— *No vale nada!* criait-on déjà de tous côtés; — les chiens! les chiens!— *es una vaca*, — *es una cabra.* — On eût dit en effet plutôt une chèvre qu'un taureau, et dès le premier moment il prouva qu'on ne s'était pas trompé sur son compte. L'un des *chulos* ayant essayé de le ramener vers les picadores, le taureau le poursuivit lui-même, et le *torero* s'étant élancé au-delà de la barrière, il s'élança après lui en même temps, témoignant combien il était agile sauteur.

Il n'avait pénétré néanmoins que dans l'espèce de couloir circulaire qui entoure la place, ce qui arrive très fréquemment. Bientôt il rentra dans l'arène par l'une des portes qu'on ouvrit sur son passage.

Mais on continuait de le siffler à outrance; on l'accablait d'injures, on demandait les chiens avec fureur.

Tout-à-coup, acceptant le défi d'un autre *chulo*, il traversa toute la largeur de l'arène en courant, et une fois au pied de la barrière, derrière laquelle s'était réfugié le torero, enlevé par un élan extraordinaire, il se précipita aussi. — D'effroyables cris furent poussés au même instant. — Ce n'était plus simplement, comme la première fois, dans le couloir qu'il avait sauté; — d'un seul bond il en avait franchi toute la largeur, et s'était jeté au plus épais du peuple, dans le *tendido*.

La confusion devint universelle. — Ce n'était qu'une seule et désespérante clameur.

Le peuple, comme une marée violemment poussée par le vent, s'éleva à grosses vagues, et vint inonder les *gradas cubiertas*, escaladant la balustrade qui l'en séparait; mais là, pas plus que dans les loges, on ne se croyait encore en sûreté, et bientôt les portes de sortie étroites et basses furent assiégées par la multitude et encombrées.

Le tumulte et le désordre étaient affreux. Quelques femmes surtout, tenant leurs enfans dans leurs bras, se lamentaient misérablement.

Le taureau, non moins épouvanté lui-même que la foule, avait traversé ces flots qui s'étaient ouverts d'eux-mêmes devant lui, et il était arrivé au milieu de l'orchestre des musiciens. Là, comme les gradins s'interrompent, il se trouvait de plain-pied sur un plancher. Il s'arrêta un instant, promenant autour de lui un regard stupide. — Le pauvre animal songeait bien plutôt à fuir qu'à faire le moindre mal à qui que ce fût. Les musiciens d'ailleurs avaient aussi abandonné la place; il ne restait plus que leurs instrumens, les clarinettes, les tambours de basque, jetés au hasard, parmi les chaises renversées.

Foulant tout cela sous ses pieds, le taureau s'ouvrit un chemin, en brisant quelques balustrades de bois, et poursuivit sa marche dans le *tendido*.

Mais l'armée des *toreros* s'étant ralliée et embusquée, l'attendait au passage.— Ne pouvant lui-même se défendre, ni leur faire face au milieu de ces gradins inégaux, dans lesquels il s'était embarrassé, il tomba sous les coups d'épée et de poignard dont il fut assailli et criblé de tous côtés.

Ce fut alors qu'accoururent les volontaires royalistes. On en distribue toujours un certain nombre autour de la seconde barrière intérieure, sur les premiers rangs du *tendido*. Ils avaient laissé passer le taureau avec la plus grande courtoisie, et avaient manœuvré fort habilement de façon à se mettre eux-mêmes, avant tout, hors de danger, en se chargeant de la garde des portes; mais dès qu'ils virent l'ennemi commun renversé, il n'y en eut pas un qui ne revînt le percer de sa baïonnette.

On n'eut pas le loisir d'admirer convenablement ce dévouement généreux, bien qu'un peu tardif.

On savait déjà partout que le taureau était tué. La confiance se ranimait. Le mouvement rétrograde s'arrêta. La foule rentra peu à peu dans son lit. Chacun reprit, non pas précisément sa place, mais celle qu'il trouva libre. On accourut se rasseoir confusément et sans or-

dre; les *gradas cubiertas* surtout, et les rangs
supérieurs du *tendido* richement garnis, aux
dépens des bancs inférieurs, qui, plus rappro-
chés de l'arène, n'inspiraient qu'une médiocre
confiance.

Néanmoins la tempête n'était pas entièrement
apaisée. Une sourde rumeur régnait dans toute
l'enceinte de la place. C'était comme cet inquiet
bourdonnement des abeilles reprenant possession de leur ruche, dont l'invasion momenta-
née de quelque oiseau les aurait chassées. —
Les femmes, à peine rassurées, n'en avaient
pas encore fini d'appeler la vierge et les saints
à leur aide. — Pour les hommes, ils faisaient
une active consommation de *cigarritos*, usant
du tabac, sans doute, comme d'un calmant.

C'était une fumée à ne plus s'y voir.

II.

Quant à moi, dans cette occurrence, lors
même que j'aurais eu l'idée de m'enfuir, j'eusse
été singulièrement empêché par ma voisine.

Or, ma voisine était une jolie *manola* (1), une toute jeune fille, fort brune, aux yeux noirs chargés de vapeur, auprès de laquelle m'avait placé le numéro de mon billet, au premier rang des *gradas cubiertas*. Nous avions causé déjà, et j'avais pu juger que *Pepita* (c'était le nom de la jeune fille)était, pour son âge, une *aficionada* fort distinguée.

Au moment même où le taureau sauta dans le *tendido*, elle sauta aussi sur moi, et se cramponna aux revers de mon habit, s'emparant de ma personne de façon à me prouver que la résistance serait inutile. — Je ne résistai donc point. — J'admirais seulement avec quel énergique instinct de conservation *Pepita* m'avait jeté devant elle, se retranchant derrière moi, comme derrière une fortification, prête à m'opposer à toute attaque, comme un bouclier.

Nous demeurâmes ainsi appuyés à l'un des piliers des loges qui nous garantissait des atteintes de la foule; — moi, résigné, observant,

(1) Grisette.

par manière d'occupation, l'état du corsage de
Pepita, quelque peu ouvert et dérangé, comme
il était inévitable dans une pareille confusion;
— elle, la tête sur mon épaule, regardant attentivement par-dessus ce qui se passait.

A mesure que le danger s'éloignait, *Pepita*
me laissait plus librement respirer; je sentais
ma captivité devenir moins étroite.

Lorsque le taureau fut bien tué, dès qu'il
tomba, elle me rendit toute liberté.

Rajustant sa basquine en désordre et sa
mantille, elle reprit sa place en souriant, calme
et joyeuse, comme si rien ne fût arrivé.

Je la contemplais, sans pouvoir comprendre
cette parfaite sérénité d'âme qui, après une
telle secousse, s'épanouissait sur ce jeune et
doux visage.

Je revins m'asseoir auprès d'elle, — tout auprès. — J'observais toujours attentivement sa
figure. — Comme elle avait oublié vite! Comme
le plaisir du spectacle l'avait promptement res-
saisie! Son œil étincelait. Elle était jolie, — bien
jolie! — mais j'aurais voulu qu'elle eût peur
encore.

III.

LES PICADORES.

La course continuait.

Un second taureau était entré dans l'arène, sans que je m'en fusse d'abord aperçu. C'était un puissant taureau andalou, aux cornes ouvertes et hautes.

Les chulos cherchaient à l'entraîner loin du picador *Pinto*, qu'il foulait aux pieds, après l'avoir renversé, lui et son cheval. Le cheval déjà ne remuait plus : il avait été tué d'un coup de corne au cœur.

Un des picadores réussit à attirer vers lui le taureau, et à s'en faire poursuivre. On releva le picador ; il n'avait point été blessé ; il en était quitte pour quelques contusions, quelques écorchures, — ce n'était rien. — Il sortit de la *place*, et, au bout de quelques instants, reparut monté sur un nouveau cheval.

De vives acclamations saluèrent sa rentrée.

Sévilla, le second picador, venait d'être aussi démonté.

Son cheval, éventré d'abord, et renversé par le taureau, s'était relevé, et courait au grand galop autour de l'arène, traînant ses lambeaux d'entrailles dans la poussière, les déchirant sous ses pieds, et en faisant jaillir les sanglans débris sur le peuple.

Comme il galopait de cette sorte le taureau se trouva sur son passage, et, le recevant sur ses cornes baissées, l'envoya, à dix pas, tomber pour ne plus se relever.

La pauvre bête! — C'était vraiment pitié au taureau de l'achever ainsi! —

Il y avait déjà bien du sang dans l'arène! À mesure qu'il coulait, le peuple s'enivrait davantage. La fièvre commençait à le prendre.

— *Bravo toro!* — *Buen toro!* — criait - il, trépignant et applaudissant avec frénésie.

Mais le taureau s'était précipité sur le nouveau cheval que montait Pinto. La lance du picador avait été brisée, dans le choc, sur le cou du furieux animal, qui, ayant enfoncé sa corne tout entière dans le poitrail du cheval, s'acharnait à fouiller cette profonde blessure, comme s'il eût voulu y plonger toute la tête.

C'était le jeune matador Montès qui devait tuer ce taureau. Quoique ce n'en fût point encore le moment, voyant qu'il y avait là danger, il accourut, et il agita son manteau devant le taureau afin de l'attirer de son côté et de donner au picador le temps de se dégager.

Montès se trouvait resserré dans un espace trop étroit pour être bien libre de ses mouvemens, car cette terrible lutte se passait tout près de la barrière.

A la fin, le taureau, impatienté de ce long défi du matador, se tourna vers lui, retirant sa corne du poitrail du cheval, qui, ne se pouvant plus soutenir, tomba en arrière sur son cavalier.

Celui-ci était sauvé. Montès, qui ne voulait pas autre chose, s'apprêtait à se mettre à l'abri lui-même en franchissant la barrière. Comme il mettait le pied sur la planche étroite placée à moitié de sa hauteur pour faciliter la fuite des *toreros* quand ils sont poursuivis, son manteau, qu'il tenait à la main, et sur lequel il marcha, l'arrêta tout court. Cet obstacle le perdit. — Pendant ce temps, le taureau, sans prendre

même d'élan, s'était approché d'un pas; il avait
abaissé la tête, puis il l'avait relevée rapidement.—Montès était atteint, il tomba.—L'une
des cornes avait pénétré profondément dans
sa poitrine, sous le bras gauche.

Ce fut un terrible spectacle,—un spectacle
atroce.

Après un cri perçant qui s'était fait entendre,—un cri de mère sans doute,—ou de
maîtresse,—un mortel silence avait succédé.

Toute la foule des spectateurs s'était levée
d'un seul mouvement; partout on était monté
sur les bancs; on regardait avec une affreuse
curiosité.

Le taureau ne s'était pas éloigné; il n'avait
pas encore abandonné sa victime. Lorsqu'il
vit Montès à terre, il le flaira; et, ne le sentant pas mort, il recula de quelques pas, puis
revint, le prit sur ses cornes, et le fit sauter
cinq ou six fois en l'air.

Tous les toreros s'étaient rangés autour d'eux,
faisant mille efforts désespérés pour sauver ce
qui restait de leur camarade, ce qui ne semblait plus qu'un misérable débris d'homme.

Enfin, le taureau, distrait et ébloui par la
vue du manteau écarlate d'un des capeadors,
et s'attachant à ce nouvel adversaire, courut
vers l'autre côté de l'arène, laissant le pauvre
Montès étendu sans mouvement, les habits en
lambeaux, tout souillé de poussière et de sang.

On l'avait emporté hors du cirque; il était
tenu pour mort par chacun. Cependant, sur
tous ces visages contractés par une violente
excitation nerveuse, je ne sais si l'on eût pu
lire une seule émotion intime, un seul sentiment de vraie pitié. — Pas une larme ne tom-
bait de ces yeux fixes et ardens!

Pas une larme, ô sainte charité! Et il y
avait là dix mille âmes humaines! et parmi
elles, combien d'âmes de femmes? — Plus de
la moitié!

Et pas une larme!

IV.

Pour mieux voir, Pepita était montée sur
notre banquette; comme elle, comme nos
voisins, j'y étais aussi monté.

Chacun ayant repris sa place, elle et moi nous étions restés debout.

On nous cria de nous asseoir.

Je pris la main de Pepita pour l'aider à descendre.—Sa main se trouvait ainsi dans la mienne, elle ne la retira pas.

Cette situation appelait un épanchement.—Je souffrais d'ailleurs : mon cœur battait avec violence; j'avais besoin de confier mon émotion.

—Pepita, dis-je, *este toro es muy malo.*

—*Malo!* répondit-elle vivement; *malo! es el mejor de la corrida.*

Et il y avait dans ses traits un dédain, une ironie qui voulaient dire en outre : « Vous êtes un pauvre connaisseur. »

J'avais lâché brusquement sa main. Elle me regarda d'un air étonné.

Mon geste discourtois avait, en effet, bien dû la surprendre. Je le sentis et fis un soudain retour sur moi-même; et ce qu'il y avait de philosophie en moi se mit à plaider pour elle contre ma simplicité de cœur.

— N'avait-elle pas raison? Vous êtes fou, mon ami, me dis-je; avez-vous cru que ce serait ici un jeu comme à l'Opéra? Ne saviez-vous pas qu'il s'agissait de vraies blessures, de sang, de morts véritables? Ces taureaux, ne les dresse-t-on pas à tuer? Le mauvais taureau recule et fuit; le bon, c'est celui qui tue; le meilleur, celui qui tue le plus et le plus vite. S'il tue un homme, qu'y faire? En est-il moins **bon** taureau? Pepita n'a-t-elle pas bien dit? Que vouliez-vous, mon ami, qu'elle pût dire? —

Ma sensibilité se trouvait réduite au silence. — Elle ne répliqua rien.

Je devais à Pepita une réparation. Je lui tendis la main. Elle me rendit la sienne sans hésiter. Je me baissai doucement, et personne ne pouvant me voir, je pressai légèrement ses doigts sur mes lèvres.

J'étais confus d'avoir tant osé. Quand je relevai la tête, je regardai Pepita timidement. J'avais craint de trouver sur ses traits quelque

colère; j'avais espéré y voir un peu de rougeur;
— elle souriait encore; j'en eus presque du
dépit;—j'aurais mieux aimé ne pas rencontrer
ce sourire; ou bien, — j'aurais voulu qu'elle
eût souri — d'un autre sourire.

V.

LE MATADOR.

Le taureau avait éventré deux autres chevaux, et les larges et profondes blessures que
les lances des picadores lui avaient faites, et
d'où le sang ruisselait à flots, semblaient, loin
de l'affaiblir, l'irriter davantage et redoubler
ses forces.

Au grand mécontentement du peuple, qui
en témoignait violemment son improbation,
la troupe légère des *banderilleros* s'était mise
en mouvement et avait déjà planté dans le cou
de l'animal plusieurs paires de *banderillas*.

Ce mécontentement était bien naturel. —
Dans les vrais principes, on ne doit permettre
de placer les *banderillas* qu'au moment où le

taureau fatigué refuse enfin d'*entrer*, c'est-à-
dire lorsqu'il recule devant la lance du picador
qui le défie.

Pepita elle-même, comme tous les *aficionados* de mon voisinage, se plaignait haute-
ment.

— On nous avait fait tort peut-être de trois
ou quatre chevaux. — C'était bien la peine
que le roi présidât la course, pour que les règles fussent violées ! —

Mais le mal était sans remède. On avait entendu le roulement du tambour. Le matador
qui allait remplacer Montès, et jouer son rôle,
entrait en scène. — Dès qu'on lui eut remis
l'épée et la *muleta* (1), il fut s'agenouiller au
pied de la loge du roi et lui demander, selon
l'usage, la permission de tuer le taureau. Cette
grâce accordée, il se releva gravement, négli-
geant de faire la pirouette habituelle, en jetant
à terre la montera. — C'est que ce n'était pas
l'instant des vaines bravades.

Ce matador, c'était Jose Miranda : célèbre

(1) La *muleta* est un petit drapeau rouge attaché à une baguette.

jadis, sa réputation avait été fort entamée dans
les derniers temps. Il y avait un an environ,
en une course à Madrid, tandis qu'il se prépa-
rait à donner au taureau l'estocade, la *muleta*
lui échappa. Il se jeta devant le taureau à plat
ventre; mais celui-ci le prit sur ses cornes et
le fit sauter à vingt pas. On le crut mort, il n'a-
vait qu'une jambe cassée. Il en était demeuré
quelque peu boiteux; et comme il était en outre de petite taille et fort gros, ne pouvant courir qu'à grand'peine, et se sentant ainsi, en cas
de retraite obligée, à la merci du taureau, il
avait perdu beaucoup, sinon de son adresse,
au moins de sa témérité d'autrefois.

Il s'avança néanmoins avec assurance, bien
qu'il fût d'ailleurs très pâle, et qu'on pût distinguer sur ses traits une profonde altération.

C'était en effet un moment solennel. Après
le combat inégal de vingt contre un, le combat
singulier, le combat corps à corps, le duel commençait, — le duel à mort, — en présence de
dix mille témoins, —témoins inexorables, qui
ne souffriraient pas que le matador, dût-il être
tué lui-même, tuât son taureau au mépris du

moindre des principes de l'escrime *tauroma-chique*!

Miranda avait donc devant lui son terrible adversaire : il lui fallait croiser le fer avec ses cornes qui se dressaient menaçantes, toutes rouges de sang, — du sang de Montès. — On le voyait bien, le matador sentait qu'il s'agissait cette fois de tuer d'un coup un pareil ennemi, — ou bien de mourir.

Il avait l'œil fixé sur l'œil du taureau. Tous deux se mesuraient du regard. Miranda avança un pas en s'effaçant.

Le taureau se précipita tête baissée. — Il n'avait rencontré que le manteau écarlate. Se retournant avec vitesse, il se retrouva en face du matador qui l'attendait, toujours en garde.

Il y eut encore une pause de quelques secondes.

Le plus profond silence régnait dans le cirque. On n'entendait que la respiration bruyante, l'espèce de râle du taureau, qui était là, haletant, tout couvert d'écume et de sang, jetant la fumée par les naseaux.

Miranda s'était légèrement courbé, abaissant

la *muleta;* en même temps, il avait un peu levé
le bras, ramenant le coude vers la poitrine,
tenant l'épée inclinée au-dessus de la tête du
taureau.

Tout d'un coup celui-ci s'élança de nouveau
sur le matador ; — il s'était enferré lui-même,
il était frappé à mort. Le bras de Miranda,
passant entre les deux cornes, lui avait plongé
l'épée jusqu'à la garde, à la naissance du cou.

L'estocade était magnifique !

Le taureau chancela, fit quelques pas à reculons, luttant contre l'agonie, secouant convulsivement la tête, comme pour rejeter de
son corps le fer qui le traversait tout entier;
puis il tomba à la renverse et demeura sans
mouvement.

Une soudaine et universelle explosion de
viva et d'applaudissemens éclata alors. Les
femme se penchaient, agitant leurs éventails;
les mouchoirs flottaient aux loges, aux *gradas
cubiertas* et *au tendido,* tout le cirque en était
pavoisé.

L'heureux et triomphant matador traversa
l'arène pour aller déposer, au pied de la loge

du roi, l'épée et la muleta, répondant par des baise-mains aux acclamations dont il était partout salué sur son passage.

— L'élégant et riche attelage des mules, conduit par les *chulos*, était entré dans l'arène : — lestes et fringantes, elles traînèrent dehors, au grand galop, les corps inanimés et tout sanglans des cinq chevaux et du taureau.

VI.

Tant de sang versé m'avait ébloui, j'avais le vertige; je me sentais défaillir.

J'appelai un *aguador*, et je bus un grand verre d'eau fraîche. Pepita but aussi. — Moi je buvais parce que je souffrais, parce que j'allais me trouver mal; — elle buvait, elle, parce qu'elle avait soif; — elle buvait vite, regardant en même temps dans l'arène, de peur de perdre quelque chose de la course qui continuait.

J'étais choqué de cette excessive attention, qu'aucune préoccupation ne pouvait distraire.

J'étouffais, j'avais besoin de respirer plus

librement. Je me levai, je sortis, et j'allai me
promener dans le corridor extérieur qui entoure les *gradas cubiertas*. Là, je me mis à une
petite croisée qui regarde hors du cirque du
côté de la chapelle et des autres bâtimens dé-
pendans de la place.

À travers les vitres d'une fenêtre de la chapelle, je voyais briller sur l'autel les cierges
allumés; je voyais les fleurs dont, avant la
course, les toreros avaient déposé l'offrande,
avec leurs prières, aux pieds de la Vierge; ni
les cierges, ni les fleurs, ni les prières n'avaient
ce jour-là sauvé Montès.

Peut-être était-il mort déjà. Un vieux capucin du couvent de *San Pasqual*, qui passa tout
pâle et les mains jointes, n'était même pas
sans doute arrivé à temps pour le confesser.

Aux portes des écuries, il y avait une dixaine
de chevaux tout sellés et bridés, victimes préparées aux taureaux et destinées à être éven-
trées à tour de rôle.

Plus près, sous mes yeux, aux portes du cirque, on voyait des curieux, des amateurs en
foule. C'était la plupart des mendians, qui,

n'ayant pu payer pour entrer, restaient là du moins, afin de voir passer les corps des chevaux et des taureaux tués, à mesure que les mules les enlevaient et les traînaient sur la poussière au *matadero*.

A côté, des groupes de jolis petits enfans jouaient *au taureau;* — c'était une innocente parodie du sérieux et vrai drame qui se jouait aussi à deux pas; c'était une préparation à son intelligence; — pour ces enfans, c'était une éducation.

—Je comprenais mieux Pepita. Je m'expliquais son courage et son sang-froid; je leur avais trouvé des excuses; n'était-elle pas elle-même une enfant? Plus indulgent, je rentrai; je revins m'asseoir auprès d'elle.

VII.

LES CHIENS.

Trois taureaux étaient entrés dans l'arène et en avaient été successivement enlevés, après avoir tué plus ou moins vaillamment sept chevaux, et s'être fait tuer eux-mêmes, le tout à

travers mille chances diverses pour les picadores, les chulos et les espadas, après l'alterna-
tive habituelle des cris et du silence, après
d'effrénés applaudissemens et de tumultueuses
injures jetés aux taureaux ou aux toreros.

Le sixième taureau, un taureau navarrois,
avait été introduit quelques instans avant que
j'eusse repris ma place; mais des huées et des
sifflemens universels le poursuivaient de toutes
les parties du cirque.

C'est que non seulement il reculait devant
les picadores sans vouloir affronter un seul coup
de lance, mais il n'y avait pas un chulo de la
place qui ne le mît en fuite de la voix et du
geste, et ne le couvrît d'affronts, soit en le
tirant par la queue, soit en gambadant devant
lui, soit en sautant par-dessus ses cornes.

Ce pauvre taureau, n'ayant nulle humeur
guerrière, ne cherchait en aucune façon à tirer
vengeance de ces insultes. Son unique soin pa-
raissait de faire courir à sa suite tous les chulos
de la place.

Le peuple, les yeux tournés vers la loge du
roi, demandait les chiens à grands cris.

Le roi se toucha l'oreille avec la main. C'est un geste expressif qui signifie que les chiens sont accordés.

Des applaudissemens de joie et de reconnaissance éclatèrent de tous côtés.

D'ordinaire, en pareil cas, pour punir le taureau de sa lâcheté, on lui inflige le supplice des *banderillas de fuego* (ce sont des flèches garnies d'un artifice qui s'enflamme avec détonation quand on les lui pique dans le cou); à Madrid on n'use pas d'autre moyen. Les chiens ne figurent guère qu'aux courses d'Aranjuez.

C'était donc un épisode inaccoutumé, et des plus curieux.

Les alguazils se mirent en mouvement, afin de faire exécuter au plus vite les ordres du roi.

Bientôt furent amenés deux énormes chiens gris. Deux *chulos* de la place les conduisaient, ou plutôt étaient conduits par eux, car les terribles dogues, mal retenus par les mouchoirs passés autour de leurs cous, ayant aperçu déjà leur ennemi, entraînaient rapidement leurs guides vers lui.

Lorsqu'ils furent à vingt pas du taureau, on les lâcha ; alors ils se précipitèrent sur lui avec acharnement, cherchant à lui mordre les oreilles et à s'y attacher ; mais le taureau, devenu brave contre ces nouveaux adversaires, les attendait, tête baissée, et les recevant sur ses cornes, les fit successivement sauter à trente pieds en l'air, trois ou quatre fois de suite.

Tous deux étaient meurtris, blessés et couverts de sang ; ils revenaient cependant à la charge, mais faiblement et en aboyant, ce qui est chez eux un signe de détresse.

Il fallait un renfort. Deux autres chiens plus grands et plus forts furent amenés et lancés de même.

La lutte n'était plus égale. Tous quatre à la fois attaquèrent le taureau, qui résista bien quelques instans encore, mais dut bientôt céder.

A chacune de ses oreilles deux chiens s'étaient suspendus. Il avait beau les secouer par de furieux coups de tête et les faire tournoyer, se fouettant avec violence les flancs de leurs corps, ils ne lâchaient pas prise.

Vaincu par la souffrance, il se résigna, baissa la tête, et ne bougea plus.

Il était ce qu'en langage tauromachique on appelle *coiffé*.

Alors vint un obscur torero, assassin vulgaire, qui lui enfonça une épée dans le côté à plusieurs reprises.

Le taureau tomba.

Ce fut ensuite une terrible tâche que d'arracher de son corps ces dogues acharnés; il fallut que plusieurs *chulos* les tirassent chacun par la queue de toute leur force; et pourtant, à peine les deux premiers chiens eurent-ils été séparés de leur victime qu'ils tombèrent épuisés et à moitié mort, et il fallut que leurs gardiens les emportàssent dans leurs bras.

Ils furent, à leur passage, salués par les applaudissemens du peuple.

Ils s'étaient bravement conduits, en vrais et bons chiens.

VIII.

LA MORT D'UN CHEVAL.

Ce taureau une fois enlevé par les mules, il nous en revenait un encore,—le septième.

Le jour commençait à baisser. Il n'y eut point de temps perdu. La porte du toril s'ouvrit, un beau taureau de *Ciudad-Real* s'élança dans l'arène.

Il se jeta d'abord, furieux, sur le premier picador *Sevilla*, que d'un choc il renversa avec son cheval ; puis il courut à l'autre picador.

Sevilla fut bientôt relevé par les chulos qui l'avaient entouré. Il voulut remonter sur son cheval, mais le pauvre animal ne se traînait plus qu'à peine ; il était blessé, et blessé à mort : ses entrailles lui sortaient du ventre et balayaient la terre.

C'était horrible à voir ; — cependant je regardais attentivement, — malgré moi.

Soudain je fus saisi d'un frisson...

Ce pauvre cheval ! je le reconnaissais à n'en

pas douter ; — c'était bien le même : — il avait
sur le front et sur le cou, du côté gauche,
deux petites taches blanches en forme d'étoile;
du reste, il était tout noir, à tous crins. — Oh !
oui, c'était bien le même ! —

C'était un cheval de race, un cheval anglais,
dont la jeunesse avait dû être heureuse et
brillante; mais ayant vieilli, de cheval de luxe
il était devenu cheval de louage.

Il n'y avait pas huit jours, je l'avais pris
pour aller à Tolède ; et, bien qu'il ne lui restât
guère de forces, bien que ce fût une longue et
pénible route, pour aller, pour revenir, il avait
fait tant d'efforts ! il avait eu tant de courage !
courant presque sans cesse au galop pour suivre le trot des jeunes et forts chevaux anda-
lous de mes compagnons, et ne me point laisser
en arrière.

Oh ! oui, c'était bien le même ! — Nous avions
été deux amis pendant toute cette route ; je
m'en souvenais encore, — deux vrais amis : —
lui, m'ayant vite reconnu pauvre cavalier, et
quand venait quelque fossé, quelque ruisseau,

ne profitant d'aucun de ses avantages pour m'y
jeter; — moi, tout reconnaissant de sa docile
bonté, lui donnant de temps à autre quelque
répit, souffrant qu'il mangeât un peu de la
belle herbe fraîche qui bordait le chemin. —
Nous avions été de bons amis, de bons cama-
rades de voyage.

Puis, lorsque nous arrivions à Tolède, après
avoir traversé le pont d'Alcantara, au pied de
ces rues à pic qu'il fallait gravir, accablé de
lassitude, inondé de sueur, tout haletant, il
avait été sur le point de s'abattre; — pourtant
il avait su trouver assez de force encore pour
me porter au haut de la ville, mais une fois
entré dans l'écurie, il s'était couché sur la
paille, sans en bouger pendant trois jours; et
moi, sans pitié, lorsque nous étions repartis,
je l'avais fait seller pour me ramener, et nous
avions encore galopé huit heures et sans repos,
au grand soleil.

Le pauvre animal! que de courage il lui
avait aussi fallu pour ce retour! — Il s'était
tout-à-fait épuisé sans doute à ce voyage! N'é-

tant plus bon à rien, on l'avait vendu peut-être *une once* (1) pour la place des taureaux.

Il était là toujours, tout tremblant, tout chancelant, sous mes yeux !

Alors vinrent deux chulos pour le faire sortir de l'arène. L'un d'eux le tirait par la bride. — Comme il n'avançait pas, l'autre le frappa d'un bâton à plusieurs reprises.

Chacun de ces coups me frappait violemment moi-même, et me retentissait dans l'âme.

Le pauvre animal fit un pas ; en même temps il releva un peu la tête, et la tourna de mon côté.

Je rencontrai le regard de son grand œil humide et trouble, où je pus lire sa souffrance et son agonie ; — où je pus lire aussi une sorte de triste et doux reproche.

Ce regard me disait : — Vous êtes un homme cruel ; vous m'aviez à moitié tué de fatigue, et vous venez me voir achever ici !

J'étais navré.

Je ne pouvais plus supporter ce spectacle ; je me couvris les yeux avec les mains.

(1) L'once vaut un peu plus de 80 fr. de notre monnaie.

Je demeurai quelque temps ainsi, le front appuyé sur la balustrade, n'osant plus regarder.

— J'aurais donné beaucoup alors pour pouvoir pleurer !

Enfin Pepita me tira doucement par le bras. Je relevai la tête avec crainte.

Il n'était plus là, le pauvre vieux cheval ! On l'avait emmené mourir hors de la place ; — on l'avait aidé peut-être ! — C'était une cruelle— et consolante pensée. Je souffrais moins pourtant : je ne le voyais plus là dans ses convulsions, sous l'impitoyable bâton des chulos !— je souffrais moins.

IX.

LA MEDIA LUNA.

Le soleil était couché.

Bien que blessé cinq fois par les lances des picadores, et le cou tout hérissé de *banderillas* que, dans sa douleur, il secouait, comme une crinière, en mugissant, le taureau n'était pas encore vaincu.

L'obscurité augmentait : il devenait difficile et dangereux d'attaquer l'animal avec l'épée ; on ne voyait plus assez clair pour placer l'estocade.

Un chulo entra dans l'arène avec la *media luna*. La *media luna* est une demi-lune, un croissant de fer tranchant, comme une double serpette emmanchée à une longue perche.

Pendant que les *capeadors* occupaient le taureau, en faisant flotter devant lui leurs manteaux, le chulo s'approcha de lui doucement, par derrière, et, avec la media luna, lui coupa traîtreusement l'un des jarrets.

Le pauvre taureau tomba, puis se releva. Il ne se soutenait plus que sur trois jambes ; la quatrième ne tenait guère à la cuisse que d'un côté, par la peau ; il sautait ainsi plutôt qu'il ne marchait.

Il se défendit encore vaillamment quelques instans.

Tous les capeadors tournaient en roue autour de lui, traînant à terre leurs manteaux pour achever de l'étourdir et le renverser.

Enfin il s'agenouilla.

Un des matadors avait présenté au taureau la muleta, sur laquelle celui-ci tenait les yeux attachés. Alors s'approcha le *cachetero* (1), qui, lui glissant doucement la main entre les deux cornes, lui enfonça un poignard dans la tête.

Il s'abattit tout-à-fait.

La tragédie toro-humaine était achevée. —

Le roi se leva pour partir. Il faisait presque nuit; cependant le peuple demandait à grands cris un huitième taureau.

Le roi se retira sans écouter.

Que voulait de plus cet insatiable peuple?

On lui avait donné sept taureaux, vingt chevaux, et un homme! —

Que voulait-il de plus?

X.

La nuit avait baissé le rideau. Le spectacle était fini. Il était temps; j'en avais assez ainsi; je respirais enfin plus librement.

Je me levai pour sortir.

(1) C'est le torero qui achève d'ordinaire le taureau avec le *cachète*, sorte de poignard qu'il lui enfonce dans la tête.

Pepita m'avait pris le bras, et s'appuyait familièrement sur moi. Elle s'appuyait sur du marbre. Je ne disais mot; je me sentais peu touché de cette brusque intimité; — je la souffrais toutefois.

Cette jeune fille, me disais-je, est belle; mais elle n'a pas la beauté de la femme, la vraie beauté, la douce pitié qui tremble et pleure.

Quand nous fûmes descendus, lorsque nous nous trouvâmes dehors :

— La course a été bien belle, ami, — Amigo, me dit Pepita, avançant son visage sous le mien.

Je la regardai fixement.

Elle souriait encore. — C'était toujours ce sourire fatigant, ce sourire vulgaire qui s'empare de la figure à l'insu de l'âme, qui ne traduit rien du cœur et n'amène aux yeux nulle ombre de la pensée; ce sourire qui vient s'étendre sur les lèvres, par coquetterie, pour montrer de belles dents; ou bien jouer dans les traits machinalement, on ne sait pourquoi,

comme un ressort. — Je trouvai ce sourire in-
sipide, choquant, maussade, inhumain; il me
fit mal. Il m'enlaidit tout ce joli visage; je n'y
vis plus qu'une déplaisante grimace.

J'eus tort. Je fus ingrat et dur. — Je m'en
repens.

— Oui, la course a été bien belle, dis-je sè-
chement à Pepita, dégageant soudain mon bras
du sien, — trop belle.

Et m'éloignant en même temps, je me perdis dans la foule.

LA BELLA MALCASADA.

Un soir, par une pluie battante, je descendis
à *Buytrago*, dans une *posada* (1), la meilleure
peut-être qu'il y ait en toutes les Castilles, sur
la route de Madrid, mais où je ne souhaiterais
pas que le plus malveillant de mes lecteurs fût
jamais contraint comme moi de passer la nuit.

Le temps était humide et froid. On me servit à souper dans la cheminée. Après avoir es-

(1) Auberge.

sayé de manger d'une espèce *d'olla podrida*, sans en pouvoir avaler miette, je fus mené à une vaste chambre où je me promis d'abord le dé- dommagement d'un sommeil facile, car il ne s'y trouvait pas moins de quatre immenses lits. Mais, dès que l'on m'eut laissé seul, et qu'à la lumière de mon *candil* je les eus exami- nés tous successivement, sur cette simple ins- pection (non qu'elle m'eût donné, je vous assure, la moindre appréhension d'une atta- que à main armée contre ma bourse ou ma personne), comme je tenais à sortir vivant de l'auberge, je me décidai inébranlablement à ne me point coucher.

Tandis que, de crainte de m'endormir, même sur une chaise, j'allais et venais par mon ap- partement, je découvris, en furetant au fond d'une armoire, un vieux livre espagnol tout poudreux, dont les rats avaient rongé plus des trois quarts. Ils en avaient épargné néan- moins un chapitre. C'était celui qui contenait l'histoire de *la Bella Malcasada*. La lecture de ce fragment m'intéressa fort et m'abrégea dou- cement les heures de la nuit. C'est pourquoi

je le donne ici reproduit aussi fidèlement que
me l'a permis ma mémoire.

I.

. . . .

Don Andres but un grand verre de limonade;
puis ayant relevé sa moustache comme pour
ouvrir à sa parole un passage plus libre et plus
facile, il raconta ce qui suit :

— Depuis qu'ayant quitté l'armée de Flan-
dre, j'étais venu me fixer avec mon frère à
Valladolid, en 1560, je n'avais guère songé à
profiter de mon séjour en cette ville pour m'y
pousser à la cour et près des grands. Je ne
manquais pourtant pas d'amis et de protec-
teurs puissans qui m'eussent volontiers frayé le
chemin des emplois et des grâces; mais ce n'é-
tait nullement de ce côté que m'emportait mon
inclination. Je ne me sentais point la vocation
de ces hommes courageux et diligens, qui, debout avant le jour, amis de tous les astres, s'en
vont épier le réveil des ministres, après celui
du soleil, et adorent toutes les divinités dont

4

le lever s'entoure de nuages d'or. Ma jeunesse
imprévoyante et frivole avait d'autres ambitions et d'autres penchans.

Épris comme je l'étais de moi-même et fier
de ma bonne mine, ce qui me ravissait et
m'enivrait, c'était la parure éclatante et recher-
chée, c'étaient des habits couverts de boutons
et de broderies, les plumes, les rubans et les
chaînes; tout ce qui enrichit et fait briller les
vêtemens et la personne. Ce qu'il me fallait,
c'était me montrer resplendissant aux concerts,
à la promenade, aux maisons de jeu et aux comédies.

C'était en ces futiles plaisirs que j'avais employé les premiers mois de l'été. Or, sur la fin
d'août, un soir que la chaleur était excessive,
au tomber de la nuit, je m'en fus au *Prado*
afin d'y respirer un peu. Comme je passais devant l'église de la *Magdalena*, j'y entrai pour
prendre l'eau bénite et dire l'*Ave Maria*. Ce
fut là qu'après que j'eus fait ma prière m'as-
saillit l'aventure la plus étrange qui me soit
advenue dans ma vie.

La promenade était inondée de voitures.

L'une de leurs files venait même raser le portail de l'église. Pour en sortir, au risque d'être écrasé, impatienté d'attendre, j'allais me jeter brusquement entre deux carrosses, lorsqu'au moment où je me glissais près de la portière de l'un d'eux, une dame voilée, qui y était assise dans le fond, avança tout-à-coup la main, et me tirant par mon manteau, me retint doucement. Un peu surpris et confus d'abord, j'avais cependant ôté mon chapeau, et j'allais demander à cette inconnue si elle n'avait point à requérir de moi quelque service, mais elle me prévint, et se penchant vers moi :

— Il y a plus de quinze jours, don Andres, me dit-elle à voix basse, que j'espère et que je cherche cette occasion de vous parler. Ne vous étonnez point de m'entendre vous tenir ce langage. Ce n'est pas d'aujourd'ui que mes yeux et mon cœur vous connaissent. Certes, je voudrais bien dès à présent me découvrir à vous entièrement; mais ce serait folie à moi de m'y exposer avant d'avoir mieux éprouvé ce que vous valez. Je vous supplie, au moins en ce

moment, d'écouter attentivement les avis que
je vais vous donner, et de me pardonner leur
franchise. Il m'en coûte, en vérité, de vous
dire des choses qui vous blesseront peut-être;
mais la hardiesse et la sévérité de mes paroles
s'excuseront, je m'en flatte, près de votre cœur
par l'évidence de l'intérêt qui les aura dic-
tées. —

Ici la dame voilée fit une pause, de gros
soupirs l'ayant déjà bien des fois interrompue
Quant à moi, j'avais senti mon étonnement
s'accroître davantage à chacune de ses paroles.
Vingt fois j'avais pensé qu'elle se divertissait à
mes dépens; mais je tombai bientôt de cette
crainte dans d'inextricables perplexités, lorsque j'eus entendu tout ce qu'elle ajouta à son
premier discours.

—Tenez, je vous le dis sans plus de détours,
don Andres, poursuivit-elle d'une voix moins
entrecoupée, mon rang et ma qualité sont tels,
que je ne les puis risquer et compromettre légèrement en des mains peu sûres. Or, quel

soin prendriez-vous de mon honneur, vous qui
êtes si insoucieux de votre bonne renommée?
Comment se fier à qui, méconnaissant le prix
inestimable du temps, ne s'applique qu'à le
perdre en futilités, en dissipations et en désordres? Pour être digne d'un haut choix, ce n'est
pas assez d'être noble et cavalier. Aux mérites
brillans, il en faut joindre aussi de solides.
Vous êtes bien fait et de bon air, je ne vous
l'apprends point, n'est-ce pas? Plût au ciel que
votre âme et votre esprit eussent toutes les
perfections de votre personne! Mais, loin de
là. Vous êtes vif et emporté d'abord; il n'y a
pas de jour où vos gens n'aient à souffrir de vos emportemens et de vos colères; la
moindre chose vous irrite et vous enflamme.
C'est mal, don Andres. Un homme bien né, si
mécontent et offensé qu'il soit, ne doit point
se laisser entraîner au-delà des bornes. Conve-
nez-en. Est-ce que ces mouvemens furieux ne
sont pas pour effrayer un cœur épris? L'amour,
mon ami, ne veut point de ces gouvernemens
impérieux. C'est un enfant, voyez-vous; on le

maîtrise mieux par la douceur et les caresses
que par la force et la violence.

Mais venons à d'autres points. Quelle façon
de vivre, dites-moi, est la vôtre? Le dérèglement de vos habitudes est inexprimable. Avez-
vous donc pris à tâche de changer le cours naturel du temps? Vous faites des nuits les jours,
et des jours les nuits! Il n'y a point d'heures
pour vous. Vous vous couchez le matin et vous
vous levez à la sieste. Les momens de vos repas
sont incertains et désordonnés comme ceux de
votre sommeil et de vos veilles. Les livres, si
vous les prenez, c'est justement lorsque vous
sortez de table, c'est-à-dire lorsque l'étude est
pernicieuse et tenue pour poison par les sages
eux-mêmes. Enfin, il n'est pas une de vos actions qui ne soit hors de saison et de place.
Vous avez disposé votre vie au rebours de celle
de tous les autres. Vous ne gardez d'ordre ni
de mesure en rien. Or, sans parler du préjudice
qu'une telle conduite apporte aux intérêts et
aux affaires, quelle santé robuste n'en serait
atteinte et altérée?

Je ne vous ai énuméré encore, don Andres, que vos plus légers torts, ceux dont le remède est facile, et auxquels votre âge est d'ailleurs une suffisante excuse. Mais vous avez, mon Dieu! des défauts bien autrement graves. Vous êtes joueur, vous êtes libertin! Je n'ose, moi, entrer en ces détails de vos débordemens; mais ce ne sont plus là des erreurs de jeunesse, mon ami : ce sont des vices, et des vices grossiers et sans amabilité, qui ruinent tout ensemble l'esprit, le corps, l'âme et la fortune.

Et puis, voyons, si une dame était assez imprudente pour compter être bien aimée de vous, expliquez-moi, je vous prie, comment vous trouveriez du temps à donner à son service, vous qui consumez la meilleure partie du jour dans les soins efféminés de vos parures et de votre personne. Je vous admire vraiment à vous voir chaque matin de longues heures en adoration devant votre miroir, vous sourire gracieusement à vous-même, essayer tour à tour mille vêtemens, boucler votre chevelure, friser votre moustache, vous baigner tout en-

tier d'huiles et d'essences. Mais ne rougissez-
vous pas de ces affectations? Poussées à l'excès
où vous les menez, elles seraient blâmables
même en une femme. Combien ne sont-elles
pas plus indignes d'un homme, et d'un homme
de votre profession surtout! Hélas! elles me
donnent des raisons sérieuses de craindre que
celui qui se traite avec tant de prédilection et
de complaisance, et : tant d'amour pour lui-
même, ne soit guère capable d'en ressentir un
bien grand pour sa maîtresse. Je vous le confesse donc sincèrement, don Andres; oui, je ré-
siste encore au vif penchant qui m'attire vers
vous, mais seulement parce que vos autres
imperfections me font douter de votre discrétion et de votre constance. Suivez mes conseils
pourtant. Amendez-vous; mon bonheur est
tout entier dans vos mains, et il dépend de vous
de l'assurer, car vous voyez bien que je me
meurs du désir de m'oublier moi-même et de
me sacrifier à vous; mais, au nom de la très
sainte Vierge, réformez-vous, mon ami; four-
nissez-moi des raisons capables, sinon de justi-

fier, au moins d'excuser ma faiblesse, si toutefois il peut y avoir des excuses aux faiblesses
d'une femme de ma sorte.

Elle s'était tue, et moi je demeurais muet et
pétrifié. J'étais moins troublé encore de la sin-
gularité de l'aventure, que des inexplicables
révélations au moyen desquelles cette inconnue avait ainsi pénétré le secret de mes actions
les plus intimes et les plus cachées. Mais cette
femme n'était-elle pas le diable lui-même? et
rien qu'à cette pensée je fis vingt signes de
croix. Dans tout ce qu'elle m'avait dit, il n'y
avait pas un mot qui ne fût exactement vrai.
C'était ma vie qu'elle venait de me conter. Il y
avait de quoi en perdre la tête. Je me remis
néanmoins peu à peu, et je retrouvai avec la
parole quelque présence d'esprit. Maudissant
intérieurement de grand cœur le traître qui
m'avait si bien dénoncé, je confessai de bonne
grâce l'énormité de mes défauts et promis de
m'en corriger. Je tins à la dame mille propos
galans qui furent tous les bien-venus et payés
en même monnaie. Devisant ainsi, je lui servis

d'écuyer le reste de la soirée, continuant de marcher à la portière de son carrosse, sans parvenir d'ailleurs à voir de sa personne autre chose que l'une de ses petites mains blanches, ni à percer le moins du monde le mystère des confidences perfides qui m'avaient livré à sa merci. J'avais même, à ce qu'il semble, maladroitement montré trop de curiosité sur ce point; car ne s'en tenant que mieux en garde, elle changea soudain de parade, et prétendit me persuader qu'elle avait voulu seulement plaisanter. Elle ne m'avait jamais vu, me jura-t-elle; elle ne savait rien de moi que par magie blanche. Et puis, me souhaitant d'heureuses nuits, — *felices noches*, — et m'ayant formellement défendu de la suivre, tout en me permettant de l'attendre, si bon me semblait, le lendemain à la même promenade, elle ordonna à son cocher de la ramener chez elle.

Je ne tardai pas, de mon côté, à retourner à mon logement. C'était le rez-de-chaussée d'une maison située près de *San Pablo*, que j'habitais avec mon frère. Ce rez-de-chaussée se divisait en plusieurs chambres ayant chacune ses croisées donnant sur la rue. Dès que je fus rentré, je me hâtai de commencer une enquête parmi mes gens. Chacun fut examiné, interrogé et retourné en cent façons. Je pressai mon frère lui-même de questions. Ce me fut là peine inutile. Toutes mes recherches furent sans résultat. Non seulement je ne pus découvrir mon espion, ni obtenir le moindre aveu d'indiscrétion de la part de qui que ce fût, mais je ne saisis même nul indice qui m'offrît un fil conducteur en ce labyrinthe de mes soupçons, et me menât à une seule conjecture raisonnable.

Malgré ce mauvais succès, je vous laisse à penser si le lendemain je fus exact à mon rendez-vous du *Prado*. J'y étais en sentinelle déjà bien avant la brune et j'y restai fort tard. Ce fut en vain : la dame voilée ne reparut point. Je voulus me persuader que c'était le tort de mes yeux qui n'avaient point su reconnaître sa voiture dans le grand nombre de celles dont la promenade était obstruée. Mais n'ayant pas eu meilleure chance les soirées suivantes, après y avoir mûrement réfléchi, en dépit de la longue défense que fit mon amour-propre, je finis par le réduire à confesser qu'il avait été pris pour dupe.

II.

Un mois s'était écoulé. Je commençais à n'avoir plus de mon inconnue que ce vague souvenir qui vous reste d'un rêve ; mais je n'avais pas au moins mis en oubli ses conseils. La leçon avait été trop vive et acérée pour ne point m'être profitable. En vérité, une métamorphose entière s'était faite en moi. Non, je n'étais plus le même ; je n'étais plus cet enfant efféminé, ce Narcisse follement amoureux de son image, qu'elle avait sur tant de justes fondemens réprimandé. J'étais redevenu homme enfin. Et je n'avais pas réformé seulement le luxe ridicule de mes parures ; j'avais aussi corrigé la grossièreté de mon inconduite et remis quelque équilibre aux actions de ma vie. En un mot, partout, en public, aux assemblées, de même que seul et enfermé en mon logis, un in-

vincible mouvement me forçait d'agir comme
si j'eusse su être épié et observé, comme si
j'eusse senti attaché sur moi un regard intéressé.

Or, tandis que j'étais au milieu de cette
grande ferveur d'amendement, un jour, ayant
achevé de dîner, je me jetai sur mon lit afin de
dormir la sieste. Mais je venais à peine de m'assoupir lorsque je fus soudain éveillé par le re-
tentissement d'un coup violent frappé à mon
chevet. Je me levai tout troublé. Je regardai
autour de moi; je visitai jusqu'au dernier re-
coin de ma chambre. Je ne vis rien. M'imaginant avoir rêvé ce bruit, j'allais me recoucher,
quand j'aperçus au pied de mon lit un billet
cacheté roulé autour d'une petite pierre. Je
supposai qu'il avait pu être lancé chez moi de
la rue par une de mes croisées ouvertes, bien
que leurs jalousies et leurs grillages serrés
eussent dû rendre la chose peu facile. Sans
m'inquiéter pourtant de cette difficulté, j'ou-
vris précipitamment la lettre qui était ainsi
conçue :

« Vous avez pensé, mon ami, que je m'étais
jouée de vous, car je ne suis point venue à
notre rendez-vous : j'ai failli à ma parole. Si
j'ai eu ce tort, ne me le reprochez pas trop;
j'en mérite bien un peu le pardon. Qui risque
beaucoup, voyez-vous, a besoin de beaucoup
réfléchir avant de se décider, et ne saurait se
rassurer assez contre les périls de son imprudence. Voici un mois que je m'efforce de combattre et de vaincre ma passion. Mais c'est elle,
au contraire, qui est victorieuse en cette lutte
mortelle où doit être tué mon honneur. Si je
vous le sacrifie, c'est que je compte sans mesure
sur le vôtre. Oui, votre prompte réforme m'est
un sûr garant de votre discrétion. Celui qui a
montré tant de docilité à mes avis, ne paiera
pas d'ingratitude mon amour. Je n'ai point,
don Andres, le loisir de vous en écrire davantage ; mais, ce soir, une chaise à porteurs vous
attendra sous les arcades de *San Pablo*. Vous
pourrez, sans inquiétude, vous laisser conduire
par les gens qui la mèneront. »

Quel était le but de ce mystérieux billet ?

Qui l'avait écrit? qui l'avait apporté? L'aventure ne se renouait ni moins étrange ni plus intelligible. Quel parti prendrai-je? — J'avoue que je balançai avant de me déterminer. Voudrait-on s'amuser de moi seulement plus longtemps? pensai-je; ou bien est-ce que, sous l'appât de ce rendez-vous, est caché le piége de quelque vengeance? Y aurait-il des dagues dans l'ombre de cette intrigue? — Bah! m'écriai-je, portant la main à la poignée de mon épée, est-ce que ma lame est moins longue d'une ligne que celle d'aucun brave de Valladolid? Par le seigneur saint Joseph! quand on a dégaîné mille fois en les tripots pour une once d'or, on peut bien aussi jouer sa vie, s'il s'agit de gagner une femme! — Et je me décidai, sans plus hésiter, à tenter la fortune.

III.

La nuit venue, je m'en fus aux arcades de *San Pablo*. J'y trouvai deux nègres et un vieil écuyer en faction. Je me plaçai, d'abord, sans mot dire, dans la chaise qu'ils gardaient, et

qui m'était évidemment destinée. Dès que j'y
fus assis, ils en fermèrent la portière et les
jalousies, de façon à m'intercepter absolument
toute vue des objets extérieurs, puis ils se mirent en route et cheminèrent un long espace
de temps. Enfin ils s'arrêtèrent. L'écuyer me
vint ouvrir, et, me prenant par la main, me fit
monter, au milieu d'une profonde obscurité,
un étroit escalier en colimaçon, au haut duquel
m'ayant introduit dans une pièce sans lumière,
il se retira et me laissa seul.

L'horizon ne s'éclaircissait guère; mais, je le
jure par les sept plaies de San Francisco, les
mouvemens de mon âme étaient bien moins
alors de frayeur que d'impatience. Je m'étais
levé d'un fauteuil où le vieil écuyer m'avait fait
asseoir. J'avais marché à tâtons dans cette
chambre, et je n'y avais rien trouvé qui dût me
jeter en de grandes craintes. Mes pieds et mes
mains n'avaient rencontré que tapis souples et
moëlleux, meubles brodés et tentures de soie.
L'air y était tout chargé d'odeurs de rose et
d'ambre. Si la volupté a un parfum, c'était bien
en ce sanctuaire qu'on le respirait.

Mais où était la déesse cachée du temple?
Quelle prodigue parure d'attraits angéliques
lui faisait mon imagination enivrée! Comme
je la dotais richement de grâce et de jeunesse!
Comme elle allait être belle! Mais combien elle
tardait à m'apparaître!

En ces fantastiques exaltations, j'attendis
peut-être dix minutes qui me semblèrent bien
dix siècles.

Enfin, une petite porte s'ouvrit, et une vénérable dame, en toque de gaze empesée,
toute raide et guindée, s'avançant céré-
monieusement vers moi, un flambeau à la
main, me fit une profonde révérence.

Une sueur froide me baigna le front. — En
quel infernal guet-apens je me vis tombé!
L'astre s'était donc levé! J'avais devant les yeux
ma glorieuse conquête!

O bienheureux san Andres, mon patron, vous
qui, après la mort de vos dévots, gardez leur
âme pendant trois jours des griffes du diable,
comme je vous suppliai alors de laisser la
mienne à son sort, à l'heure de mon trépas, et

5

de tirer, en revanche, ma personne des bras de ce fantôme sexagénaire !

— Madame va venir tout à l'heure, me dit la vieille branlant la tête, tandis que j'achevais cette prière mentale.

— Madame va venir tout à l'heure ! répétai-je.

C'était donc la duègne qui m'avait parlé ! Je remontais de l'enfer au ciel. — Je fis à la bonne dame, à mon tour, une révérence plus profonde encore que n'avait été la sienne. Dans le transport de ma joie, j'eusse été capable, je crois, de l'embrasser !

— Oui, madame va venir, reprit gravement la duègne. Veuillez, seigneur cavalier, prendre patience en goûtant de ces rafraîchissemens.

Et un page qu'elle appela posa sur un buffet

un riche plateau garni de conserves, de biscuits
et de flacons de vins.

Je n'avais pas soupé ; sans me faire trop
prier, je bus et mangeai un peu, après quoi
la vieille se retira avec son page et sa lumière.

Ma situation devenait de moins en moins
alarmante. Par san Diego ! me disais-je, on ne
traite pas si courtoisement un homme auquel
on veut beaucoup de mal ! — Je n'eus pas le
loisir de creuser long-temps cette rassurante
réflexion.

La duègne reparut bientôt. Elle était accompagnée, cette fois, non plus de son page,
mais d'une dame en basquine noire, à la taille
souple et fine, dont je n'eus pas, d'ailleurs, le
temps d'apercevoir le visage, car elle détour-
nait la tête en entrant ; et, pour plus de précaution, la maudite vieille, qui avait voilé de
sa main la faible lumière de sa bougie, ressortit
soudain, refermant la porte sur elle, et la
chambre se retrouva plongée dans les ténèbres.

Je m'y serais cru vraiment laissé seul encore,
n'eussent été les gros soupirs que j'entendais
pousser à trois pas de moi.

Le cœur me battait fortement. Je m'étais levé du sopha où j'étais assis. Mais la dame s'élança vers moi, et, me saisissant par le bras, me força de me rasseoir et se plaça près de moi.

Ses premières agitations s'étaient insensiblement apaisées, car, d'une voix douce et calme, où je reconnus bien celle de ma dame voilée du Prado : — Don Andres, dit-elle, croyez-vous franchement que celui qui expose sa vie aussi légèrement que vous l'avez fait ne montre pas plus de déraison que de tendresse ? Je conçois qu'un violent amour pour une merveilleuse beauté décide un homme de cœur à se mettre en de grands périls. Mais les défier sans avoir de tels motifs, ne serait-ce point pure folie ? Or, vous, quelles raisons sérieuses vous ont déterminé en votre témérité ? Savez-vous seulement pourquoi vous êtes ici ? Savez-vous si je vaux la peine de vos dangers ? Qui vous a dit que j'étais belle ? N'ayant de moi nulle connaissance, vous ne me voulez pas persuader, j'imagine, que vous m'aimez ! N'ayant point d'amour, c'est donc seulement avec de la curiosité que vous êtes venu? — Je vous l'avoue, j'ai bien envie de me repentir de ce que j'ai fait pour vous. C'en est déjà trop, don Andres. Ainsi, ne prétendez pas, quant à présent, davantage. Vous m'estimeriez peu si je n'attendais pas au moins la naissance de votre passion, pour vous octroyer ces faveurs plus hautes qui ne doivent être le prix que d'un attachement long-temps éprouvé! —

Sur ma croix de Calatrava! au milieu de l'obscurité où nous étions, après tous les préliminaires de notre entrevue, après l'exorde muet de la dame, cette spécieuse et subtile argumentation de son discours avait bien quelque droit de me surprendre. Mais je n'avais pas assez de simplicité pour me laisser convaincre que l'occasion était de celles que l'on perd. Je n'ignorais pas non plus que la vertu la plus chancelante est souvent la plus ingénieuse à peindre l'inopportunité de sa chute. De toute façon, jugeant que la dame ne se déplaisait point aux harangues fleuries et raisonneuses,

je voulus faire preuve d'éloquence à mon tour,
et opposer ma logique à la sienne.

— Je ne puis admettre, madame, répondis-
je, la sévérité de vos jugemens. Non, se ha-
sarder témérairement et sans espoir même de
récompense, ce n'est point, comme vous dites,
pure folie, c'est bien plutôt générosité et grandeur d'âme. Ce ne sont pas les cœurs vulgaires
qui nourrissent et exécutent ces résolutions.
— Mais mon tort est d'être venu ici sans vous
connaître. Je n'en savais pas assez de vous pour
vous aimer, dites-vous encore! — C'est vrai,
madame, j'en savais bien peu de vous. La faute
n'en était pas à moi, je pense. Au moins, vous
ne le nierez pas, celui qui a tant risqué et vous
a été si docile, ayant entendu seulement quelques unes de vos douces paroles, n'ayant vu
jamais qu'une seule de vos mains, celui-là ne
s'est pas montré indigne de votre intérêt et de
votre choix. Il n'avait reçu presque rien et il
vous a donné beaucoup. S'il obtenait un peu
plus, que ne devriez-vous pas vous promettre
de lui? N'ayez donc nul remords de vos com-

mencemens de bontés, madame, et faites-les
au contraire, s'il se peut, plus généreuses.

En achevant ces mots, n'imaginant rien qui
pût mieux fortifier l'effet de ma péroraison, et
fût plus capable de fléchir ma rigoureuse divi-
nité, je m'étais jeté à ses genoux, et lui ayant
saisi les mains que j'avais d'abord rencontrées,
je les couvrais de baisers, sans qu'elle semblât
faire de bien violens efforts pour me les
retirer.

Tout-à-coup un grand fracas se fit entendre
qui parut venir de la rue.

— Jésus! qu'est ceci? s'écria la dame se
levant soudain.

Et au même moment la porte se rouvrit,
et la duègne accourut toute troublée avec
son flambeau qu'elle posa sur une table.
Moi, j'étais demeuré agenouillé, ébloui, en
extase aux pieds de ma dame, dont la lumière
venait enfin de me révéler l'incomparable visage. Si critique que se fit la circonstance, je

n'avais, je le jure, de regard et de pensée
que pour l'admiration de sa céleste beauté!
Vingt épées m'eussent entouré alors et eussent
eu le loisir de me clouer au parquet, avant que
j'eusse songé à tirer la mienne pour écarter de
mon cœur une seule de leurs pointes!

— Quel est ce bruit, Dominga? dit la dame,
d'une voix dont elle s'efforçait de réprimer le
trouble.

— Hélas! doña Josefa, répondit la duègne
joignant les mains, à moins que Notre-Dame
del Carmen ne nous soit en aide, nous sommes
tous perdus! A cette heure de la nuit, qui
peut frapper ainsi en maître, si ce n'est le
comte?

— C'est vous, folle, qui nous perdrez avec
vos sottes frayeurs! s'écria la comtesse (c'était
bien une comtesse, la chose était évidente).
Que parlez-vous de comte, et que voulez-vous
dire? je vais m'informer de ce qui se passe;

vous, emmenez don Andres en ma chambre et le cachez dans le cabinet près de l'alcôve.

Puis s'adressant à moi :

— Et vous, que faites-vous, don Andres, prosterné ainsi qu'à la messe ? Avez-vous peur aussi comme une vieille femme ? Voyons, soyez homme, relevez-vous, et allez avec Dominga.

Arraché par la rudesse de cette apostrophe à mon extatique contemplation, je suivis la duègne à travers de somptueux appartemens jusqu'à une pièce étroite et obscure où elle m'enferma.

Avant d'y être replongé, j'avais vu clair au moins un instant dans les ténèbres de cette étrange nuit. Mais qu'allait-il advenir de cette alerte qui nous avait si brusquement interrompus au milieu de nos amoureuses plaidoiries ? Oh! je ne m'en souciais vraiment guère. Si j'avais vaguement une crainte, c'était de perdre l'espérance de ce bonheur qui venait de me luire. Mais je m'y arrêtais à peine. Toutes

mes préoccupations s'absorbaient dans la pensée de cette belle et vaillante femme, à l'œil
perçant et enflammé, au geste impérieux et
violent! Quelle puissance de commandement
avaient donc ses charmes! C'était comme si
elle m'avait ordonné de l'aimer! et j'avais obéi
tout d'abord! et je l'aimais! et je sentais qu'elle
avait irrévocablement fait de moi son esclave!

Au bout d'une heure peut-être, ce fut elle-
même, elle seule, qui accourut me délivrer de
ma captivité.

— Venez, me dit-elle, don Andres, m'entraînant hors du cabinet, venez. Nous sommes
maintenant sauvés de tout danger; mais ne
m'interrogez jamais sur ce qui s'est passé!

Et elle me jeta les bras au cou.

Les heures qui nous restaient de la nuit furent rapides à s'enfuir. Avant que le jour parût,
la comtesse me congédia. M'ayant reconduit
jusqu'à la salle où m'attendait le vieil écuyer
qui devait m'emmener dans la chaise comme
j'étais venu, elle me serra fortement sur son
cœur :

— Songez-y bien, don Andres, dit-elle d'une voix qu'étouffaient ses baisers d'adieu, songez bien, sur votre vie, qu'en sortant d'ici vous n'avez rien vu ni entendu de ce que le hasard vous a fait voir ou entendre; que vous ne savez ni mon nom ni mon rang, — que vous oubliez tout! C'est déjà trop que mon visage vous ait été montré! qu'il vous rappelle pourtant que je vous aime, et que vous m'aimez, mais rien de plus; car je ne veux pas que votre mémoire ait d'autre souvenir.

IV.

Six jours avaient déjà suivi cette nuit de notre premier rendez-vous. Tout plein de l'amour qu'il en avait rapporté, mon cœur n'avait plus de battemens que pour l'espoir d'une autre nuit pareille. Vous comprenez quelle joie je ressentis lorsqu'un soir je trouvai sur mon lit un nouveau billet de doña Josefa. Celui-là m'était venu d'une façon plus incompréhensible encore que les premiers. Je n'avais point quitté ma chambre de la journée, et j'y étais resté ab-

solument seul. Pour interdire aussi l'entrée
à la chaleur, qui était excessive, j'avais tenu
non seulement mes jalousies baissées, mais
encore mes croisées fermées, de sorte qu'une
mouche même n'eût pu pénétrer chez moi.
— Mais tous les incidens de mon aventure et
surtout les mystères de ces communications
s'enfonçaient à chaque moment en de telles
ténèbres, que si mon œil s'efforçait de les
percer, ma raison chancelait éblouie. Que
mon saint patron me le pardonne! après de
longues méditations, j'en venais toujours à
soupçonner dans tout cela la secrète intervention du diable. J'estimais néanmoins que si le
malin esprit mettait les mains à cette intrigue,
il se donnait bien du mal pour me donner bien
du bonheur, et je n'avais guère le courage de lui
en vouloir beaucoup.

Cette fois le billet de dona Josefa ne m'appelait pas près d'elle. Les occasions de nous voir,
me disait-elle, bien qu'elle en eût un mortel
déplaisir, devaient être nécessairement très
rares : tant de péril pour nous deux les entourait, que c'eût été folie de les risquer impru-

demment. Je pouvais d'ailleurs me reposer
sur elle du soin de les faire naître et de nous
les ménager avec sécurité. Elle ne me commandait plus, elle me suppliait, au nom de
notre amour, de murer en mon âme les secrets
qui y étaient tombés, et de ne la solliciter jamais
pour lui en arracher d'autres. Elle me conju-
rait de ne chercher par aucun moyen à découvrir en quel lieu de la ville était sa maison. Si
je parvenais en effet à le savoir, les impatiences
de ma tendresse m'entraîneraient malgré moi
aux galanteries accoutumées des amoureux.
Je la voudrais suivre aux promenades et à la
messe ; je m'emparerais de sa rue nuit et jour ;
je ferais donner des sérénades sous ses croisées ;
et, observée comme elle était, je ne manque-
rais pas de nous perdre ainsi l'un et l'autre. Ce
n'était point de mon cœur qu'elle se défiait,
mais bien plutôt de l'indiscrétion de ses témoignages, et voilà pourquoi elle se garantissait si fort contre elle. Elle ne s'enveloppait de
tant de voiles et d'obscurité que pour y mieux
cacher et retenir notre amour.—Sa lettre était
remplie de mille autres recommandations qui

toutes en conscience eussent formé un beau
sermon, dont le texte eût été que la discrétion
des hommes est la vertu des femmes.

Elle me permettait néanmoins de lui répondre, mais à la charge de remettre moi-même
ma réponse au vieil écuyer qui l'attendrait le
lendemain à l'heure de l'*Ave Maria* sous les
arcades de *San Pablo*.

Sentant bien où étaient surtout ses inquiétudes et ses craintes, et combien il m'importait
de les apaiser, je lui écrivis une lettre que je lui
fis tenir scrupuleusement comme elle l'avait
prescrit, et où je mis toutes les assurances capables de lui donner une entière tranquil-
lité. Je lui jurais que le bandeau qu'elle m'a-
vait attaché sur les yeux de ses belles mains,
fût-il bien plus épais encore, jamais je ne
chercherais contre son désir à le soulever.
Pourvu qu'elle le détachât elle-même et me
rendît la vue lorsque je serais à ses pieds, partout ailleurs je consentais à être aveugle. C'était
de ses seuls regards que me devait venir la lumière, et je n'en voulais point d'autre. Mais je
la suppliais à mon tour de ne point retarder

notre réunion, la mît-elle pour moi au prix d'un
dévouement bien plus complet que ne l'exi-
geaient les faciles conditions qu'elle m'avait
imposées. Je la suppliais surtout, lorsqu'il s'a-
girait pour moi d'un instant de sa présence, de
ne jamais considérer les dangers dont je le
pourrais payer, et de ne s'arrêter qu'à ceux
qu'elle risquerait elle-même.

Je ne sais si je le dus à la persuasion rassurante de mes paroles, mais un second rendez-
vous ne se fit pas attendre long-temps. Il fut entouré de toutes les mystérieuses précautions
qui avaient accompagné le premier.

Dona Josefa, moins inquiète, moins défiante,
fut moins fière aussi, moins farouche. La lionne
s'était apprivoisée. Je connus ce qu'était le sourire de ce regard ardent et fauve, ce qu'étaient
les caresses de ce violent amour! Oh! sa grâce
était plus puissante encore que sa force! Roulée
autour de moi, échevelée, l'œil humide et sup-
pliant, elle m'avait chargé de plus de chaînes
qu'à ce moment où, debout, me tenant sous
ses pieds, elle avait si despotiquement pris possession de mon âme!

A cette second nuit, il en succéda de loin à loin plusieurs autres ; leurs intervalles étaient remplis par une correspondance assidue dont le vieil écuyer continua d'être, quant à mes lettres, le seul intermédiaire, comme il était aussi le guide unique de mes voyages nocturnes dans la chaise à porteurs.

V.

Ces occupations de mon amour avaient tellement absorbé ma vie, qu'elles ne m'en laissaient plus pour nul autre soin. C'était devenu une rareté de me voir aux théâtres ou aux promenades. J'avais déserté mes plus chères amitiés.. Les jours, je les passais cloîtré en ma chambre, composant pour ma maîtresse de longues épîtres que je m'en allais confier les soirs à notre discret messager, ou relisant celles que j'avais trouvées miraculeusement sur mon lit, à mon réveil. Cette profonde retraite, si différente de mes anciennes dissipations, surprenait à bon droit mon frère, mais elle n'était pas son plus grand étonnement. — Où employais-je toutes ces nuits d'absence hors du logis, durant lesquelles on ne m'apercevait plus jamais en ces tripots et ces lieux de plaisir que je fréquentais jadis si assidûment ? — Il m'avait nombre de fois interrogé là-dessus, et toujours par mille faux-fuyans j'avais éludé sa curiosité. Mais un matin que je rentrais pâle, en désordre, et les fatigues de l'insomnie écrites apparemment sur mon visage en d'inquiétans caractères, il me pressa de questions si vivement et avec des marques d'affection si touchantes, que, tout honteux déjà de lui avoir si long-temps caché quelque chose de mes actions, moi qui, dès mon enfance, m'étais accoutumé à lui tout dire, ne résistant plus à ses instances, sûr d'ailleurs de lui comme de moi-même, je déchargeai mon cœur de ses secrets dans le sien, où je ne doutais pas qu'ils ne demeurassent profondément ensevelis.

Mon frère, homme de bon et prudent conseil, ne me gronda pas trop d'un attachement dont les séductions avaient été si grandes; il me donna pourtant de sages avertissemens, et m'engagea fort à rompre une liaison qui lui

6

semblait entourée de trop de mystères pour qu'elle pût être innocente et sans conséquences fâcheuses.

Nous avions eu cet entretien assis l'un près de l'autre en ma chambre, portes et fenêtres fermées. Qui pouvait nous avoir entendus, si ce n'est Dieu et nos anges gardiens?

Eh bien! je fus régalé, le soir après souper, d'un de ces billets jetés sur mon lit, qu'en mes galans propos je disais à ma dame m'être descendus du ciel. Mais celui-là n'avait rien, je vous assure, du langage doucereux et mesuré que l'on doit parler en si haut lieu. Vu son style et l'inexplicable chemin qu'il avait pris pour me venir, il eût au contraire été fort raisonnablement permis de lui supposer un point de départ tout opposé. C'était bien, en somme, le billet le plus diaboliquement furibond qu'ait jamais écrit la femme la plus enragée, dans la plus haute tempête de sa plus fougueuse colère.

—Elle ne me faisait pas même l'honneur de me traiter d'ingrat et de perfide. J'étais un misérable et un infâme!

Elle avait été bien folle de mettre une âme comme la sienne à la merci d'un cœur si bas placé! Je l'avais trahie lâchement; mais je n'aurais pas la gloire de briser le premier, suivant l'honorable avis de mon frère, un lien qui l'avait déjà trop long-temps déshonorée!

Elle était avertie à temps, et de ce jour je ne devais plus entendre parler d'elle ! —

Je ne vous dirai point en quelle douleur me jetèrent ces menaces, qu'un effet sérieux parut vouloir suivre. Il ne m'arrivait plus ni lettres ni messages. Durant trois semaines, dona Josefa sembla bien m'avoir irrévocablement oublié. Oh! je n'avais pas, moi, pris mon parti de son abandon, et ce n'était point avec résignation que je portais le deuil de cet amour. Rougissant d'ailleurs de ma faiblesse, et redoutant d'en trop laisser éclater au dehors les témoignages, je m'étais retiré ainsi qu'un ermite en ma chambre, refusant d'y admettre qui que ce fût, même mon frère, afin de me consoler au moins un peu à pleurer en liberté.

Ce désespoir si profondément enfoui sut

pourtant trouver son accès jusqu'auprès de la
comtesse; et lui arracha quelque pitié. Fléchi
par mes pleurs, un beau matin le ciel enfin se
rouvrit, et il m'en tomba une missive où dona
Josefa, touchée de mon repentir, me permettait de venir expier ma faute à ses genoux.

Il fallait vraiment, pensai-je alors, que la
même fée qui lui avait conté mot pour mot ma
conversation avec mon frère, remplissant cette
fois un office plus honorable, se fût chargée
de recueillir mes larmes, et de les lui porter afin
d'obtenir ma grâce.

Après cette réconciliation qui fut surtout
bien complète, lorsque j'eus convaincu suffi-
samment mon inquiète maîtresse que ma confidence à mon frère, si coupable qu'elle fût,
reposait au moins en un digne et inviolable
sanctuaire, notre commerce se continua, durant les premiers mois de l'hiver, plus intime
encore, et sans que le moindre orage en revînt
troubler la sérénité.

Moi, je m'étais endormi dans mon bonheur
avec une si insoucieuse confiance, que je ne
m'étonnais même plus du merveilleux de ses

mystères. Au lieu de la chaise et du vieil
écuyer, doña Josefa m'eût-elle envoyé un soir
quelqu'un de ces dragons ailés dont il est fait
tant usage en nos romans de chevalerie, la
chose m'eût semblé, je crois, parfaitement
simple et naturelle, et j'eusse monté l'hippo-
griffe et piqué des deux, tout aussi calme que
si je m'en fusse allé trotter innocemment au
Prado sur le moins rétif de mes chevaux de
Xerès.

VI.

C'était vers le milieu de janvier, en ce temps
de nuages et de brouillards où les beaux jours
sont si rares à Valladolid, qu'on les y chôme
pareillement à des fêtes publiques, chacun
courant alors aux promenades, afin de revoir
à son aise le bleu du ciel et s'ébattre au soleil.

Pour jouir de l'une de ces joyeuses matinées,
mon frère et moi nous étions sortis en la compagnie de trois autres cavaliers de nos amis.
Mais l'un d'eux, voulant, avant de descendre
au Prado, faire quelques tours dans la rue de
sa maîtresse, comme cela ne nous alongeait

guère le chemin , nous nous en fûmes tous avec
lui. Or, tandis qu'il allait et venait, attendant
en de grandes impatiences l'apparition de son
astre moins diligent ce matin-là que celui du
jour, nous autres, pour ne le point gêner,
nous nous étions plantés au coin de la place
San Esteban, vis-à-vis d'une fort grande maison, et là, sans qu'aucun de nous y mît, je
crois, le moindre intérêt de cœur, mais plutôt
par émulation ou désœuvrement, nous nous
occupions à courtiser et assaillir de signes et
d'œillades certains balcons du voisinage où
s'étaient montrées quelques jeunes femmes.
Nous avions insensiblement passé plus d'une
heure en ce divertissement, et nous y eussions
employé peut-être le reste de la journée, si un
incident bien inattendu ne nous eût interrompus dans nos galanteries. Une voiture où était
une dame? sortit tout à coup de la grande
maison en face de laquelle nous étions postés.

— Oh! la belle personne! s'écrièrent en
même temps tous mes compagnons, voyez
donc, don Andres!

Et comme je regardais à ce moment d'un
côté opposé, me conviant à l'envi au partage
de leur admiration, l'un me poussa du coude,
les autres me tirèrent par mon manteau, si
bien que je me retournai. Mais que ne de-
vins-je pas, bon Dieu ! lorsque, dans cette
femme qu'ils me montraient si indiscrètement
tous ensemble, je reconnus ma belle et mystérieuse maîtresse ! Elle m'avait trop bien reconnu, elle aussi ; elle devint pâle comme une
morte ; son éventail et son mouchoir lui tombèrent des mains, elle faillit s'évanouir ; elle
se remit pourtant, et, m'ayant lancé un regard
à la fois glacé et flamboyant, un regard qui me
perça au cœur comme une dague, elle se fit
ramener par son cocher à cette maison qu'elle
venait de quitter.

Mon frère et nos amis admirèrent également
le trouble extrême de la dame et la subite résolution qui lui avait fait changer le dessein
de sa route. Ils en devisèrent longuement, s'efforçant de s'en expliquer ou d'en deviner les
causes. Moi seul, hélas ! j'avais trop de raisons
de les comprendre et de me les attribuer ! A

quelles mortelles inquiétudes ne m'abandon-
nai-je pas d'abord !

Elle aura pensé, me disais-je, que, par mon
ordre, malgré toutes ses défenses, on aura
suivi la chaise à porteurs et son écuyer, et
découvert ainsi sa maison. Elle se sera imaginé
qu'ayant révélé à mes amis comme à mon frère
le secret de notre liaison, j'aurai épié en outre
avec eux ses démarches, et que je les aurai
amenés sur cette place pour leur montrer moi-
même ma conquête et m'en glorifier lâchement.

Mais, à examiner toute ma conduite, la jugeant bientôt si parfaitement innocente de
ces trahisons, et ne doutant pas que la nouvelle colère de la comtesse ne dût céder encore
devant les justifications de ma loyauté, je
parvins à me calmer et me rassurer un peu.

Sur ces entrefaites, comme nous étions encore, moi en mes pensées et mes amis en leurs
curieuses suppositions, nous avions été re-
joints par notre galant compagnon qui avait
enfin entrevu sa paresseuse dame à son *mira-
dor*, et s'en était revenu vers nous tout joyeux

d'avoir obtenu d'elle un regard. Aux peintures
que lui fit du carrosse et des livrées de ma
maîtresse, mon frère, qui en demeurait surtout
préoccupé, il l'avait aisément reconnue, et
nous conta quelques particularités sur elle,
tandis que nous poursuivions notre chemin
vers le *Prado*. Ayant à peine l'air d'écouter,
je ne perdais pas un mot de ces révélations. J'en
appris ainsi touchant dona Josefa un peu plus
que je n'en savais. C'était la femme d'un certain grand seigneur, comte de Valdemoro, *ti-
tulo* de Castille. Son mari, vieillard jaloux et
violent, la tenait étroitement gardée en une
maison ignorée où lui seul avait accès, et
dont elle ne sortait jamais qu'en voiture.
C'était pour cela qu'à la cour on la surnommait
la belle mal mariée, — *la bella malcasada.*

Je venais de donner, certes, à ma maîtresse
la plus haute preuve possible de mon aveugle
docilité à ses ordres, en ne me mêlant pas
même de questions à cet entretien où j'étais
si profondément intéressé. Aussi rentrai-je de
la promenade plein de confiance dans le bon
témoignage que n'aurait pas dû manquer de

rendre pour moi à dona Josefa le lutin chargé
de m'observer, et j'achevai de me tranquilliser
en lisant le billet suivant que je trouvai sur
mon lit :

« Je ne sais, mon ami, me disait dona Josefa,
si ç'a été pour toi une bien grande joie de con-
templer un instant au grand jour, en public,
le visage de celle qui, en secret, a tant de fois,
tant de nuits, appartenu tout entière à tes
regards. Mais ce n'est là peut-être que le tort
d'un amour excessif. Tu auras eu un violent
désir de me revoir, et tu n'auras pas regardé
aux moyens de le satisfaire. Je n'ai donc pas la
force de t'en vouloir beaucoup. J'espère aussi
que ceux auxquels tu as confié nos secrets sont,
comme ton frère, des amis sûrs et incapables
de nous perdre. — Je ne vous pardonne cependant pas encore, don Andres ; mais, voyez
l'excès de ma faiblesse! je vous permets de venir
dans quatre jours solliciter vous-même votre
absolution. »

La comtesse ne m'avait point demandé de

réponse à son billet. C'était me dire qu'il eût été imprudent et inutile d'en faire une. Il m'en coûta d'attendre ces quatre jours, sans commencer d'avance par écrit mon apologie; aussi me furent-ils bien longs!

Ils s'écoulèrent pourtant, et le soir du dernier, je me retrouvai enfin aux pieds de dona Josefa. Ma grâce fut vite obtenue. A peine reçus-je quelques tendres reproches; et ne me laissant pas seulement le loisir de plaider ma défense, elle se jeta à mon cou et me ferma la bouche avec ses baisers.

Puis elle voulut que nous soupassions ensemble, ce qui ne nous était pas encore arrivé. Sa joie fut plus folle et sa passion plus ardente qu'elles ne l'avaient jamais été en aucun de nos rendez-vous. Jamais je ne m'étais senti si heureux; jamais je ne m'étais cru tant aimé.

Comme, après notre souper, nous nous levions de table, m'ayant pris le bras, la comtesse s'en voulut entourer la taille; mais la large garde de mon épée se trouvant entre nous et empêchant son étreinte:

— Mon beau chevalier, me dit-elle, est-ce que vous avez si peur de mes caresses, qu'il vous faille contre elles cette terrible lame? Ne pourra-t-on vous embrasser cette nuit qu'armé ainsi de pied en cap?

Et me laissant d'un air boudeur, elle s'en fut au bout de la chambre s'accouder sur le dossier d'une chaise.

Moi, tout en m'excusant de mon oubli, dont j'attribuais la cause aux préoccupations de mon bonheur, j'avais quitté mon manteau et mon épée, et je m'en revenais aux genoux de dona Josefa, — lorsque je fus retenu par l'observation d'un incident assez singulier.

La comtesse avait un petit épagneul dont elle était fort éprise, qui l'accompagnait en tous lieux, et dormait même la nuit en son lit. Le joli animal s'était joyeusement ébattu autour de nous durant notre souper, et depuis que j'étais debout, n'avait cessé de me suivre en la chambre, me mordant les bottines et sautant à mes éperons. Il était encore à mes talons, quand je passai devant l'alcôve; se trou-

vant alors près du cabinet de toilette qui était
à côté, il en entr'ouvrit la porte de son mu-
seau et s'y glissa à moitié, — puis soudain il
recula grondant et aboyant, et se réfugia
entre mes jambes avec tous les signes d'un
grand effroi.

— Qu'est cela, madame? Qui peut faire
aboyer ainsi le chien? dis-je, moins saisi d'inquiétude que de curiosité. Qu'y a-t-il en ce
cabinet?

Et ayant pris un flambeau pour m'éclairer,
j'y allais entrer; mais elle, poussant un grand
cri, s'élança sur moi et me retint; et la porte
s'ouvrant au même moment, trois hommes en
sortirent armés jusqu'aux dents, qui fondirent
sur moi furieusement.

Oh! je l'avoue, je crus bien voir luire en
l'acier de leurs lames l'éclair de la foudre qui
frappe. C'est une mort bien horrible pour un
soldat qu'une mort obscure sous un fer assassin!
c'est un calice bien empoisonné à boire! Oui,
me voyant sans épée, j'estimai que c'en était

fait de moi. Je ne perdis pas néanmoins toute
ma tête. Je jetai au loin le flambeau que j'avais
à la main ; puis, étreignant fortement la perfide, bien qu'elle résistât, je me fis de son
corps un bouclier, la tenant devant moi et l'op-
posant aux pointes des trois meurtriers. Ceux-
ci, craignant de la percer, avaient modéré leur
furie et retenaient leurs coups. J'avais cependant
l'œil à tout autour de moi. Nos mouvemens
avaient insensiblement changé la situation où
nous étions d'abord. Mes ennemis, en leurs
efforts et leur indécision, s'étaient aussi écartés
de leur premier terrain. Je les avais toujours
en face, mais maintenant j'avais derrière moi
le cabinet d'où ils avaient fait irruption. Je
m'y jetai d'un saut en arrière et en fermai la
porte sur moi, après avoir lâché la comtesse,
qui tomba sur le parquet. Ce fut pour les *braves* un nouvel obstacle ; tandis qu'elle s'efforçait de se relever, ils furent empêchés de me
suivre par la crainte de la fouler aux
pieds, et moi je profitai de ce retardement,
ayant trouvé à tâtons, — car j'étais sans lumière, — les verroux intérieurs, que je tirai.

Tout cela s'était passé en moins d'un instant.
Je sentais bien mon sang couler de plusieurs
blessures que j'avais reçues dans la lutte, mais
j'étais debout encore. Ma poitrine, protégée
par mon ennemie elle-même, n'avait point été
atteinte. Je n'étais pas pour cela hors d'affaire
et je n'avais gagné qu'un court répit. M'étant
recommandé à Dieu et à la très sainte Vierge, je
repris un peu de force, sinon d'espoir, et j'essayai
de reculer encore de quelques momens la misérable mort qui me menaçait. Au milieu des
ténèbres, saisissant au hasard toutes les portions d'ameublement qui me tombèrent sous la
main, je les entassai contre la porte, afin de
la barricader et d'arrêter les assassins.

Mais bientôt ceux-ci, impatiens de sa résistance et renonçant à la forcer, se mirent
en devoir de la briser, et, à cet effet, l'as-
saillirent de coups si rudes, que je ne m'attendis plus qu'à la voir voler en éclats. Il fallut
qu'elle fût d'un bois bien dur pour tenir aux
assauts qu'ils lui donnèrent. Ils en eussent
néanmoins triomphé, s'ils s'y étaient
acharnés de cette sorte davantage. Ce fut la

comtesse qui leur défendit de continuer. Elle craignait, je suppose, et non sans raison, que leur effroyable vacarme n'allât retentir au dehors et la trahir. Ils se retirèrent et parurent se concerter avec elle sur les moyens à prendre; puis je les entendis se rapprocher.

— Que faire enfin? dit l'un d'eux.

— Il faut enlever sans bruit, dit la comtesse, les vis de la serrure et des gonds; la porte cèdera ensuite d'elle-même.

Juste ciel! et celle qui dictait impitoyablement ces précautions de prudence atroce, c'était la même qui m'avait aimé! cette voix qui commandait de tuer n'avait tout à l'heure que des accens ivres de volupté! cette bouche disait contre son amant de froides paroles de meurtre, toute chaude encore de ses baisers!

O femmes! vous êtes bien toutes du ciel ou de l'enfer! Oh! oui, en nous donnant à vous, nous nous damnons bien, ou nous nous sauvons! Mais c'est en aveugles que nous nous

mettons à votre merci; car, au moment où
nous nous jetons en vos bras, qui nous dira
d'où vous nous venez? Qui nous dira si le démon n'est pas sous vos ailes d'anges? Qui nous
dira, avant qu'il soit trop tard pour nous rejeter en arrière, si la neige de votre beauté n'est
pas un piége décevant sous lequel se cache l'a-
bîme immonde d'un cœur plein de poignards
et de vipères? O femmes! — en ces mortelles
incertitudes, — bien que le salut sans vous soit
une autre damnation, bien que sans vous ce soit
le néant, — Dieu nous garde de votre amour!

VII.

Cependant, poussé par cet instinct de conservation dont nous ne sommes abandonnés
qu'avec le dernier souffle, j'allais continuant
de bouleverser ce cabinet; je jetais tous ses
meubles les uns sur les autres au-devant de
la porte, afin de me faire à son défaut un
second rempart. Ce fut alors qu'au moment
où je soulevais un guéridon, en le déplaçant
je vis soudain jaillir, sous mes pieds, une faible

lumière. Je me jetai à genoux, afin de chercher
ce qu'elle était et d'où elle sortait, et je reconnus qu'elle partait d'un trou creusé dans
le vide de deux carreaux détachés du sol, et
fermé au fond par un petit châssis au travers
duquel elle passait.

A cette clarté, je me sentis comme ressus-
cité. Était-ce mon étoile elle-même qui venait
de me luire? Les mains jointes, je remerciai
Dieu tout d'abord de ce rayon d'espérance qu'il
m'envoyait.

Je levai le châssis, et la lumière qu'il voilait
monta plus éclatante. J'appliquai l'œil à l'entrée du trou, et je vis qu'il donnait dans une
grande chambre éclairée par deux flambeaux
posés sur une table, et où se promenaient en
long et en large plusieurs hommes s'entrete-
tenant avec vivacité. Vous pensez bien que,
troublé comme je l'étais, je ne songeai point à
écouter leurs paroles ni à m'assurer de ce qu'ils
pouvaient être. D'ailleurs la soudaine inspira-
tion qui me vint ne m'en laissait guère le loisir. Je vous ai dit que le trou s'ouvrait dans le
vide de deux carreaux enlevés. Or, un carre-

lage est comme un tricot, qui, dès qu'une maille s'en échappe, se défait ensuite aisément tout entier. Ainsi une brique manquant, rien de plus facile que d'arracher les autres. De ma dague qui m'était par bonheur restée, j'en fis sauter cinq ou six, puis j'élargis toute l'ouverture en proportion, creusant entre deux poutres dans la terre et le plâtre qui n'offraient plus nulle résistance.

A ce moment, les efforts de mes assaillans n'avaient pas un moindre succès, car la porte s'entr'ouvrait soulevée hors de ses gonds. Mais moi j'avais achevé en même temps de me faire un chemin suffisant. J'étais encore, à vrai dire, en une horrible crise. Si les voix des assassins m'arrivaient plus claires et plus menaçantes, j'en entendais d'autres aussi sous mes pieds. Et puis, si je me précipitais parmi ces inconnus, en cet appartement inconnu, de quelle hauteur serait ma chute? Entre les deux dangers pourtant, je n'hésitai pas; ayant fait le signe de la croix et appelé de nouveau la sainte Vierge à mon aide, rompant du poids de mon corps les planchettes et le mastic qui me gênaient encore le passage, je me laissai glisser.

Je tombai au pied d'un lit, et bien que je m'y heurtasse rudement la tête, les matelas, les couvertures et les nattes du parquet amortirent la force du coup, qui ne fit guère que m'étourdir.

Mais ce ne fut pas là le plus grand prodige de ma bonne fortune. Quelle ne dut point être, je vous le demande, mon admiration, lorsque, revenant à moi, je vis que ce lit sur lequel j'étais tombé était le mien, que j'étais en ma propre chambre; lorsque je reconnus, dans ces hommes que j'avais entendus d'en haut, et qui, au moment de ma chute, étaient venus sur moi l'épée levée, mes propres gens et mon frère; lorsque je me sentis presser en leurs bras! Je leur prenais les mains; je les appelais par leurs noms; je touchais les murs de mon alcôve. Oh! c'étaient bien mon frère et mes gens! c'était bien mon logement! Mais, j'en atteste la sainte figure de Dieu de Jaen, je tenais l'évènement à pur miracle!

Redevenu capable de rassembler quelques idées et de les exprimer, j'avais raconté mon aventure de la nuit, ou du moins ce que ma mémoire troublée m'en laissait comprendre. Assurément, blessé comme je l'étais en trois endroits à la tête et à l'épaule, et affaibli par la perte de mon sang, je n'étais guère en état de quitter mon lit et ma chambre ; mais, si j'y restais, il y avait péril que les assassins, désappointés, ne cherchassent à en finir avec moi, de quelque coup d'arquebuse à travers l'ouverture élargie du plafond. Entraîné par mon frère, je sortis donc le plus précipitamment que je pus de notre logis.

A peine avions-nous traversé la rue, qu'un bruit soudain, que nous entendîmes près de nous, nous fit nous ranger dans l'ombre, sous l'auvent de la boutique d'un barbier. Alors, d'une petite porte cachée à l'angle de notre maison, et que j'avais toujours crue condamnée, mais qu'aux lumières venant du passage étroit sur lequel elle s'ouvrait, je reconnus, à n'en pas douter, pour celle par où m'avaient introduit tant de fois le vieil écuyer et les nègres au sortir de la chaise, je vis se précipiter les trois *braves*, l'épée à la main. Sans doute, s'étant aperçus qu'on m'emmenait de ma chambre, ils avaient espéré me couper la retraite et m'achever dans la rue.

Par *Santiago* ! à leur vue , ce qu'ils m'avaient laissé de sang me bouillonna terriblement dans les veines! Si faible que je fusse, je voulais appeler mes gens , et, fondant avec eux sur ces misérables, mettre un peu d'acier en leurs pourpoints, près de l'or qu'ils emportaient pour leur salaire de meurtriers.

Mon frère me contint de force. Ne permettant pas même que je rentrasse de la nuit en notre logement , bon gré mal gré il me conduisit ou plutôt me porta jusque près du couvent de *San Miguel*, chez un de nos amis dont la maison était toute à nous.

Ce fut là que je passai quatre jours entre la vie et la mort. — Mes blessures étaient plus profondes qu'on ne l'avait jugé d'abord ; et si mon ame ne sortit point par elles de mon corps, certes, c'est que mon bon ange l'arrêta lui-même de ses mains à ces portes ensanglantées.

Étendu près d'un mois en ma couche, j'eus

le loisir de me jeter en des pensers et des ressouvenirs bien amers! Cette cruelle femme qui m'avait voulu tuer, n'avait pourtant pu tuer mon amour! Oui, lâche et aveugle que j'étais, je l'aimais encore; je me persuadais qu'elle m'avait noblement aimé elle-même; je cherchais à son crime des excuses et je les fondais sur les vraisemblances de ma faute! Je prétendais me prouver qu'elle avait dû se croire mortellement offensée, et qu'elle avait eu raison de se vouloir venger!

Pourquoi les salutaires réflexions que je fis plus tard ne vinrent-elles pas dès-lors à mon secours? Elles eussent hâté de beaucoup la double guérison de mon corps et de mon âme!

Au moins, tout ce qui, dans les détails de cette singulière et tragique aventure, avait été si long-temps entouré pour moi de mystères merveilleux; tout ce que j'avais été tenté parfois d'en attribuer aux prestiges des sorcelleries; tout cela m'avait été bien clairement expliqué par ce dénouement.

Ainsi, la comtesse et moi nous habitions la

même maison, bien que nos appartemens
eussent chacun des issues différentes. Cette
ouverture du parquet de son cabinet qui donnait dans ma chambre et sur mon lit même,
le hasard l'avait commencée peut-être, la curiosité l'avait disposée ensuite et masquée.
C'était par là que mes actions avaient été épiées
et mes discours écoutés; c'était par là que m'é-
taient venus ces billets tombés du ciel. Cette
chaise à porteurs aussi, par laquelle je m'imaginais être conduit bien loin, me prenait presque à ma porte et me ramenait à ma porte,
m'ayant seulement fait voyager une heure dans
la ville! Quoi de plus simple et de moins surna-
turel que tous ces incidens? mais qui se fût
douté jamais de leur simplicité?

Enfin, à force de les examiner et d'y réfléchir, je sus me refaire quelque calme et quelque raison. Ils n'étaient pas vraiment de nature à entretenir long-temps les illusions de
mon amour. Comment celui dont j'avais sup-
posé cette femme éprise était-il entré en son
cœur? Par ses contemplations indiscrètes et
prolongées, fruit de son oisiveté et de l'étroite

retraite où la laissait son mari, elle s'était en-
flammée de désirs grossiers ; et, afin de les satisfaire sans danger pour elle-même, elle s'é-
tait avisée de tous les stratagèmes capables de
lui assurer l'impunité de son déshonneur !
— Etait-ce donc là de l'amour ?

Et m'eût-elle aimé, et se croyant trahie, en
son furieux ressentiment, eût-elle été saisie de
la soif d'une prompte et mortelle vengeance;
sans plus attendre ni délibérer, que ne
me faisait-elle assaillir et percer de dagues
au détour de quelque rue? car c'est ainsi
qu'en d'honorables et subites colères une
âme passionnée est excusable peut-être de se
venger. Mais non, elle avait préféré me voir
égorger sous ses yeux et en son lit, afin de se
défaire de moi plus sûrement, afin de m'enterrer ensuite, sans doute, au fond des caveaux
de sa maison, et d'ensevelir avec mon cadavre
le témoignage de toutes ses infamies, le scandale de sa vie et le crime de ma mort! —
Était-ce là aussi de la vengeance?

J'ai peu de commerce avec les livres et ne
me mêle guère de leurs discours; mais certains

philosophes, m'a-t-on conté, pensent qu'il est
des occasions où l'on peut tuer ceux que l'on
aime bien. Ces sages-là auront dû dire aussi,
comme c'était raison, qu'il faut au moins bien
aimer soi-même, pour avoir droit de tuer, et
surtout tuer justement !

. . . .

LE CAMPO SANTO.

J'étais sorti de Madrid par une belle matinée du mois d'avril 1831. Je traversai le pont de Tolède, et, continuant ma promenade en montant à gauche un étroit sentier, j'arrivai à la porte d'un cimetière. Elle était ouverte; j'entrai.

Je n'avais pas encore vu de cimetière en Espagne. Celui de la porte de Tolède est de construction moderne, comme tous ceux de Madrid, car il n'y a pas plus de trente ans qu'on a cessé d'enterrer dans les églises de cette capitale.

Ce cimetière n'est pas, ainsi que ceux de Paris, un jardin coquet, joyeusement coupé de berceaux et de charmilles, où serpentent des allées de sable jaune bordées de fleurs et de tombeaux ; c'est un champ stérile et sans ombrage ; c'est une vaste enceinte carrée, ayant une chapelle à l'entrée, une haute croix de pierre au milieu, et tout à l'entour des galeries ouvertes, protégées par un toit revêtu de tuiles reposant sur des piliers de bois peint en vert.

Les murs de clôture fort épais, qui forment le fond de ces grossiers portiques, sont percés sur toute leur surface de trous profonds, régulièrement superposés les uns aux autres. C'est là qu'on introduit les cercueils comme des tiroirs dans leurs cases.

On dirait les nids d'un pigeonnier désert, ou plutôt les alvéoles d'une ruche abandonnée par ses abeilles. — Les corps sont demeurés ; les âmes se sont envolées.

Sur les pierres étroites qui ferment, au niveau du mur, ce casier des morts, point de ces épitaphes fastueuses dont on surcharge ailleurs les tombes! Point de ces douleurs d'héritiers écrites en or dans le marbre, comme pour té- moigner avec plus d'éclat de leur mensonge! Les noms seulement et l'âge des défunts, le titre de la confrérie à laquelle ils ont appartenu, et parfois un verset des psaumes, voilà tout. — Il semble que l'Espagnol, de son vivant si gonflé de ses vanités, ait voulu laisser au seuil de ce monde toutes les bouffissures de son naïf orgueil.

II.

Je marchais depuis quelque temps sous les galeries du *Campo-Santo*. J'avisai bientôt un homme en veste qui, les mains croisées der- rière le dos, *prenait le soleil* (1) l'épaule ap- puyée contre un des piliers.

A son air nonchalant et distrait, je jugeai d'abord que cet homme était chez lui, que c'était le maître du logis.

(1) *Tomava el sol.*

—Vous êtes le gardien du cimetière? lui demandai-je.

—*Si, senor*, pour vous servir, —*para servir a usted*, —me dit-il fort courtoisement.

Il avait présumé sans doute que je venais me pourvoir d'une sépulture. Mes questions étaient au moins de nature à lui suggérer cette supposition.

—Combien se paient ces niches? dis-je, lui en montrant plusieurs qui étaient vides.

—Cela dépend, répondit-il; —si c'est pour quatre ans seulement, cela vous coûtera cinq cents réaux; et six mille, si c'est pour toute la vie.

—Pour toute la vie! dis-je, pour toute la vie de qui? Vous voulez dire pour toute la mort!

—Oui, pour toujours, continua-t-il en souriant. C'est un peu cher, n'est-ce pas? Mais il y a à meilleur marché des tombes pour toute la vie aussi. Tenez, celles que nous avons sous nos pieds, et qui sont numérotées, ne reviennent qu'à six cents réaux. On y est fort bien également.

—Mais tout le monde ne peut pas mettre six cents réaux à une tombe. N'avez-vous pas à loger parfois quelques uns de ces hôtes qui n'ont pas plus de réaux après leur mort qu'ils n'en ont eu pendant leur vie? — Que faites-vous des corps de ceux-là?

—Oh! en effet, les pauvres ne manquent point; mais, grâce à Dieu, la place ne leur manque pas non plus! Voyez, dit-il, me montrant le sol nu et découvert du cimetière, ce champ est grand! — *este campo es largo!*

En causant, nous étions sortis des galeries, et nous nous étions avancés dans l'enceinte, où nous nous promenions en long et en large, foulant aux pieds ces sépultures dont pas une

8

pierre, pas une croix de bois, pas une touffe
d'herbe ne signalait la place.

— Ainsi tout le peuple des morts est ici en
pleine terre, dis-je au gardien. Votre cimetière
ressemble au cirque de la place dès Taureaux.
Sous les galeries, les niches, ce sont les loges
où se placent les grands et les riches; au-dessous, les tombes numérotées, c'est l'amphithéâtre couvert où vont les fortunes moyennes.
Au bas et à l'air libre, les fosses communes,
c'est le *tendido*, le parterre, où se mêle et
s'entasse la foule misérable et sans nom.

—C'est vrai, répondit-il. Il y a seulement une
différence, c'est que le *tendido*, si tumultueux
à la place des Taureaux, ne fait pas ici plus
de bruit que les loges et l'amphithéâtre.

III.

Nous avions laissé la chapelle à notre droite,
et nous nous trouvions devant un large trou

carré, qui expliquait de reste lui-même sa des-
tination. Le gardien s'arrêta.

— Voici une fosse, dit-il, qui m'a dévoré
bien des corps déjà! Cependant elle n'est pas
encore rassasiée, et je ne la fermerai guère
avant un mois.

— Mais celle-là, qui a la gueule béante, qui
semble être à jeun et affamée aussi, dis-je à
mon *cicerone*, lui en montrant du doigt une
autre fraîchement creusée en arrière d'un petit
massif d'alaternes rabougris; — celle-là?

Il me regarda d'un air défiant et inquiet; —
puis, comme si la loyauté de ma physionom
l'eût rassuré :

— Celle-là, répondit-il se rapprochant de
moi, celle-là, c'est une fosse à part; c'est une
fosse de réserve; — c'est une fosse nouvelle
pour les suppliciés. — J'ai reçu hier l'ordre de
la tenir prête. Il y a maintenant dans les prisons de Madrid beaucoup de révolutionnaires

menacés de la peine capitale;— c'est une mesure de précaution qu'on a prise.

Je tressaillis. — Les cachots de la *carcel de
corte* et de la *carcel de villa* étaient encombrés
alors de patriotes qu'on y avait jetés comme
suspects d'une soi-disant conspiration libé-
rale contre le régime paternel restauré en
Espagne, grâce aux cent mille hommes du duc
d'Angoulême. Tout Madrid frissonnait de terreur. Une première exécution politique avait
eu lieu, et l'on s'attendait à la voir suivie d'un
grand nombre d'autres.

Je m'avançai jusqu'à cette fosse encore vide;
penché au bord, j'y plongeai le regard.

— C'est bien, pensai-je; la sépulture est disposée d'avance. L'arrêt n'est pas encore prononcé, mais la tombe est déjà creusée. C'est
bien, messieurs les alcades, c'est bien; condamnez! N'ayez nul souci. Les fossoyeurs vous ont
donné l'exemple; ils ont fait leur besogne ; à
vous la vôtre. Condamnez; il y a de la place
pour bien des sentences de mort, et bien des
remords de juges. — La fosse est profonde. —

— Mais où était la dernière fosse des suppliciés, — celle qui est pleine maintenant? demandai-je au gardien.

— Là-bas, dit-il, à la gauche de la chapelle,
à l'autre coin.

Je me dirigeai vers la place qu'il m'avait dé-
signée du doigt. Il me suivit.

La terre fraîchement remuée et non encore
foulée dans la double longueur de deux cercueils, accusait elle-même une double sépulture récente.

Il y avait eu une exécution à la place de la
Cebada la semaine précédente. Il y en avait eu
une seconde la veille.

— C'est ici? dis-je au gardien.

Il ne me répondit que par un signe affirmatif, en baissant la tête.

Je n'avais pas besoin qu'il m'apprît pour
quels crimes on avait ôté la vie à ces deux
malheureux, qui étaient là cachés sous quel-

ques pouces de terre. — Ce que je voulais, c'é-
tait pouvoir distinguer leurs tombes l'une de
l'autre; — car l'une était maudite, l'autre
sainte.

Je m'étais tourné vers le gardien. Je l'inter-
rogeai d'un regard qu'il comprit.

Ayant jeté d'abord un coup d'œil furtif autour de lui, comme pour se bien assurer que
nous étions seuls, il se rapprocha de moi; et
quand il fut tout près, abaissant la main droite
entre nous deux, l'index tourné vers le sol :

— Celui qui est à mes pieds, dit-il, c'est cet
homme qui tua sa femme; — *el que matò a
su muger;* l'autre, — et il s'interrompit; puis,
après une pause d'un instant, il ajouta tout
bas : l'autre, — c'est celui qui a dit cette parole, — *el que dijò aquella palabra!*

Cette parole! — Vous ne savez pas quelle
était cette parole que n'osait répéter ce geôlier
de cimetière en présence de ses morts, — bien
muets pourtant et sourds ! — C'était *Vive la
liberté! — Viva la libertad!*

Celui qui l'avait dite, cette parole, c'était un pauvre cordonnier, *Antonio Latorre*, — un enfant de dix-neuf ans. Etant ivre en une taverne, le 22 mars, il avait crié : *Vive la liberté !* Arrêté sur-le-champ, et conduit en prison, il s'était endormi dans son cachot. On l'avait réveillé pour le condamner. Le 25 mars, — un dimanche des Rameaux, — on était venu lui lire sa sentence et le mettre en *capilla*. Après l'y avoir torturé trois jours, le 28 mars, on l'avait enfin mené au supplice; — on l'avait pendu comme révolutionnaire! — *Por revolucionario !* — Son crime, son arrêt et son exécution avaient été commis en moins d'une semaine!

Pauvre enfant! — Il avait été la première des victimes de l'année. — Il avait été le premier de ceux qu'en 1831 le bourreau avait envoyés au ciel rejoindre El Empecinado, Riego et leurs frères. — C'était lui qui avait ouvert cette seconde marche triomphale des patriotes espagnols à l'échafaud! Le libraire Miyar ne devait pas tarder à le suivre; — puis viendrait la sainte jeune fille de Grenade; — puis Torrijos,

Flores Calderon et leurs compagnons, — les trente-sept martyrs de Malaga !

Lui pourtant, ô mon Dieu ! fils ignoré du peuple ! lui ouvrier obscur, dont la mort seule avait révélé l'existence, vivrait-il au moins dans la mémoire du pays ? Au jour des expiations, la patrie se souviendrait-elle de lui ?

Antonio Latorre ! — Pour sauver ton souvenir de l'oubli, j'aurais voulu t'élever alors de mes mains un mausolée de marbre blanc, et y écrire en lettres d'or ton nom, — ton seul nom ! — J'aurais voulu encore que l'on m'apportât toutes les palmes bénites de ce dimanche des Rameaux où avait commencé ton agonie, et, pour le cacher à tes bourreaux et à tes juges, j'en aurais couvert à poignées ce tombeau que je t'aurais bâti. — Peut-être la Liberté, voilée de deuil, serait venue les écarter quelquefois les yeux en pleurs !

IV.

A ma droite, à la portée de mon bras, se trouvait un frêle églantier, tout bourgeonnant déjà, mais qui n'avait encore que trois petites feuilles à peine ouvertes. — Je les cueillis, et, sans que le gardien m'eût remarqué, je les laissai tomber à mes pieds, avec une larme, sur la terre qui recouvrait le corps d'Antonio Latorre.

Comme je sortais du *Campo-Santo*, je m'arrêtai un instant à sa porte. De là je promenai ma vue sur l'horizon qui se déroulait autour de moi! — Que cette journée, des premières du printemps, était belle! Que le ciel était d'un bleu pur et profond! Comme les aigles noirs volaient haut, fendant l'air de leur grande aile indépendante! Comme le Guadarrama s'étendait majestueux à ma gauche, sous son éblouissant manteau de neige! Comme Madrid brillait chaudement au soleil, avec ses églises de brique rouge et ses maisons peintes!

— Oh! me disais-je, ce serait bien à ce soleil et sous ce ciel qu'il faudrait crier de toutes les forces de son âme : *Vive la liberté!*

Je me retournai, et jetai un dernier regard vers la nouvelle fosse politique.

—Mais, pensai-je en m'éloignant, voilà pour ceux qui diront cette parole!—*A quella palabra!*

DON DIEGO.

Ce fut en 1833 que venant de Séville à Madrid, je dus, comme suspect de choléra, subir ma quarantaine dans le couvent de San Diego d'Arrizafa, hors des murs de Cordoue, au pied de la *Sierra-Morena*.

Les religieux, Franciscains récolets, de ce monastère s'étaient médiocrement réjouis d'abord de ce qu'on eût pris la moitié de leur sainte maison pour en faire un lazaret; — impiété qu'on ne se fût assurément permise au

siècle dernier en l'honneur d'aucune peste du
monde ! Néanmoins, soit que leur vœu d'o-
béissance les eût pliés promptement à porter
cette croix d'une épaule résignée ; soit que leur
foi fût grande en saint Garalampio qui garde
ses dévots de toute maladie contagieuse, ils
traitaient au mieux les pestiférés que leur envoyait, au nom de Dieu, le corregidor de la ville,
et vivaient avec eux en fort bon voisinage.
Pour mon compte je n'eus qu'à me louer de
l'hospitalité des dignes pères, et le mois que
je passai en leur cloître me fut un noviciat
beaucoup moins rude que je ne l'avais craint.

Or, le père gardien, qui me visitait souvent
en la cellule où j'étais logé, m'ayant trouvé
un matin très en détresse et embarrassé de
tuer la journée, me laissa un moment, et revint bientôt tenant un énorme manuscrit.

— Si vous savez déchiffrer nos vieilles écri-
tures et leurs abréviations, dit-il, voici de quoi
vous divertir. C'est l'histoire des amours de don
Diego Fernandez de Guadalcazar y Montemayor. Racontées de tant de diverses façons,

en tant de poèmes, de romans et de romances,
elles ne le sont nulle part aussi véridiquement
qu'en ce livre inédit. Son auteur, religieux de
cette maison, et l'une des lumières de l'ordre,
Fray Inigo Salvatierra, florissait sous le règne
de Philippe V. De son vivant, fort célèbre déjà
grâce à ses savantes apologies de l'inquisition,
il s'était en outre acquis un grand renom par
l'éloquence de ses homélies ; mais une para-
lysie qui lui tomba sur la langue en 1714, lui
ayant interdit l'accès de la chaire, ce fut sa
consolation d'écrire cette chronique et d'entre-
mêler à ses aventures tous les beaux enseignemens qu'il ne pouvait plus répandre en sermons. —

Je remerciai fort le père gardien, et une
fois seul, je m'enfonçai en ce grimoire, où à
suivre en courant l'obscure avenue d'un discours préliminaire, bordé de divagations plus
touffues qu'aucune préface moderne, je ne
tardai pas de découvrir la façade de l'histoire
de don Diego, et d'entrer en un récit qui, tout
encombré qu'il fût, me saisit assez vivement

pour me suggérer l'idée d'amuser les derniers loisirs de ma quarantaine à le traduire.

. Donc si, l'introduction déjà franchie, l'on traverse encore sans s'y arrêter les vestibules successifs de sa dédicace à la Vierge Marie, l'Impératrice du Ciel, et de ses invocations à saint François, le fondateur de la religion des cordeliers, et au bienheureux archange saint Raphaël, le patron de Cordoue, la chronique proprement dite de Fray Inigo commence ainsi :

I.

Je me livrai tout entier à l'ardeur qui
m'enflammait, sans vouloir me borner à
ce qu'il y a de permis et de légitime.
SAINT AUGUSTIN.

C'était en 1550, qu'après dix ans d'absence
employés en glorieuses campagnes, était de
retour à Cordoue, sa ville natale, don Diego
Fernandez, comte de Guadalcazar y Montemayor, dont le haut crédit ne s'appuyait pas
moins sur la grandeur de ses faits d'armes que

9

sur la noblesse et la pureté de son sang, et les
éminens mérites de sa personne et de son
esprit; toutes qualités qui faisaient de lui
l'un des cavaliers les plus accomplis de son
temps.

Don Diego venait d'entrer dans sa trentième
année. L'empereur Charles V, le jugeant en âge
de s'établir, lui choisit lui-même pour épouse
une riche héritière nommée dona Pacheca, de
la maison des Aro. Cette union était conve-
nable en tous points. D'abord elle éteignait de
vieilles querelles qui avaient divisé durant
plusieurs générations les deux familles; puis,
le rang de la dame étant d'ailleurs égal à celui
de don Diego, elle lui apportait par sa dot une
fortune capable de l'indemniser, et au-delà, de
ce que, dans les dernières guerres, il avait dé-
pensé de la sienne au service de l'empereur.

Afin de reconnaître autant qu'il était en lui
cette insigne faveur de son maître, don Diego
voulut que son mariage se célébrât avec une
magnificence dont il n'y eût pas eu d'exemple
encore dans les Espagnes.

Il convoqua toute la noblesse des quatre

royaumes de l'Andalousie aux solennités de ses noces, et l'y traita aussi royalement que l'eût pu faire le prince lui-même. Pendant un mois tout entier, ce ne fut à Cordoue que concerts, bals, comédies, courses de taureaux, tournois et mascarades. La ville n'avait vu jamais tant de pompeux spectacles et de joyeuses splendeurs.

Le dernier jour de ces fêtes avait été le plus magnifique et le mieux rempli. Depuis le matin, sauf durant les heures du dîner et de la sieste, les joûtes et les passes d'armes s'étaient continuées sans interruption au milieu de la place Royale de Cordoue. Le soir, sur le même théâtre, ce fut une représentation plus curieuse encore et plus réjouissante. Toutes les croisées des maisons avaient été illuminées, et l'on courait les bagues aux flambeaux. Mais le plaisir de cette scène, qui couronnait si dignement toutes les autres, fut troublé par une bien déplorable catastrophe. Telle était la foule qui encombrait les loges et les gradins de l'amphithéâtre de charpentes construit pour former le cirque, qu'incapable de supporter la multitude

qui le surchargeait, le frêle échafaudage s'é-
croula tout d'un coup sous elle, dans toute la
largeur du palais de l'Ayutamiento (1).

Je vous laisse à penser si cette disgrâce interrompit soudainement la course, et en quels
lamentables cris de désespoir se changèrent les
folles clameurs et les trépignemens de joie.
Toutefois, le premier moment de cette terreur
générale passé, et les femmes emmenées la
plupart hors de l'enceinte de la place, joû-
teurs, cavaliers et spectateurs, ce fut à qui se
porterait au secours des victimes, et se jetterait
au milieu de la ruine de l'échafaudage pour
les en retirer. Il n'y eut pas jusqu'aux juges du
tournoi, tout affublés qu'ils étaient de leurs
costumes d'apparat et embarrassés par eux, qui
ne vinssent, au plus fort de la mêlée, se dé-
vouer de leurs bons offices et de leur bon
exemple. Don Diego ne s'y trouva pas non plus
des derniers. Considérant avec raison que ce
lui était là bien plutôt devoir que générosité,
dès qu'il eut escorté la litière de la comtesse

(1) El ayutamiento, la municipalité.

jusqu'en son logis, dès qu'il eut laissé sa femme en sûreté, il recourut vers la place avec tous ses gens. Le désordre et la désolation y étaient extrêmes. C'était un spectacle à fendre l'âme, que la vue de tant de malheureux arrachés par lambeaux des décombres; les uns, la tête fracassée; les autres, les bras, les reins ou les jambes rompus, qu'on empilait sur le pavé en monceaux sanglans. C'était pitié que d'entendre les misérables se lamenter, demandant la confession, tandis que criaient plus fort qu'eux ceux de leurs proches ou de leurs amis qui les avaient reconnus en un tel état.

Afin de mettre un peu d'ordre en cette confusion, don Diego assigna une sienne maison de la rue *des Tours*, qui fut à la hâte transformée en hôpital et pourvue des infirmiers, médecins et confesseurs nécessaires. Les blessés et les mourans transportés là reçurent ainsi, grâce à lui, les secours convenables, et surtout l'assistance spirituelle, le plus urgent de leurs besoins.

Ce premier remède appliqué à la catastro-

phe, la place enfin évacuée, les malades et les
morts emportés, le comte ne s'était pas encore
tenu pour satisfait ; se faisant éclairer de tor-
ches, il s'était enfoncé parmi les débris de la
portion ruinée de l'amphithéâtre, et en avait
fouillé les moindres recoins ; puis, parcourant
les gradins et les loges, il les avait visités avec
un soin égal, dans la crainte que quelque victime n'y eût été obliée. Or, la nuit était déjà
fort avancée. Epuisé de fatigue, et voyant sa
recherche infructueuse, comme il sortait du
cirque pour se retirer, il faillit tomber, son
pied s'étant heurté contre un tapis en franchissant une estrade.

Surpris de cette résistance, qui ne semblait
point venir seulement des plis amassés du tapis,
don Diego le fit ouvrir et dérouler par ses
gens ; mais quelle ne fut point leur admiration
lorsqu'ils reconnurent que le corps mince et
frêle d'une femme inanimée y était enseveli
comme en un linceul ! Sans doute que, la jugeant morte, quelqu'un l'avait enveloppée ainsi
pour l'emporter, et laissée ensuite distrait par
d'autres soins.

Le comte prit une torche de la main d'un de ses valets, et se pencha afin d'examiner cette femme. Ses vêtemens de soie, si simples qu'ils fussent, annonçaient une véritable distinction, et tous ses traits, quoique meurtris et défigurés, trahissaient encore une extrême jeunesse et une rare beauté.

Bien qu'elle fût sans pouls et qu'elle eût tout le corps raide et glacé, je ne sais sur quel fondement, et guidé par quel secret instinct, don Diego se persuada que le dernier souffle ne l'avait pas abandonnée. Ce n'était pas seulement l'effet d'une ordinaire pitié que ce profond intérêt qu'il avait ressenti soudain pour cette inconnue; mais à quel invisible flambeau s'était allumée cette inexplicable sympathie? Il n'y avait plus même une étincelle dans les yeux éteints de cette beauté sans vie !

Quoi qu'il en fût, impatient d'éclaircir ce doute qu'il avait, don Diego la prit dans ses bras, et ne se fiant qu'à lui des ménagemens que demandait un tel fardeau, il la couvrit de son manteau, et l'emporta lui-même en son propre logis. Là, tandis qu'on fut quérir les médecins, avec l'assistance de la comtesse, qui ne s'était pas montrée moins charitable et moins dévouée que son époux en cette fatale nuit, furent donnés à l'enfant les premiers soins recommandés par l'usage pour réveiller les gens tombés en défaillance ou en léthargie.

Le succès de ces efforts ne tarda pas de prouver que don Diego avait été heureusement inspiré dans son espérance. La chaleur du lit où elle fut couchée, les sels et les essences qu'on lui fit respirer, ranimèrent bientôt la belle morte. Le rideau de ses longues paupières se soulevant, laissa luire le feu de deux grands yeux noirs qui n'avaient assurément leurs pareils en aucun des quatre royaumes de l'Andalousie. Mais il sembla que ce regard qui lui rouvrait les portes de la vie dût en même temps les fermer pour le comte. Comme si quelque dague l'eût frappé au cœur, on le vit pâlir et chanceler. La comtesse, qui le soutint et attribua cette faiblesse à l'excès de la lassitude, en conçut pourtant un vague pressentiment de malheur.

Il s'en fallait de beaucoup que la jeune femme

fût hors de danger. Telle avait été la violence
des contusions qu'elle avait reçues, qu'on avait
lieu de craindre quelque grave lésion en sa
poitrine. Toutefois, le lendemain, les remè-
des employés par les médecins avaient été
déjà si efficaces, que moitié par signes, moitié
à voix basse, elle put expliquer sa disgrâce et
faire savoir qui elle était.

Dona Léonor,—c'est ainsi qu'elle se nommait,
— était d'une maison illustre, mais pauvre.
Son père, vieux soldat ruiné au service, étant
mort récemment, elle vivait à Cordoue avec sa
mère, totalement séquestrée du monde et de
ses plaisirs. Ce n'avait été que sur les vives
instances de deux de ses parentes, qui avaient
une loge pour la fête des flambeaux, qu'elle
s'y était laissée mener. Lors de l'écroulement
d'une partie de l'amphithéâtre, entraînée par
le flot des fuyards, renversée et foulée aux
pieds, elle avait perdu connaissance. — Elle
ignorait le reste.

A peine la pauvre veuve, que l'absence de
sa fille depuis la catastrophe avait plongée en
d'inexprimables transes, fut-elle avertie de son

sort, qu'elle accourut chez don Diego toute bai-
gnée de larmes de joie et de douleur. Après les
premiers transports et les premiers embrasse-
mens, dans sa craintive discrétion, elle avait
témoigné le dessein d'emmener son enfant en
son logis. Mais dona Léonor, en l'état où elle
était encore, n'eût point été transportée sans
une notable imprudence. Loin de consentir à
la lui rendre, le comte et la comtesse obtin-
rent au contraire de sa mère qu'elle demeure-
rait en leur maison près de sa fille jusqu'à son
entier rétablissement.

Grâce à cette généreuse hospitalité et à tant
de soins réunis aux soins maternels, la guérison
de dona Léonor eut de rapides progrès; mais
au fur et à mesure que sa santé se consolidait,
et que s'effaçait la pâleur de son visage, le
jeune astre de quatorze ans, si charmant déjà
et radieux sous les nuées qui l'avaient obscurci,
leur voile écarté, révélait des attraits inconnus
et étincelait de nouveaux rayons. On s'était ex-
tasié devant sa beauté morte; ne fallait-il pas
l'adorer à genoux à présent que sa résurrection
la faisait toute céleste?

Mais ce n'était pas seulement cette merveille de ses charmes que l'on admirait en elle, c'était aussi les précieux mérites qui décoraient son âme. C'était sa grâce et sa douceur, sa discrétion, sa modestie, son exemplaire piété ; naïves vertus que trahissait en elle à chaque mot la gentillesse de ses discours.

Cependant si la comtesse, voyant l'heureux fruit de sa sollicitude, se réjouissait en toute la simplicité de son cœur de ce que Dieu l'eût faite l'un des instrumens du salut d'un ange pareil, de son côté don Diego ne reconnaissait que trop ses divines perfections, et il s'effrayait lui-même de l'amour dont elles l'avaient enflammé. Homme pusillanime ! il sentait bien que cet amour lui serait fatal et il n'osait l'arracher de son âme ! Il pleurait lâchement sur ses fers au lieu de tenter de les rompre.

Ici, dit Fray Inigo le véridique auteur de cette histoire, ce serait le cas peut-être de tancer avec sévérité la faiblesse de ce cavalier. Certes, en ce subit oubli de ses devoirs d'époux, il n'avait à alléguer pour se justifier ni l'en-

nui de la possession, ni les répugnances qu'in-
spirent des attraits vieillis, — toutes excuse
d'ailleurs de mauvais maris et de pires chrétiens.
Sa femme avait autant de jeunesse que de
beauté; et ce ne fut pas après les pratiques
d'un long ménage qu'il commença de se détacher d'elle ; ce fut au milieu de ses noces, ce
fut sur le seuil de la chambre conjugale, et
lorsqu'à peine il était entré au lit sanctifié. Sans
prétendre les lui pardonner, je voudrais atté-
nuer, s'il se peut, ses torts en rappelant qu'il
s'était marié moins par inclination qu'afin de
complaire à la volonté de son maître ! Fâcheuse condition que celle de ces mariages de
convenance ! Car un sage l'a dit : Malheur à qui
épouse une femme dont il n'est point amoureux ! Malheur à qui se risque à l'aventure sur
la mer incertaine du mariage, et n'a point,
avant de s'embarquer, regardé long-temps dans
le ciel, et long-temps confronté son étoile avec
l'étoile de la compagne qu'il associait à sa périlleuse navigation !

II.

Don Diégo s'était un moment efforcé de combattre sa passion. Il avait espéré que l'éloignement de la malade, après sa guérison, le guérirait lui-même. Il s'était flatté qu'à ne la plus couver constamment des yeux, il lui serait moins malaisé de la chasser de son âme. Mais c'était sa raison qui avait compté là, sans son cœur. Dona Léonor, convalescente, avait à peine quitté depuis une semaine la maison de ses hôtes, que déjà cet essai d'absence avait suffi pour prouver au comte l'inutilité de sa révolte. Dès-lors, n'essayant même plus de lutter, il baissa la tête, et se livra pieds et poings liés à son amour.

Toute pensée de résistance abandonnée, il fut donc visiter les dames en leur habitation. Il les trouva logées à l'étroit et pauvrement ; leur salle était sans tentures et sans tapisseries ; non seulement le luxe en était absent, mais elle manquait aussi de la commodité la plus ordinaire, et à peine si les meubles essentiels s'y rencontraient. Pour tout ornement à ses murs humides et délabrés, étaient suspendues des épées rouillées, des lances rompues, de vieilles armures, honorables trophées dont le père de dona Léonor avait de son vivant paré sa retraite, et, à peu de chose près, le seul héritage qu'il eût laissé à sa veuve et à son enfant.

Don Diégo, qui avait vu leur pauvreté et comptait s'en prévaloir, s'était avisé de plus d'un ingénieux moyen de la soulager. Ses présens, délicatement offerts, furent acceptés d'abord avec candeur et sans défiance ; mais bientôt la constance de ses assiduités, la témérité de ses regards, les étranges insinuations de ses discours, témoignèrent clairement où tendaient toutes ses générosités intéressées.

Si candide que fût l'innocence de la jeune fille, si sûres qu'elles fussent, elle et sa mère, de la force de leur honnêteté, dès qu'il n'y eut plus moyen de se méprendre sur les façons d'agir du comte, et sur son dessein, elles résolurent de couper court à leur commerce avec lui, autant que le permettaient les ménagemens auxquels elles étaient tenues envers un homme qui les avait tellement obligées. Ses cadeaux, aussitôt que leur méchante intention se fut trahie, furent tous refusés, sous quelque apparence qu'il cherchât de les déguiser. On tâcha d'éviter ses visites, dont la fréquence excitait déjà la curiosité du voisinage. Ainsi elles étaient sorties la plupart du temps, ou à l'église, aux heures où il était accoutumé de venir; ou bien elles se faisaient celer par leur servante, ou quelque indisposition subitement prétextée lui fermait leur porte. Et s'il les prenait à l'improviste, s'il était impossible de l'éconduire sans grossièreté, dona Léonor le recevait avec une politesse si contrainte, et d'un air si glacé, que le pauvre amant, tout décontenancé, ne tardait pas de quitter la place, et de les laisser navré de tristesse.

C'est qu'il faut le dire à sa décharge, observe Fray Inigo, don Diego n'était point de ces débauchés de nos jours, amoureux sans amour, corrupteurs de sang-froid, n'ayant au cœur que la concupiscence, qui ne cherchent, dans la ruine d'une fille, que le grossier passe-temps d'une matinée; non, il aimait avec violence et véritablement; il aimait tout entier, corps et âme; certes, cet amour était coupable, puisqu'il en poursuivait la satisfaction hors du mariage; mais étant pourvu déjà d'une femme légitime, lui était-il loisible d'en épouser une seconde? Convenons que sa condition était aussi difficile que périlleuse, et Dieu nous garde d'en subir jamais une pareille! Que la très sainte Vierge nous couvre d'une armure à l'épreuve contre les flèches de cet impitoyable enfant qui sait trouver le défaut du froc et du scapulaire, comme celui du brassard et de la cuirasse!

Désespéré de cette rigueur de doña Leonor, et ne sachant plus à quelle résolution s'arrêter, le comte imagina de recourir à un sien ami appelé don Andres, jeune seigneur fort renommé pour ses bonnes fortunes et son expérience des affaires de galanterie. Celui-ci, dès que don Diego lui eut conté son cas, loin de profiter de cette confidence pour le re-

mettre dans la bonne voie, ne songea qu'à
le fourvoyer davantage. De l'avis de ce prudent conseiller, le comte s'était conduit jusque là en pur écolier. Les œillades et les soupirs, opinait-il, pouvaient avoir leur mérite
les premiers jours de la mise en état de siége
du cœur d'une dame ; mais pour y faire brèche
et pénétrer, une autre artillerie était néces-
saire. Sans doute que si dona Leonor maltrai-
tait son assaillant de telle sorte, c'est qu'elle
s'était impatientée de le voir temporiser autant, et si timide à démasquer ses battéries.
Il était urgent de réparer le temps perdu.
Il fallait risquer une prompte et formelle dé-
claration au moyen d'une lettre que d'habiles
mains se chargeraient de remettre. — Selon
l'effet de la missive, on agirait ensuite.

Honteuse et détestable complaisance ! dit
Fray Inigo. C'est bien mal connaître le devoir de l'amitié que de s'employer, pour la
servir, à ces offices déshonnêtes d'entremet-
teur. Mais les hommes sont ainsi. Que votre
ami soit compromis dans sa fortune, ce sera

miracle si vous le soutenez de votre crédit et
de votre bien; — qu'il vous somme de l'aider à ravir une femme, vous lui prêterez soudain la main; vous serez à lui de votre conseil
et de votre épée; vous débourserez pour lui
plus volontiers votre honneur que votre argent.

En conséquence de ces résolutions arrêtées
entre eux, don Diego écrivit une lettre que
don Andres fit aussitôt tenir à doña Leonor,
par les soins d'une vieille femme à lui dévouée,
fort experte à débaucher les filles.

Cette épître du comte eût été d'un autre
style et selon les règles d'une meilleure rhéto-
rique amoureuse, s'il eût chargé don Andres
de la composer; mais chacun mettant son âme
en ses écrits, c'était raison que ce billet de don
Diego exprimât témérairement toute sa nature
bouillante et emportée. Il était ainsi conçu :

« Je l'avoue, doña Leonor, je suis bien
marri d'avoir à vous parler amèrement, d'avoir
à me plaindre à vous de vous; mais vous m'y

avez contraint par vos excessives sévérités.
Non! pour avoir sauvé vos jours, je ne méri-
tais pas d'être traité de vous comme je l'ai été.
De quelle noire ingratitude vous avez payé
mon dévouement! Vous que j'avais accueillie
dans ma maison mieux que je n'eusse fait pour
Notre-Dame elle-même; vous m'avez chassé de
la vôtre comme un chien pris de rage! Et
pourquoi? Etait-ce parce que je vous aimais à
en mourir? Mais c'était votre faute! Je vous
avais donné la vie, et, en revanche, vous m'aviez
ôté la mienne! vous m'aviez poignardé le cœur
de vos regards! vous m'aviez arraché l'âme
avec vos sourires! et ainsi plus qu'à moitié tué,
vous m'avez chassé! Etait-ce donc que je m'étais
oublié à vos pieds? que je n'avais pas été amant
assez esclave et enchaîné, assez tremblant?
Etait-ce que je vous avais offensée par les sollicitations de mes discours? — Vous m'avez
chassé! ah! vous avez mal fait. Cet amant
craintif et prosterné, vous l'avez irrité au-delà
de sa patience; vous l'avez rendu fou et furieux. Voici que je me relève enfin, et que je
viens vous demander compte de vos mépris!

Prenez-y garde, dona Leonor ! ne me réduisez pas aux extrémités ; si vous me poussez au désespoir, vous ne savez pas, je ne sais pas moi-même à quels excès je ne suis pas capable de m'emporter ! je vous en supplie ! ne vous perdez pas en me perdant ! n'attirez pas sur nos deux maisons quelque irréparable malheur ! Réfléchissez enfin, et répondez ; répondez sans nul retard ! dites ce qu'il me faut attendre de vous de pitié. Décidez de ce qu'il doit advenir de moi, de ce qu'il doit advenir de vous, peut-être ! »

A lire cette lettre, tout le noble sang de la jeune fille lui monta au front, puis il reflua tout aussi vers son cœur ; elle pâlit mortellement et les larmes vinrent à ses yeux. C'est qu'elle n'était point préparée à cette double injure, qu'une pareille épître lui fût remise à elle et par de pareilles mains ! — Mais cette jeune fille était douée d'une prudence bien au-dessus de son âge ; reprenant vite possession d'elle-même, elle sut réprimer sa vertueuse colère, et sans témoigner à la vieille le moindre ressentiment, elle la pria d'avertir ceux qui l'avaient envoyée que don Diego pourrait venir en personne chercher le lendemain la réponse à son billet.

Dès qu'il eut cette nouvelle, sur l'apparence seule de ce commencement de succès, le comte s'abandonna à tous les transports d'une joie immodérée. Combien la nuit qui le séparait de ce rendez-vous tant souhaité lui fut lente !

Aussitôt que le jour parut, il se leva et sortit. Comme c'était un dimanche, il entra à *San Lorenzo*, afin d'entendre la messe; puis, quoique l'heure fût encore peu séante pour visiter des dames, il se rendit droit au logis de dona Leonor. Il avait frappé long-temps à la porte et nul ne lui venait ouvrir. Il s'en allait vers la paroisse du quartier, où il estimait que la jeune fille se trouvait occupée à ses dévotions avec sa mère, lorsqu'une femme en toque de duègne, se montrant à l'une des croisées de la maison voisine, lui demanda s'il n'était point le seigneur don Diego Fernandez de Guadalcazar y Montemayor. Sur sa réponse affirmative, elle descendit, et le prenant à part, le prévint que toute visite ulté-

rieure chez les dames qu'il s'était accoutumé
de fréquenter serait superflue. Elles avaient
vidé la veille au soir leur logement, et étaient
parties avec des muletiers, sans dire où elles
allaient, mais apparemment pour quelque
long voyage, emportant tout leur bagage en
trois grands coffres. Elles avaient laissé d'ailleurs une lettre qu'à titre de voisine elle s'était
chargée de remettre à la personne qui se présen-
terait sous le nom de don Diego.

Or, le comte s'étant saisi de cette lettre, qui
était de la main de dona Leonor, y lut ce qui
suit :

« C'est vrai, seigneur, je vous dois la vie, et
ce n'est pas seulement ma bouche qui le re-
connaît, c'est encore mon cœur, et il n'est pas
près de l'oublier; aussi n'était-il pas besoin que
vous m'en fissiez souvenir. Mais vous m'accusez
d'être ingrate; j'ai manqué de reconnaissance,
parce que je n'ai pas payé votre bienfait au
taux que vous y aviez mis! Ainsi, vous m'aviez
donné la vie, et je devais, en récompense, vous
donner mon honneur! Ah! si vous ne sauviez

mes jours qu'à ce prix, mieux valait mille fois me laisser mourir ! C'est un créancier inique et usuraire, don Diego, qui demande à son débiteur au-delà du montant de la créance ! Considérez ce que vous exigez, et quel inégal marché vous me proposez ! La vie, ce n'est rien que chose fragile et périssable ; mais l'honneur, c'est le patrimoine de l'âme, c'est l'âme elle-même, qui est immortelle ! Et cependant l'honneur pour la vie, c'est l'échange que vous voudriez !

» Et vous dites que vous m'aimez ! Que vous m'aimiez, ce ne sont point mes coquetteries qui vous en ont sollicité ! — On prétend que la passion vous saisit parfois malgré qu'on en ait ; je veux le croire ; mais je n'ai jamais ouï dire qu'elle se montrât à violenter son objet et à souhaiter sa ruine.—Ah ! quelle nouvelle façon d'aimer est la vôtre, seigneur, et que vous avez bien raison d'appeler vous-même votre amour — un amour furieux !

» Je vous rends grâce toutefois de l'âpreté de vos menaces, qui m'ont avertie à temps de mon danger. Ma mère et moi, faibles femmes que nous sommes, pauvres et sans appui, si

forte que soit notre résolution de persévérer
dans notre honnêteté, nous ne serions pas
pour lutter ouvertement contre un homme de
votre crédit et de votre fortune; aussi vous
quittons-nous la place, et, désertant notre
maison et cette ville, nous allons nous cacher
en une retraite qui nous met à l'abri de vos
emportemens. Les efforts que vous feriez pour
la découvrir et nous poursuivre seraient super-
flus; mais vous n'en tenterez aucun, j'en suis
sûre. Peut-être vous irriterez-vous d'abord de
notre brusque départ; votre colère calmée,
vous comprendrez que c'est vous seul qui nous
y avez réduites. En notre état de gêne et avec
nos minces ressources, ce n'eût pas été sans une
dure nécessité que nous eussions entrepris un
pèlerinage lointain, coûteux et difficile, afin
d'ajouter la misère de l'exil à nos autres misères;
mais il s'agissait d'assurer, non pas tant notre
repos que le vôtre et celui de la comtesse, votre
femme, don Diego, la seule femme à laquelle
vous puissiez loyalement appartenir! Vous
voyez bien que nous ne pouvions hésiter de
partir! »

Don Diego, réveillé de sa première stupeur, poussa rudement la dame de questions; mais quoi qu'il fît, par ses menaces et ses supplications, il ne réussit qu'à l'effrayer, et ne tira d'elle nul renseignement autre que ceux qu'elle lui avait donnés d'abord; et il vit bientôt qu'elle ne savait rien davantage, ne s'étant mêlée en cette affaire que fortuitement et d'un complaisant vouloir.

Mais le propre de ce cavalier, c'était de céder aussi follement au découragement qu'à la joie. En cette occurrence, il courut éperdu chez don Andres, et lui conta tout en larmes ce qui advenait.

C'eût été le cas pour don Andres, s'il eût porté un autre cœur que celui qu'il avait si frivole et corrompu, de sermonner gravement le comte et de le ramener au droit chemin, à l'exemple de cette vertueuse fille qui suivait avec un tel courage l'âpre route de son devoir. Mais loin de là. Ayant plus de pitié de la douleur de don Diego que de sa bonne renommée, il lui remit au cœur un coupable espoir; il fut cause que celui-ci persévéra dans la mauvaise voie où il était engagé déjà si avant.

De son avis, cette fuite de dona Leonor n'avait été qu'un manége de coquetterie fort usité en de pareils cas. Ces rigoureuses beautés en usaient d'ordinaire de la sorte afin de mieux enflammer leurs amans. C'était leur usage de mettre un plus haut prix à leurs faveurs par la résistance. Il n'y avait nul danger que la belle fût perdue ; ce serait miracle même si elle avait quitté la ville, et elle aurait soin qu'il ne fût pas trop malaisé d'y trouver son nouveau gîte !

Sur la foi de ces méchantes suppositions, par les soins de don Andres, la vieille entremetteuse fut lancée avec toute sa meute dans Cordoue à la recherche des deux fugitives ; plusieurs affidés eurent en outre mission d'explorer aux mêmes fins les villages environnans ; mais ils eurent beau tous, deux semaines entières durant, battre la ville et la campagne, ils ne découvrirent pas la moindre trace de celle qu'ils poursuivaient ; aussi, voyant ses plus fins limiers dépistés, don Andres se décida-t-il à reconnaître que le gibier avait réellement décampé, et il opina qu'il fallait en aller tenter la chasse au loin et en d'autres terres.

Ce fut à ce dernier parti que s'arrêta don Diego, qui, fortifié par les exhortations de son ami, n'avait pas encore désespéré du succès de sa poursuite. Prétextant auprès de la comtesse l'urgence d'une affaire qui l'appelait à Tolède pour le service du roi, il se mit en route accompagné seulement de don Andres et d'un vieux serviteur dont le dévouement et la discrétion lui étaient assurés. Ils parcoururent toute l'Andalousie, le royaume de Valence, l'Estramadure, la Manche et les Castilles, ne laissant pas une ville un peu considérable sans la scruter maison par maison, et sur les chemins pas une *venta* sans s'y enquérir des voyageurs qu'elle avait récemment hébergés. Cette seconde exploration ne leur fut pas plus chanceuse que la première. Après y avoir employé trois mois, ils revinrent à Cordoue, renonçant, de guerre lasse, à leur entreprise.

Mais la passion de don Diego n'était pas de

celles que le temps guérit. Rebelle aux remè-
des accoutumés, cette plaie de son cœur s'élar-
gissait chaque jour et se faisait plus profonde.
Sa dernière lueur d'espoir éteinte, les forces
de l'âme et du corps lui manquèrent à la fois,
et il tomba en une mortelle langueur. Ce
n'était plus ce bouillant seigneur, naguère
la gloire et la joie de Cordoue, chaque soir
à cheval aux promenades, suivi de pages
et de livrées; menant les matins ses chasses
bruyantes par la *Sierra*; égayant les nuits
de ses sérénades, sur le Guadalquivir!
Séquestré maintenant de la compagnie de ses
proches et de ses amis, il ne sortait plus de sa
chambre. La comtesse n'avait pas gagné à
cette retraite le retour de l'affection de son
mari. Au contraire, sa froideur pour elle
avait redoublé. C'était à présent un invincible
éloignement qu'il lui témoignait. La pauvre
dame, qu'avait seulement étonnée d'abord
la brusque disparition de dona Leonor et de
sa mère, commençait de s'en expliquer les
causes et de comprendre son malheur. Mais elle
enfermait en son âme ses griefs et dévorait sa

souffrance. Toute aux sollicitudes qu'exigeait l'état inquiétant du comte, elle dédaignait son propre mal et ne se souvenait point d'elle-même. Ses yeux, qui auraient eu tant besoin de pleurer et ses lèvres de se plaindre, gardaient en présence de don Diego leur inaltérable douceur de paroles et de sourire.

Suspendant en ce lieu le cours de sa narration, pour examiner tout à son aise la conscience des personnages de son histoire, Fray Inigo les prend à partie l'un après l'autre, et distribue à chacun, selon ses mérites, l'éloge ou le blâme. C'est ainsi qu'ayant établi un parallèle en forme entre dona Léonor et dona Pachera, il s'arrête indécis, et ne sait plus à laquelle donner l'avantage; car s'il s'extasie devant l'héroïque résistance de la première, s'il la compare à une forteresse inaccessible, à une montagne escarpée couverte de neige, il n'admire pas moins la sainte résignation de la seconde, et sa rare et exemplaire fidélité à son infidèle époux; et il l'assimile à un volcan qui, le sein dévoré par le feu, a de la verdure et

des fleurs sur le front. Mais, hélas! s'écrie-t-il,
parmi nos femmes d'aujourd'hui, où est celle
qui, délaissée de son mari, ne se hâte de se consoler ailleurs, et ne se venge incontinent, si
tant est qu'elle ne se soit point vengée d'avance
et par provision? Et parmi nos jeunes filles,
qu'on me montre à présent une chasteté inex-
pugnable, une tour si bien close, que la moindre pluie d'or n'en corrompe la garde et n'en
gagne l'entrée? En revanche, il traite don Andrès
sans nul ménagement, et, à raison de sa qualité de complaisant intermédiaire, il lui prodigue des noms que réprouverait une rigoureuse pudeur, si la bouche sacrée par laquelle
ils passent ne les sanctifiait. En ce qui touche
don Diego, tout comte et grand seigneur qu'est
ce dernier, Fray Inigo ne se fait pas faute de
le mal mener; il lui pardonne quelque chose
pourtant sur les assurances qu'il a de la véhé-
mence et de la sincérité de sa passion, — parce
qu'il a beaucoup aimé, — *quoniam dilexit
multum.* Prenant texte ensuite de cette situation
difficile et contrariée du comte, de la comtesse
et de dona Leonor, pour se jeter en de pieuses

considérations, il montre l'erreur, le péril et l'inanité de nos affections de ce monde; il prouve comment c'est l'intérêt et le devoir du vrai chrétien de laisser l'amour de la créature pour l'amour du créateur, le seul où ne se rencontrent point de mécomptes, le seul qui promette un retour égal et constant. Cette dernière partie du second livre du manuscrit de Fray Inigo, nourrie qu'elle est de toutes les citations désirables, fournirait aisément l'étoffe d'un nombre de beaux sermons en trois points, propre à défrayer l'éloquence d'un prédicateur et la patience de son auditoire durant un carême entier, mais le lecteur eût estimé peut-être cette dose d'homélies un peu forte. C'est pourquoi, ayant jugé que c'était assez d'en extraire l'essence, nous revenons en grande hâte à notre histoire.

III.

Tandis que les graves raisons d'inquiétude et de souffrance que nous avons dites préoccupaient, chacun de son côté, le comte et la com-

tesse, et assombrissaient de jour en jour davantage l'horizon de leur ménage, qu'était-il
advenu de dona Léonor et de sa mère? La
terre s'entr'ouvrant sous leurs pas, les
avait-elle donc englouties, que tant de poursuites et de recherches n'eussent abouti à découvrir d'elles aucun vestige? C'est le moment
de rassurer le lecteur sur le sort de ces deux
honorables dames; aussi, rebroussant chemin,
retournerons-nous vers elles, laissant quelque
temps à leurs peines don Diego et son épouse.

Aussitôt la vieille congédiée, qui avait remis
à dona Léonor le billet du comte que l'on a lu,
la jeune fille avait couru se jeter aux bras de
sa mère en sanglotant; elle lui avait donné l'in-
jurieux écrit, et lui avait dit de quelles mains
impures elle le tenait. C'était montrer assez
quel affront leur était fait. Les pauvres femmes
en pleurèrent longuement ensemble; mais le
péril était tel en leur demeure, qu'à moins de
consentir à y succomber, il fallait chercher
contre lui quelque rempart. Enfin, raffermies
un peu, après avoir prié une image de la Vierge
des Sept Douleurs qu'elles avaient en leur

chambre, comme elles avisaient aux moyens à prendre pour se garder de la furie des entreprises de don Diego, deux circonstances imprévues les vinrent miraculeusement conforter et secourir, dont l'intercession de Notre-Dame suscita sans doute l'opportunité en récompense de leur dévotion. D'abord un *escribano* se présenta chez elles à l'effet de leur compter la somme provenant de la vente d'une petite possession que leur avait récemment léguée en mourant un vieil oncle; puis elles surent par leur servante qu'un muletier, arrivé le matin à Cordoue, repartait le soir pour un bourg situé à trois journées de la ville, au levant de *la Sierra*, où vivait un ancien écuyer de leur maison. En cette conjoncture, la voie s'ouvrait devant elles toute tracée; le secours et le conseil leur descendaient ensemble d'en haut.

Une prompte fuite les devait sauver. La résolution leur en fut inspirée aussi soudainement que son accomplissement facilité. Nanties de cet argent inattendu, elles convinrent aisément de leur départ avec le muletier, dont l'honnêteté leur était bien connue, et qui

11

se chargea de grand cœur de les emmener.

En ajournant le comte au lendemain, dona Léonor n'avait d'abord songé qu'à gagner du temps, à préparer des raisons capables de le fléchir et de le détourner de ses mauvais desseins. Fidèle au moins à la promesse d'une réponse qu'elle lui avait faite, elle écrivit la lettre que remit la dame du voisinage, et, comme cette dernière le déclara véridiquement, tous leurs petits préparatifs achevés, protégées par l'obscurité et bien cachées sous leurs amples vêtemens de voyage, les deux fugitives se mirent en route et sortirent de la ville une heure après l'*Avé Maria*, sans que personne les eût reconnues. Elles cheminèrent toute la nuit, pressant tant qu'elles pouvaient le pas de leurs mules, si bien qu'au lever du soleil elles avaient franchi déjà *la Sierra*, et se trouvaient en plaine à son revers. Dès lors moins inquiètes, après s'être arrêtées diverses fois au gré de leur conducteur dans quelques pauvres *ventas*, pour les repas et les couchées, vers la fin du troisième jour elles arrivèrent à *la Cueva*, le but si souhaité de leur pèlerinage.

C'était un petit bourg d'environ cinq cents feux, presque uniquement peuplé de cultivateurs, et par là merveilleusement propre à favoriser la vie retirée et obscure qu'elles voulaient mener. Le bon écuyer ne s'attendait guère à leur venue ; mais il en eut une telle joie, il les reçut avec les témoignages d'un dévouement si sincère, qu'elles ne surent point résister aux instances qu'il leur fit de se loger en sa maison ; aussi le digne homme s'estima-t-il bien fier de l'honneur de partager avec ses anciennes maîtresses, en leurs adversités, la modeste aisance qu'il devait à leur fortune d'autrefois, et il considéra que c'était une bénédiction pour ses vieux jours qu'elles lui daignassent permettre d'être de nouveau leur serviteur.

Une fois établies chez leur hôte, elles passèrent en une profonde retraite les premiers mois de cet exil honorablement volontaire. C'étaient ceux de l'hiver, il est vrai, et le temps, constamment humide et pluvieux, offrait peu d'occasions de promenade. Elles ne sortaient donc absolument que le dimanche et les jours de fête, afin d'aller à l'église entendre la messe,

ou se confesser et communier; et encore, pour
plus de précaution , comme elles avaient
adopté le grossier vêtement des femmes de
l'endroit, dona Leonor surtout ayant soin toujours de tenir baissée sur son visage sa mante
de laine noire, elles n'avaient, même aux offices,
éveillé la curiosité de personne. D'ailleurs, après
les agitations de leur dernier séjour à Cordoue,
elles s'étaient aisément accommodées des habitudes paisibles de l'honnête famille avec laquelle elles vivaient. Durant les matinées, elles
étaient laissées seules d'ordinaire ; mais le soir,
don Julian , ses champs visités, et les servantes,
les travaux du ménage finis , venaient rejoindre
leurs dames dans la salle : alors on allumait le
candil; tout le monde se rangeait autour du
brazero , et les femmes s'occupaient de coudre
ou de filer, tandis que le bon écuyer devisait
complaisamment de la gloire et des grands faits
d'armes de son maître défunt, ou lisait à haute
voix en quelque beau livre de chevalerie ou de
piété.

Le printemps vint, qui changea peu de chose
à ce train de vie. Seulement, au lieu de se cou-

cher aussitôt le souper achevé, ainsi que, contrainte par le froid, elle avait fait durant l'hiver, et comme chacun continuait de le pratiquer en la maison, dona Leonor s'accoutuma de veiller en sa chambre assez avant la nuit. C'est que ces heures de solitude et de recueillement lui étaient douces! Pendant que tout le bourg dormait, se mettant à sa petite fenêtre grillée qui donnait sur une ruelle menant aux champs, la pauvre recluse pleurait, sans savoir pourquoi, à regarder les étoiles pétiller au ciel, à respirer les souffles du mois de mai, qui lui arrivaient chargés du parfum des fleurs d'oranger; ou bien, s'accompagnant d'une vieille épinette que lui avait trouvée le bon écuyer, elle chantait d'anciennes romances que son père avait aimées, et elle pleurait encore à ces simples airs, embaumés pour elle de tant de souvenirs.

Larmes de vierges! larmes pures! s'écrie Fray Inigo; ruisseau limpide dont la source est inconnue! perles mystérieuses, formées on ne sait au fond de quelles mers! larmes rafraîchissantes! douces larmes, qui tombez de l'azur

d'une prunelle étincelante sans voiler un instant son éclat, comme la rosée descend du ciel
sans qu'il se couvre, sans qu'il perde rien de
sa sérénité; bien différentes de ces autres larmes brûlantes et amères que répandront plus
tard les beaux yeux obscucris de l'ange déchu;
pluie orageuse alors, poussée par le vent
de la passion, qui brisera sur leurs tiges les
épis verdoyans de l'espérance ! irrésistible
torrent qui entraînera déracinées les fleurs
de tant d'illusions semées au jeune âge, et
se creusera pour lit les rides de l'âme et du
visage!

Un soir, doña Leonor s'était mise à sa croisée et s'y tenait depuis quelques momens, le
front appuyé contre les barreaux, lorsqu'un
léger bruit de pas venu de la ruelle la tira de
sa rêverie. Regardant aussitôt, à la clarté que
jetait la lune naissante, elle vit un homme
d'assez haute taille, et enveloppé de son manteau jusqu'aux yeux, se détacher tout noir
sur la muraille blanche de la maison d'en face.
Il s'éloigna bientôt, et disparut du côté des

champs, non sans s'être plusieurs fois arrêté en retournant la tête.

Quel était cet homme ? Bien qu'elle n'eût rien distingué de ses traits, elle en avait assez vu de son apparence pour reconnaître que ce ne pouvait être quelqu'un de l'endroit ; tout l'air de ses vêtemens et de sa personne trahissait le gentilhomme ! Si c'était don Diego qui, ayant découvert sa retraite, l'y fût venu poursuivre ! Cette appréhension la troubla vivement le reste de la nuit et durant la journée du lendemain. Elle s'abstint pourtant de s'en ouvrir à sa mère et à son hôte, de peur de les alarmer sur de trop légers fondemens.

Les soirs qui suivirent, à la même heure, le même personnage reparut, passa et repassa sous la fenêtre ; mais soit que le ciel fût couvert ou la lune à son déclin, à peine dona Leonor le put-elle entrevoir. Les assiduités de cet inconnu la rassurèrent au moins contre sa principale inquiétude. Ce n'était pas là le comte, pensa-t-elle. Don Diego n'eût pas été homme à faire toute une semaine sentinelle à une porte, et se fût-il trouvé vraiment à la Cueva,

c'eût été par d'autres extrémités qu'il eût témoigné de sa présence.

Cette fréquentation de sa rue, qui se continuait si fidèlement, préoccupait néanmoins
la jeune fille, ne lui laissant plus douter
qu'elle n'en fût l'objet, et que ce commencement de cour ne s'adressât à elle. Ainsi
un nouvel amoureux lui était suscité en ce lieu
même où elle s'était cachée pour se soustraire
aux poursuites du premier ! Quel fatal présent
du ciel lui avaient été ces charmes qui ne
semaient sous ses pas que piéges et dangers ! de quelle plus profonde obscurité lui
fallait-il maintenant se voiler ? Hélas ! elle le
sentait bien, pauvre comme elle était, n'ayant
nul établissement à espérer, un cloître seul lui
pourrait être un sûr asile !

Or une nuit, l'heure à laquelle cet inconnu
avait coutume de venir était déjà bien passée.
Il se faisait tard. Onze heures avaient sonné à
l'horloge de la petite église. Rien ne bougeait
plus dans tout le bourg. Dona Leonor ouvrant
son épinette, se mit à chanter une vieille romance qui lui revint en mémoire, pour dire

naïvement quelques uns des pensers qu'elle
avait alors en l'âme. C'était celle-ci :

— « Or çà, voici venir l'âge,
Vous avez vos quatorze ans,
Dolorès, il est grand temps
D'aviser au mariage; »
Dit don Gil de Sandoval;
« Je veux vous doter en dame,
Dussé-je y vendre ma lame
Donner mon dernier réal! »

— « Gardez votre bonne lame,
Ne dépensez un réal;
Il n'est pauvre ni vassa¹,
Celui qui me fait sa femme.
Pour nous deux il a du bien :
Ses terres sont des provinces,
Il est prince avant les princes;
C'est l'Infant don Sébastien ! ».

— « Ainsi donc vous serez reine,
Quand roi l'Infant Sébastien!
C'est sur sa foi de chrétien
Que vous voilà souveraine!
Pourtant, jusqu'au sacrement,
N'y comptez pas trop, ma fille,
Car un Infant de Castille
Ne tient guère un tel serment! »

— « Allez, si j'étais Infante,
Mon père, après un serment,
Fût-il vassal, mon amant
Trouverait ma foi constante.
Mais n'en soyez pas marri ;
Gardez sa promesse écrite,
Je me mettrai carmélite,
Je prendrai Dieu pour mari ! »

Comme elle achevait ce dernier couplet, elle
entendit distinctement le bruit accoutumé des
pas de l'inconnu. Oui, ce bruit, elle le connais-
sait ; elle ne s'y trompait plus ! Elle n'osa se
glisser vers la croisée. — Mais c'était bien lui.
— Il s'était donc trouvé là tandis qu'elle chantait, et il l'avait écoutée ! Que penserait-il ? Il
allait croire peut-être que, sachant sa présence,
elle avait voulu lui montrer sa voix par coquetterie, et afin d'encourager ses galanteries ! Mais
non, il ne croirait point cela ! Ces discrètes et
respectueuses promenades n'annonçaient point
tant de présomption ! Ces craintifs témoignages ne méritaient pas un si sévère jugement !
Etait-ce là d'ailleurs un amoureux ? Pour s'é-
prendre d'elle, où l'avait-il vue et comment ?
Mais quel autre qu'un galant viendrait sous-

sa fenêtre pousser des soupirs d'une telle constance! Car ce n'était plus des heures seulement, c'était des nuits entières qu'il faisait sentinelle et rôdait par cette rue!—Et toute à ces inquiètes pensées, qui commençaient d'agiter son jeune cœur, la pauvre enfant fut se coucher, sinon dormir.

Le lendemain, c'était le jour de l'Ascension de Notre-Seigneur. Dona Leonor et sa mère, selon leur devoir, s'en furent à la paroisse pour entendre la grand'messe. Or, tout le bourg était entassé en la petite église, qu'en l'honneur de la fête on avait parée de ses ornemens de grand gala. Les dalles étaient jonchées de thym, de lavande et de romarin, qui, foulés sous les pieds, répandaient une douce et pieuse odeur; les piliers de la nef tendus de damas rouge; la chaire et les autels décorés de leurs plus riches dentelles. Les Vierges des chapelles avaient été revêtues de leurs meilleurs habillemens. Il n'y avait pas jusqu'à celle de la niche du portail, toute de pierre qu'elle fût, à laquelle on n'eût mis des manchettes et un voile de mousseline. Mais

la plus splendide et sans comparaison,
c'était celle du maître-autel, la Vierge *de las
Mercedes*, la patronne du lieu. Elle étrennait
une robe et un manteau de satin blanc brodés
d'argent, qu'avait faits et envoyés exprès pour
elle, à l'occasion de la cérémonie, la comtesse d'Ubeda, femme du seigneur de l'endroit.
Le secret de cette nouvelle toilette de la sainte
image s'était répandu d'avance, grâce aux confidences de la femme du sacristain, si bien que
depuis huit jours il n'y avait pas eu d'autre
sujet d'entretien dans tout le bourg.

Entre l'évangile et le sermon, dona Leonor,
qui était à genoux près de sa mère, se hasarda
d'écarter un peu sa mante afin d'admirer, ainsi
que faisait chacun, la belle robe neuve de la
Vierge, dont elle avait fort ouï parler les jours
d'avant. Mais il advint que son regard, qui pour
la première fois prenait la licence d'une pareille excursion, s'émancipa de là davantage;
et comme il errait timidement des fleurs du
maître-autel aux tentures de l'église, il tomba
tout-à-coup sur le regard d'un jeune homme
debout adossé contre un pilier.

Que si vous eussiez été témoin de la rencontre de ces deux regards, vous eussiez observé combien l'effet qu'elle eut fut double et
différent ; car tout le visage du jeune homme
s'illumina de joie comme frappé du premier
rayon d'une aurore longuement souhaitée,
tandis que la jeune fille tressaillit comme si
un subit éclair l'eût éblouie. Baissant la tête
et les yeux, et recroisant sa mante, elle s'y
cacha toute rougissante ; mais, si profond que
semblât dès lors son recueillement, si sincère
que fût sa piété, on aurait tort de lui faire cet
excessif honneur, de croire que son oreille
ne perdit absolument rien des paroles du père
capucin qui prêcha, et que, durant le reste de la
messe, plus d'un des grains noirs de son rosaire
ne demeura pas suspendu dans ses blanches
mains plus qu'il ne faut de temps pour réciter
un *Pater* ou un *Ave.* Une si vive préoccupation l'était venue assaillir ! Ce jeune homme,
ce seul regard l'en avait assurée, n'était
autre que celui qui passait les nuits dans
sa rue ! Mais était-elle donc épiée de lui les
jours aussi, et partout et sans cesse ? Et

si honnête et courtois qu'il se montràt en
ses façons d'agir, de si bon air qu'il fût et de si
belle mine, n'avait-elle pas raison de s'alarmer
de la persévérance de cette poursuite? Ayant
prié la Vierge avec ferveur, afin d'obtenir d'être
délivrée de ces nouvelles embûches tendues à
sa vertu, le service achevé, elle s'en fut avec
sa mère, toute cloîtrée en sa mante, au point
d'oser l'entr'ouvrir à peine au sortir de l'église
pour prendre l'eau bénite. Après la sieste,
sous le prétexte d'un mal de tête, elle s'excusa
d'aller à vêpres, de crainte d'y retrouver le
jeune cavalier, et de l'encourager à quelque
plus sérieuse tentative par le consentement de
sa présence.

Elle s'était résolue aussi de lui témoigner
clairement le déplaisir qu'elle avait de ses galanteries, en fermant le soir le petit volet de
sa croisée, ce qui eût été lui signifier un congé
formel; mais soit qu'elle eût hésité trop long-
temps d'exécuter ce dessein bien rigoureux
peut-être, vis-à-vis d'un galant si discret; soit
qu'il eût un peu devancé l'heure ordinaire de
sa venue, il passa comme la fenêtre était encore

assez ouverte pour laisser le chemin à travers les barreaux à un bouquet de roses qui, jeté de la rue, tomba aux pieds de dona Leonor.

Ce fut pour la pauvre enfant l'occasion d'un grand trouble que la vue de ce bouquet, qui annonçait le commencement d'une prétention plus directe et plus confiante. Elle y tint longuement les yeux attachés, n'osant se décider de le ramasser, bien qu'elle sentît que c'était son devoir de le rejeter d'abord dans la rue. Enfin elle en avait pris son parti, et l'avait, à cet effet, saisi toute craintive ; mais comme elle en regardait d'un air de pitié les belles roses fraîches, elle vit qu'il y avait parmi elles un billet attaché. Ici, nouvelles perplexités et nouveau combat. Si, d'une part, la voix d'une discrète pudeur prétendait qu'un bouquet, pour être accompagné d'une lettre, n'en méritait que mieux d'être renvoyé avec elle à qui les avait jetés ; de l'autre, la voix de la raison répondait qu'un papier qui pouvait parler ne devait point, ainsi que des fleurs muettes, être jugé sans être entendu. Or, dans cette seconde délibération, ce fut la raison qui l'em-

porta, et dona Leonor, ayant ouvert le billet
quelque peu tremblante, y lut ceci :

« Ce m'est bien hardi, sans doute, madame,
de vous écrire ; mais la sincérité de ma passion
et la droiture de mes desseins vous feront
excuser, je l'espère, ma témérité. Ce n'est pas
un amour subit et irréfléchi dont je viens vous
déclarer le secret. Il y aura tantôt deux mois
que, pour la première fois, je vous rencontrai
en ce bourg au sortir de l'église ; frappé déjà
de l'extrême beauté de votre visage, que j'en-
trevis un moment comme vous preniez l'eau
bénite, je le fus davantage de la noblesse de vos
façons et de la distinction de votre air. Je le reconnus bien ; vous n'étiez pas celle que montrait
la grossièreté de vos vêtemens. De ce jour, je ne
fus plus le maître de mon âme. J'étais venu de
Salamanque, où j'étudie, m'enfermer en une
petite maison que je possède ici, afin de me
disposer à prendre l'an prochain mes licences
en droit. Est-il besoin de vous le dire? Là où
j'avais cherché le repos, je trouvai justement
une distraction plus funeste à mes études que

toutes les dissipations de l'Université. Je ne
m'occupai plus que de rôder autour de votre
logis; vous ne fûtes plus une fois à l'église que
je ne me tinsse à genoux près de vous; je
passai tous les soirs et souvent les nuits entières
en votre rue, adorant comme leur seul astre
le *candil* qui me jetait quelques pâles rayons à
travers les barreaux de votre croisée. Peut-
être ce vague bonheur m'eût-il long-temps
satisfait! Mais voici qu'hier j'ai entendu la
musique de votre voix, et que ce matin j'ai
vu luire en votre regard toute la lumière de
votre beauté. Ah! madame, tant de joie en si
peu d'heures m'est une faveur si marquée du
ciel, qu'il n'est plus de félicité où je ne me
croie permis d'aspirer. Aussi, laissant de côté
toute voie tortueuse et détournée, ai-je résolu
d'aller directement au but vers lequel tendent
mes plus chers souhaits. Vous êtes libre, et de
noble maison comme moi, je le sais. Ce que j'ai
de bien nous suffit d'abord pour vivre honorablement, et de puissantes amitiés à la cour pro-
mettent de me pousser vite aux plus hauts emplois des *Conseils*. Consentez donc de m'épouser

et d'associer votre sort aux espérances de ma
fortune. Elle sera grande, si vous le voulez, car
son élévation dépendra toute, je le sens, des
encouragemens que vous donnerez à mon ambition. »

. Cette lettre, qui portait pour signature les
noms de don Felix de Vargas, avait un tel caractère d'honnête franchise, que dona Leonor
ne put se repentir en vérité de l'avoir lue, ni
s'irriter beaucoup de son contenu. Mais les
choses en étaient venues au point qu'il ne lui
était plus permis de prendre seulement conseil
d'elle-même; car pour s'être abstenue jusque là
d'inquiéter sa mère de la confidence des timides·
galanteries d'un inconnu, elle ne se croyait nul
droit de s'engager plus avant en un commerce
secret avec un amoureux déclaré, si honorable
que fût le désir qu'il témoignait. Bien résolue de
tout confier à dona Beatrix le lendemain, elle
se mit au lit, non sans quelques restes d'agi-
tation, dont se ressentit son sommeil lui-même.
Elle se revit en songe à l'église avec une robe
de satin blanc, comme celle de la Vierge du

maître-autel; et un jeune ange, tout pareil à celui de la chapelle de l'Annonciation, si ce n'est qu'il avait sur les épaules un manteau qui cachait ses ailes, la venait saluer, et lui offrait un gros bouquet de lis parmi lesquels il y avait quelques roses.

Ce fut tout émue encore de ce pieux rêve, qu'aussitôt levée dona Leonor s'en fut à la salle. Ayant trouvé sa mère et don Julian réunis, elle leur conta son aventure et montra la lettre de don Felix.

Le bon écuyer ne sembla pas surpris outre mesure de cette communication, à laquelle il avait peut-être été préparé d'avance par don Felix. Il se fit même le garant de l'honnêteté des propositions du jeune homme. Sa famille lui était très connue, affirma-t-il; son père, de son vivant du conseil de Castille, avait laissé un nom fort honoré dans la province. De son côté, sur ces assurances, la mère de dona Leonor, loin d'élever la moindre objection contre l'alliance proposée, l'accueillit, au contraire, comme une fortune inespérée. Elle voyait là un port bien désirable après les orages qui les avaient assail-

lies déjà, bien rassurant contre ceux qui les
pouvaient menacer encore. Sa fille, interrogée
par elle, ayant déclaré que sa volonté ne devait point être comptée en tout cela, mais
qu'elle n'avait nulle répugnance à cette
union, il fut convenu que la prétention
de don Felix serait admise et sa cour agréée,
pour être les bases du mariage établies et son
accomplissement hâté.

Don Julian, qui se chargea volontiers de la
mission, vit le jeune homme dans la journée
même et l'amena chez lui dès le soir. L'entrevue, à vrai dire, parut peu passionnée. A peine
les deux enfans osèrent-ils se regarder et
échanger quelques mots; don Felix ne se
montra guère moins craintif et embarrassé
que dona Leonor. Ce n'est pas qu'il ne fût
tendrement épris, mais il n'était qu'écolier
dans la pratique de cette science amoureuse,
où il lui restait de gagner ses licences ainsi
qu'en droit.

Ici, nous prendrons encore une fois le pas
sur Fray Inigo, qui va cheminant par cette

histoire, tout à son lôisir, et sans nul souci de
l'impatience du lecteur, comme s'il se prome-
nait aux champs monté sur sa mule, oubliant
qu'on l'attend pour souper au couvent. Nous
sauterons donc à pieds joints cinquante pages
de son manuscrit qu'il emploie à décrire mi-
nutieusement jour par jour les visites de don
Felix à dona Leonor, et les moindres progrès
de leur légitime affection. C'est toutefois la
crainte seule d'un excessif développement
qui nous fait supprimer cette partie de
son récit, où le bon père déploie en ma-
tière de cœur une érudition aussi profonde
que délicate, dont la gravité de son discours
et de son caractère recommande surtout l'autorité.

Il clot d'ailleurs ce véritable procès-verbal
de regards et de soupirs par un long éloge du
mérite de don Felix, qu'il exalte sans mesure,
pour, après trois mois de cour, et à la veille
de ses noces, n'en être point encore venu à ce
point de hardiesse d'oser seulement baiser la
main de sa fiancée. De là, saisissant le contraste
qui s'offre de lui-même au profit du passé con-

tre le présent : Siècle perverti, s'écrie-t-il, et
qui a dégénéré en tout, qui a tout gâté,
tout jusqu'à cette patiente méthode d'aimer
de nos pères ! A quoi en ont-ils réduit ce bel
art si pieux jadis et chevaleresque ? Ne voyez-
vous pas aux promenades ou à la messe nos
jeunes hommes et nos jeunes femmes s'assaillir effrontément de signes et d'œillades, et
toute une intrigue souvent serrée en quelques
tours d'*Alameda*, qui ne se nouait jadis qu'a-
près les discrètes assiduités de plus d'une année ? Et même, en ces rencontres, c'est miracle
si ce ne sont les dames, dont la réserve et la pudeur étaient telles autrefois, qui ne se portent
pas d'abord au combat et ne s'y montrent point
les plus déterminées ; car elles laisseront tomber
tantôt leur mouchoir, tantôt leur éventail ou leur
gant, soit afin de susciter un galant qui les ra-
masse, soit afin de se faire demander plus com-
modément un rendez-vous. Aussi est-ce avec
raison que ces amoureux d'aujourd'hui, que leur
belle du matin reçoit à l'entretenir et la courtiser
dès le soir sous sa croisée, appellent, comme ils
font dérisoirement ce passe-temps de leur ga-

lanterie, *pelar la pava* (1), — *plumer l'oie* ; — je vous demande, en effet, ce qu'ils laissent de plumes au pauvre oiseau qui s'est ainsi jeté de lui-même dans leurs filets !

IV.

Les derniers arrangemens de famille étaient achevés ; ils avaient retardé plus qu'on ne l'avait voulu le mariage des deux jeunes gens, et tout se disposait pour qu'il eût lieu décidément avant le carême. Saisi de l'innocente vanité de faire paraître sa femme à la cérémonie, mise d'une façon assortie à son rang, et n'ayant nul moyen de se procurer ailleurs qu'à Cordoue les vêtemens qui convenaient, don Felix avait expédié en la ville un de ses valets avec charge d'en rapporter tout un habillement de dame le plus riche et du meilleur goût qui se pût trouver. Ce fut cette malheureuse emplette dont dona Leonor l'eût assurément détourné,

(1) Causer avec sa maîtresse sous sa fenêtre s'appelle encore en Espagne : *pelar la pava*, — plumer l'oie.

si, par galanterie, il ne lui en eût tenu le projet caché, qui amena tous les tragiques évènemens que l'on va voir.

Aussitôt arrivé à Cordoue, ce serviteur de don Felix était entré au hasard en une boutique de la place *du Roi*, qui, par l'étalage de ses brocarts d'or et d'argent, lui avait d'abord offert ce qu'il cherchait. Là, il se fit montrer les étoffes les plus curieuses qu'il y eût, disant indiscrètement que rien ne serait trop beau pour la parure de noces de la dame de qualité qui lui avait commis ses achats. C'était mettre la marchande sur la voie d'une suffisante curiosité; aussi ne manqua-t-elle pas, comme c'est l'ordinaire des gens de cette sorte, de questionner notre homme vivement; et celui-ci, simple et peu avisé qu'il était, de conter, sans se laisser prier longtemps, les noms des fiancés, leur condition, et l'époque fixée pour leur mariage. Or, cette femme, sous l'ombre de son commerce de soieries, qui attirait les jeunes dames en sa maison, et lui facilitait l'accès chez elles, était l'une des entremetteuses les mieux accréditées de la ville, et l'une aussi de celles que don Andres et

don Diego avaient si infructueusement chargées de leur dépister dona Leonor après sa disparition. Bénissant en elle-même cette bonne
fortune, qui la faisait maîtresse d'un secret
dont la révélation lui vaudrait un bénéfice si
assuré, elle se hâta de congédier le manant avec
promesse de lui tenir prêtes sous deux jours
les portions d'habillement qu'il avait choisies ;
et au bout d'une heure, don Diego était instruit déjà par la créature de toutes les décou-
vertes que cette confidence inattendue avait
mises en sa possession.

Ce brusque avis fut un coup de foudre qui
tira soudainement le comte de la torpeur où
il languissait depuis tant de mois. Sa passion,
que le découragement n'avait fait qu'assoupir,
se réveilla en sursaut plus irritée, plus avide
de s'assouvir.

Ainsi, s'écrie Fray Inigo, ce serpent qui s'en-
gourdit sous la neige des dédains et dans
la froidure de l'absence, mais qui ne meurt
qu'aux jouissances, en s'abreuvant aux
morsures qu'il a faites, le désir réchauffé chez

don Diego par ce nouvel espoir, se tordit en
sifflant autour du malheureux, l'étreignit de
ses nœuds redoublés, et s'élevant jusqu'à ses
lèvres, lui souffla de sa gueule tout son poison
dans l'âme. Certes, il fallait que le tentateur
eût possédé bien entièrement ce cavalier, pour
que, contre toute raison et toute pitié, il re-
commençât de s'acharner à la poursuite de cette
vertueuse fille! Qu'allait-il gagner à la perdre?
Serait-ce son cœur qu'elle avait donné à un
autre? Ah! malheur à nous, Seigneur, malheur
à nous, si vous avez une fois permis que l'amour,
ce démon le plus mauvais de tous et le plus for-
cené, se glissât en nous et s'y établît, lui qui se
rit de toutes les conjurations et de tous les exor-
cismes : car, de ce jour, si noble et miséricordieuse que soit notre âme, ce n'est plus elle
qui nous gouverne; en sa place, c'est je ne
sais quelle bête féroce et affamée, qui nous
pousse incessamment à dévorer ce que nous
aimons, comme ce vieux Dieu chauve des
païens qui se nourrissait de ses enfans!

Don Diego ayant fait mander don Andrès,

lui avait exposé sa résolution de renouer son
entreprise amoureuse et de posséder dona Leonor, fût-ce au prix de sa vie et de son âme.
Don Andres complaisant à son ordinaire, s'é-
tant offert de le seconder encore dans l'exécution de ce dessein pervers, ils combinèrent
aussitôt leur nouveau plan de campagne contre l'honneur de la pauvre fille. Il fut donc
convenu entre eux qu'ils partiraient secrètement pour *La Cueva* dans la nuit, à l'insu
même de la comtesse, et qu'ils se feraient accompagner de dix hommes à cheval, comme
eux bien armés et décidés à tout, à l'effet d'enlever dona Léonor de force, et, s'il le fallait,
des bras mêmes de son fiancé et au nez du vil-
lage entier, à moins qu'elle ne consentît de céder de bonne grâce et sans scandale. Et tout
disposé à cet effet, quoique leurs préparatifs de
route ne leur eussent permis de quitter Cordoue qu'une heure avant le lever du jour, ils
cheminèrent en telle hâte, qu'ils se trouvèrent à *La Cueva* peu après le coucher du soleil, ayant franchi la Sierra et ses plus rudes
passages d'une seule course, et ne s'arrêtant

en aucun lieu ; aussi deux de leurs braves restèrent-ils en chemin, l'un s'étant cassé la tête à tomber de sa monture à l'âpre descente des *Trois-Croix*, l'autre ayant eu son cheval crevé sous lui.

Don Diego et sa compagnie descendirent en une petite *venta*, sise à l'entrée du bourg. L'aubergiste, en leur donnant la bien-venue et leur demandant s'ils n'étaient point des conviés aux noces de don Felix, les tranquillisa sur l'appréhension qu'ils avaient que l'arrivée soudaine d'une troupe de cavaliers en un lieu si retiré n'y portât quelque ombrage. Bien mieux, le bonhomme leur avait ouvert ainsi lui-même un prétexte suffisant de séjour.

— Sans doute, par Notre-Dame de la Chandeleure, c'est à cause de ces noces que nous venons, dit, à ce propos de l'aubergiste, don Andres, avec sa promptitude d'esprit habituelle; mais ce n'est point à l'heure qu'il est et en l'état où nous a mis la route que nous irons nous ruer chez don Felix; ainsi, maître, faites que nous soupions au plus vite, et en attendant,

nous jetez quelques sacs de paille en un coin
de la cheminée, afin que nous nous détirions
un peu les reins et les jambes. — Puis, après
boire, ajouta-t-il parlant bas à l'oreille du
comte, et tout le monde de l'auberge endormi,
nous aviserons aux fins de notre voyage.

Il y avait une diabolique prudence en ce conseil, mais il n'était pas pour satisfaire l'impatience effrénée de don Diego. Or, comme ses
gens, à l'exemple de don Andres, s'étaient éten-
dus de leur mieux sur le méchant coucher qu'on
leur avait accommodé à terre, l'inquiet amant,
chez qui l'indomptable pensée n'avait nul souci
des fatigues et des besoins du corps, sortit seul
de la venta, s'étant fait indiquer la maison de
dona Leonor, sans autre dessein d'abord que
de reconnaître le terrain, et de voir ces murs
envieux qui lui avaient dérobé si long-temps
son ingrate beauté.

La nuit était noire déjà et le bourg presque
désert. A peine, par les rues qu'il traversa, aper-
çut-il quelques amoureux collés à des grilles
de croisées basses; encore étaient-ils perdus en

de si profonds entretiens, et leurs âmes tellement hors d'eux-mêmes et dans le logis de
leurs maîtresses, que pas un ne prit garde à
lui. Avec les renseignemens qu'il avait, il ne
lui fut pas malaisé de trouver la maison de
don Julian, qui était, comme nous avons dit, fort
isolée des autres et touchait aux champs. Ayant
doublé sur son visage les plis de son manteau,
il entra donc dans la ruelle que l'on connaît, et
s'y arrêta justement sous la petite fenêtre de
dona Leonor, retenu par un subit élancement
de son cœur, qui lui criait que c'était là. Elle
était en effet en sa chambre, épiant l'arrivée
de don Felix, ainsi qu'autorisée de sa mère elle
avait coutume de faire chaque soir. Au premier
bruit qu'elle entendit, elle s'avança précipitamment pour regarder, et voyant un homme debout, bien que l'obscurité ne lui permît pas de
le distinguer, ne doutant pas que ce ne fût son
amant :

— Attendez à la porte, don Felix, dit-elle à
voix basse, je vais descendre ouvrir.

Certes, c'en était assez de l'impression que firent à don Diego ces traits et cette voix si chers, et qu'il avait trop bien reconnus ; c'en était assez pour troubler son âme facile aux tempêtes ; mais la fureur jalouse qui lui vint souffler aussi sa frénésie acheva d'en bouleverser les flots et y submergea toute sa frêle raison. Oubliant qu'à se produire seul et hors de la portée du secours de ses compagnons, il allait en un éclat intempestif risquer follement tout le succès de son dessein ; entraîné par les plus violens et contraires mouvemens ; poussé à la fois à tuer cette femme tant aimée, et à la prendre en ses bras, et à se rouler à ses pieds pour y pleurer, et à l'adorer et à la ravir, il courut à la porte par où la pauvre dona Leonor comptait introduire son amant.

Cette porte ne tarda pas de s'ouvrir et de laisser paraître la jeune fille ; alors la lumière du *candil* qu'elle tenait pour s'éclairer jaillissant au visage du comte l'illumina soudainement, et toute la furieuse passion qui y étincelait. Épouvantée au point de ne pouvoir articuler un seul cri, elle se rejeta en arrière, tandis que s'éteignit son flambeau, qui lui était tombé des mains. Mais la grille d'entrée du *patio* (1), qu'elle avait en venant refermée sur elle, la retint là, et l'empêcha de fuir plus avant dans la maison.

Don Diego l'avait suivie, et trouvant à tâtons son bras, qu'il saisit :

—C'était don Felix, n'est-ce pas, que vous attendiez ? dit-il d'une voix sombre.

—Et don Felix ne se sera pas fait long-temps attendre, cria une autre voix.

Et en même temps le comte sentit un rude coup s'émousser sur sa poitrine. C'en était bien fait de lui cette fois si la pointe de la dague qui le lui portait n'eût rencontré le buffle de son ceinturon et ne s'y fût arrêtée; par un brusque mouvement, saisissant d'une main ce fer qui le pressait, il l'arracha de celle de son agresseur, non sans s'être coupé les doigts profondément.

(1) *Patio*, cour intérieure.

Surpris de cette soudaine résistance dont l'effort imprévu le désarmait, don Felix avait reculé deux pas et pris son épée ; le comte ayant eu le loisir de dégaîner également, les deux fers s'étaient croisés. Alors commença un furieux combat dans l'obscurité que le choc des lames sillonnait seulement par intervalles de rapides éclairs. Mais soit que don Felix eût tiré bon parti de l'habitude qu'il avait de l'étroit passage où ils étaient, soit que la force de don Diego, épuisée par la lassitude de la route, et sa main blessée servissent mal sa colère, en cette aveugle lutte, c'était l'étudiant, n'ayant eu d'autre apprentissage que ses querelles de l'Université, qui avait tout l'avantage sur le soldat éprouvé et rompu au métier des armes.

A quelles transes mortelles n'était pas en proie la pauvre doña Leonor, contrainte d'être le témoin de ce duel acharné et si fatal pour elle ! Car elle n'avait pu fuir. Il lui avait fallu demeurer collée à cette grille. Et cette lueur douteuse qui éclaire vaguement les ténèbres pour les yeux qui y sont depuis quelques momens plongés, lui montrait toute cette

13

cruelle scène. Noble et généreuse fille! Voyant le comte poussé toujours plus vivement, tout sanglant et presque à bout de sa résistance, au risque d'être percée elle-même, s'élançant entre eux :

—Retenez votre bras, don Felix, cria-t-elle. Épargnez la vie du comte don Diego Fernandez de Guadalcazar y Montemayor. Ne savez-vous pas que vous lui devez la mienne, et aussi quel puissant seigneur il est?

Mais à ce moment, comme enchaînés par cette voix si chère, ils avaient l'un et l'autre abaissé leurs épées; des cris, des lumières et des pas s'approchèrent, venant à la fois du *patio* et de la rue. C'était, d'une part, le bon écuyer accourant au bruit, suivi de ses servantes; et de l'autre, don Andres et sa troupe, qui, prêts à souper, inquiets de l'absence de don Diego, et craignant qu'il ne se fût engagé seul en quelque péril, s'étaient fait mener vers le logis de don Julian. Ce dernier, sans même prendre le temps de s'enquérir des causes de l'aventure, n'avait songé qu'à mettre avant tout les siens à l'abri. Profitant du désordre, il avait entraîné d'abord en sa maison dona Leonor, puis don Felix aussi, malgré qu'il en eût refermé sur eux et sur lui la grille du *patio*. Mais ce n'était pas pour don Andres et ses gens le cas de forcer cette barrière afin de poursuivre les fugitifs; il s'agissait bien plutôt d'être en aide au comte, que son reste de force avait quitté, et qui, blessé en cinq places, était tombé à terre noyé en son sang. Ce soin-là étant le plus urgent, ils le rapportèrent sur leurs bras à la *venta*, où il fut couché dans le seul lit qui s'y trouvât, celui de l'hôte lui-même. Toutefois, malgré la promptitude des secours, la fièvre qui le prit après son évanouissement fut si ardente, que son état sembla bientôt désespéré.

Le bruit de cette tragédie s'étant répandu le matin, dès qu'il avait appris quel seigneur considérable en était victime, jaloux de prouver à cette occasion la vigilance de sa justice, l'alcade du bourg, assisté de ses alguazils, était descendu en la maison de don Julian, et s'y était saisi de tous ceux qu'il avait rencontrés. C'est ainsi que le bon écuyer, dona Leonor et sa mère, et les servantes elles-mêmes, garrottés inhumainement comme des voleurs de chemins et liés sur des mules, furent envoyés à Cordoue afin d'y être jetés dans les prisons de l'Audience Royale qui seule avait qualité pour connaître de cette grave affaire.

Quant à don Felix, blessé aussi, quoique légèrement, au sortir de la querelle, après un rapide entretien avec sa fiancée qui lui avait aisément montré toute son innocence, après les adieux, et la promesse jurée de revenir, aussitôt l'orage apaisé, conclure leur mariage; il avait été heureusement inspiré de se réfugier en l'église, d'où, favorisé par le sacristain, il s'était évadé avant le lever du soleil. On sut depuis qu'il avait réussi à joindre une troupe de bandouliers qui s'étaient fait forts de le mettre sain et sauf en Portugal.

V.

Don Diego ne devait pas mourir pourtant de

ses blessures. Le Seigneur avait pris en pitié ce cavalier plié sous le faix de tant de péchés, et lui avait voulu laisser le loisir de s'en décharger par la pénitence, dit Fray Inigo, qui met en tête de la cinquième partie de son histoire ces dévotes considérations que d'ordinaire il rejette à la fin de ses chapitres. Ainsi, tandis qu'accourait le démon empressé de se saisir de cette âme si bien disposée par lui pour l'enfer, l'ange commis à sa garde écarta d'un regard le mauvais esprit; il éteignit la fièvre de feu qui brûlait le corps du mourant, en versant sur ses plaies quelques unes des gouttes de ce baume divin que Dieu confie à nos célestes gardiens, afin de guérir celles de nos maladies qu'il n'a pas jugées mortelles. Mais le médecin du ciel ne put retenir un sourire lorsqu'il entendit les savans docteurs de Cordoue, rangés autour du lit du comte, s'attribuer gravement le miracle de ses jours conservés. Empiriques insensés! comme si l'homme pouvait quelque chose pour la vie de l'homme! Comme s'il était une main humaine assez vigoureuse pour faire lâcher prise à la Mort,

lorsqu'elle nous a empoignés une fois! Comme
s'il y avait une autre médecine efficace que
celle toute spirituelle qui commet aux saints
confesseurs le traitement de nos âmes!

L'effet de cette cure inespérée de don Diego
ne fut pas toutefois si prompt qu'il fût incontinent remis sur ses pieds. Il ne lui avait pas
été dit comme au paralytique : Prends ton grabat et marche. Après qu'il eut été rapporté à
la ville en litière, il dut rester longuement con-
finé en sa chambre et en son lit; tant ses forces avaient été broyées sous le coup, tant ses
veines étaient appauvries de sang!

Mais était-ce donc sans retour que cet homme
était perdu? Le tentateur l'avait-il si bien four-
voyé hors de la sainte voie, qu'aucun guide
d'en-haut ne fût plus capable de le ramener?
Quel enseignement lui serait profitable, si ce
dernier lui était vain? Qui le croirait? Au lieu
d'employer au bénéfice de son salut cette retraite où le cloîtrait la providence, au lieu de
s'essayer à réduire son fougueux amour, il
ne songeait qu'à le flatter, à le dresser à de
nouvelles courses. Sa passion était, en vérité,

plus tenace et plus vive en lui que la vie elle-
même ; car, tandis que son corps était toujours
gisant et perclus, elle s'était ranimée et mise
sur son séant. Et peu content de rouler incessamment en sa pensée l'image de dona Leonor,
il en faisait l'unique objet de ses entretiens avec
tous ses amis qui le venaient visiter, ne contenant même pas en présence de la comtesse ce
cruel discours.

Il est vrai que la pitié n'eût plus consisté chez
le comte qu'à ne point retourner ainsi constamment le couteau dans le cœur de la pauvre
dame, car la blessure y était déjà bien profonde et irrémédiable! Le bruit de l'aventure de
La Cueva avait été si retentissant, et son mari
lui était revenu en un tel état, qu'elle n'avait
pu rien ignorer de son malheur. Et c'était avec
raison qu'elle s'était dit dans toute l'amertume
de son âme, qu'il n'y avait plus d'espoir, puisqu'elle était bien assurée que don Diego ne
l'aimait plus.

C'est, — observe Fray Inigo, — c'est que
l'amour est une plante qui ne pousse qu'en tige

et en rameaux, et ne jette point de racines.
Aussi, le moindre vent glacé suffit-il à la flé-
trir et l'arracher du sol où elle avait germé. Et
vous tenteriez vainement de l'y faire re-
prendre. Elle a épuisé tous les sucs qui la
pouvaient nourrir; elle est morte.

Toutefois, la constance si fortement trem-
pée de cette vertueuse femme n'était pas pour
rompre sitôt sous le poids des nouvelles douleurs dont il avait plu à Dieu de l'éprouver. Au
contraire, en cette occurrence, elle redoubla
d'angélique douceur et de courage résigné; et elle
le montra bien, non pas seulement par le sur-
croît de son dévouement autour des souffrances
de son mari, mais par une générosité qui s'é-
tendit sur celle même qui lui en avait aliéné
l'affection, fort innocemment, à vrai dire, et
contre son gré. — Le glaive qui nous frappe
n'est pas la cause de notre mal; il n'en est que
l'aveugle et involontaire instrument, mais c'est
la suprême vertu chrétienne de le baiser et
aussi la main qui nous l'enfonce au cœur. — Ce
fut ainsi que d'elle-même et de son seul crédit,

à l'insu de don Diego, qui n'avait rien connu
de la prison de dona Leonor et de sa mère, la
comtesse fit élargir les deux pauvres dames;
bien plus, elle les visita de sa personne, et pré-
venant les besoins de leur pauvreté, sous couleur de procurer leur repos, elle obtint qu'elles
fussent reçues dans le couvent de la *Très pure
Conception*, où elle pourvut largement de ses
propres deniers à leur entretien.

Il y avait lieu d'espérer que cette maison sacrée serait enfin un sûr asile pour les pauvres
recluses, où elles pourraient attendre paisiblement que leur sort se décidât, soit par le retour de don Felix, soit par ce qu'il ferait savoir de ses desseins. Mais le comte ne le
voulut pas ainsi, et le souffle funeste de sa
passion ne tarda pas de soulever contre elles
de nouvelles tempêtes, qui vinrent battre leur
barque jusque dans cette anse retirée, où elles
se croyaient à l'abri de tous les vents du
monde.

Or, jusqu'ici nous n'avions pas vu qu'au
cours le plus effréné de ses débordemens, don

Diego se fût notablement départi de sa piété
native, et de la révérence due aux choses
saintes ; maintenant nous avons à montrer
comment, cette dernière digue franchie, il
se rua aveuglément dans la voie de perdition,
ne se souciant plus , tandis qu'il courait à
son but coupable, de considérer si c'était par
l'église qu'il passait et à travers le sanctuaire,
et s'il foulait la cendre des morts , ni plus de
s'arrêter à prendre l'eau bénite, ou à saluer les
autels et les Images vénérées. Fasse le ciel qu'en
ce chemin criminel , quelque coup de foudre
salutaire le jette, comme saint Paul , à bas de
son cheval, avant qu'il soit arrivé trop près
des bords de l'abîme !

Tant que le comte avait été maintenu dans
son incertitude sur le sort de dona Léonor, on
avait obtenu de lui, bon gré mal gré , qu'il se
soumît aux soins prudens qu'exigeait sa con-
valescence ; mais à peine, par l'avis indiscret
de don Andres, eut-il appris qu'elle était en
la ville même, et en quel lieu, il n'y eut plus
dès-lors de force capable de le retenir en son

lit, qui lui était devenu un gril plus enflammé que celui de saint Laurent. Contre le conseil unanime des médecins, et en dépit de toutes les prières de la comtesse, sans attendre un retour suffisant de ses forces, risquant de nouveau témérairement ses jours, il se leva donc et commença même de sortir, — on s'imagine bien à quelles fins. On vit alors, et ce fut grande pitié, on vit cet homme tout pâle et amaigri, qu'on eût moins pris pour un vivant que pour une âme du purgatoire revenant quêter des messes, on le vit qui s'en allait se traîner les soirs autour du couvent de dona Leonor, s'agenouillant à ses portes, et s'y répandant en plaintes, en larmes et en supplications, baisant ses murs, heurtant de son front ces froides pierres qu'il accusait follement d'être sourdes, glacées et insensibles comme elle !

Ces téméraires sorties, qui, au dire de chacun, le menaçaient d'une inévitable rechute, n'empêchèrent point les progrès de sa guérison. Sa robuste nature triompha de tout le péril de ses imprudences. La vigueur de son corps se

réveilla bientôt elle-même, et son sang renou-
velé bouillonnant en flots de feu dans ses veines,
l'audace de ses entreprises s'accrut en proportion de l'énergie qu'il retrouva pour les accom-
plir. Ce ne lui fut plus assez d'assaillir dona
Leonor de ses messages, qu'à force d'or et
de ruses il faisait parvenir jusqu'à elle, à
travers toutes grilles et clôtures; jugeant que
pour se la gagner il ne saurait lui montrer
sa tendresse par des témoignages trop écla-
tans, avec l'aide de son fidèle don Andres,
il reforma la troupe dispersée de ses compagnons de plaisir d'autrefois, jeunes écervelés
qui ne cherchaient que les occasions de querelles et de tapage. Assisté de ces braves, chaque soir, après l'*Ave Maria*, il s'emparait de la
rue où donnaient les petites fenêtres grillées
des cellules du couvent, garnissant les issues
de sentinelles qui en défendaient l'accès, afin
qu'il eût le terrain libre pour ses sérénades
et ses joûtes au flambeau en l'honneur de
sa belle. Il en résultait que maints galans
ayant les croisées de leurs maîtresses en la
même rue, et prétendant se frayer vers elles

le passage, les épées se dégaînaient à tout
instant, et qu'il n'y avait plus guère de nuit
où quelque cavalier ne demeurât sur le pavé.
Ce n'est pas que s'il se fût agi seulement
de ces accidens, sans que la religion y fût
mêlée, le haut crédit du comte n'eût plus
que suffi pour en assoupir les suites, ces sortes
d'affaires étant fort usitées alors entre les gen-
tilshommes, qui avaient le bras aussi prompt
que la parole. Mais le mal vint surtout du scandale inouï de ces galanteries et de ces fêtes sous
les murs de la maison de Dieu. Le pire, ce fut
la menace sacrilége, où se portèrent ouvertement quelques uns des plus impies compagnons
de don Diego, d'escalader, s'il le fallait, le couvent pour y aller ravir cette cruelle beauté,
louve véritable, disaient-ils, réfugiée parmi les
brebis, qui se prévalait contre tout droit de
leurs immunités. Ce dernier bruit et celui de
la générale clameur de la ville firent que les
saintes femmes, si fort averties déjà par les
spectacles profanes qu'elles avaient sous les
yeux depuis un mois, se virent contraintes de
mettre hors de leur cloître, avec sa mère, la

pauvre fille, cause innocente des désordres qui avaient troublé la paix de leur retraite, déplorant amèrement d'ailleurs la nécessité qui les forçait de livrer ainsi sans défense cette vertueuse enfant à ses ennemis.

Et les deux tristes dames, après tant de vicissitudes, commençant de désespérer de leur sort, regagnèrent le petit logement misérable qu'elles occupaient avant leur fuite obligée de Cordoue.

Mais au bord de quelque profonde misère qu'on soit jeté, dit Fray Inigo, c'est un grave péché de douter seulement du secours et du salut. Ah! si rapide que soit le penchant qui nous entraîne, ne jetons point les yeux vers la gueule béante du gouffre avide de nous dévorer; regardons en haut, regardons le ciel; ayons confiance même en tombant; ce sera miracle s'il ne se trouve sous nos mains quelque frêle racine assez forte pour nous retenir et nous sauver!

Ainsi, lorsque les deux dames se voyaient au

plus glissant de la pente du monde où elles
étaient rejetées, Dieu étendit la main et arrêta
leur chute. Dieu ne permit pas que don Diego
tirât le profit qu'il avait espéré de la détresse
où il les avait réduites. Avant même de savoir
leur renvoi du couvent, le comte avait reçu un
ordre exprès au nom du roi, qui lui enjoignait
de se rendre sans nul délai à Valladolid, et d'y
séjourner le temps qu'il faudrait pour observer les nouveaux mouvemens que s'apprêtaient de tenter les *communeros* de la vieille
Castille, et les écraser, au besoin, eux et leurs
derniers priviléges, avec l'aide de la noblesse
de la province. Ce service commandé par le
prince, et où l'honneur n'était pas moins intéressé que le devoir, ne comportait ni retard ni
hésitation. Tout désolé qu'il fût de cette en-
trave apportée encore au progrès de ses amours,
jugeant qu'un prompt départ était le plus sûr
moyen de lui faciliter une prompte conclusion
de l'affaire et un prompt retour, don Diego ré-
solut de se mettre en route sur-le-champ, n'em-
menant avec lui que ses pages et ses écuyers. Il
s'était si bien flatté qu'il ne s'agissait pour lui que

d'aller et de revenir, qu'il avait dissuadé la comtesse de le suivre ; mais ce fut un grand crève-
cœur de voir comme il la quitta. La noble dame
était descendue en la cour de la maison où se
tenait la troupe tout équipée et prête à partir.
Et au dernier moment, lui à cheval déjà, lorsqu'elle lui serrait la main en pleurant, il ne
daignait pas s'en apercevoir ; et, se détournant
d'elle, il n'avait de paroles d'adieux qu'à l'oreille
de son ami don Andres ; et il lui recomman-
dait sur son âme de surveiller dona Leonor
jour et nuit, de la garder à vue, et si elle
tentait une nouvelle fuite , de l'empêcher
de vive force ; de faire tuer au besoin quiconque oserait la favoriser, — surtout si c'était
don Felix.

VI.

Cette mission confiée à don Diego, — toutes
les chroniques de l'Andalousie s'accordent à le
déclarer, — n'avait été qu'un moyen discret de
l'éloigner, un exil coloré, sollicité secrètement.

contre lui par l'évêque de Cordoue, vénérable prélat, qui s'était déterminé à cette démarche, non pas tant pour venir en aide à la comtesse, dont il était le cousin, que pour sauver son troupeau du désordre sans cesse croissant qu'y jetaient les furieux dérèglemens du comte. Il était aisé de voir que le prétexte sous lequel ce dernier avait été tiré de chez lui n'avait nulle apparence de fondement. Les vilains soulevés en 1525, dit Fray Inigo, avaient été trop rudement châtiés pour tenter de rompre de nouveau les chaînes de leur vasselage. Cette insolente liberté, qui les avait poussés à revendiquer le droit prétendu de leurs franchises communales, avait été bien pendue haut et court au gibet de Padilla, et pour ne pas ressusciter de long-temps !

Don Diego ne tarda pas de soupçonner que ces craintes de sédition, supposées sans la moindre cause, avaient voulu seulement déguiser la rigueur de l'ordre royal qui l'atteignait. Il n'en douta plus lorsque, en dépit de ses représentations, la durée de son séjour dans la Castille fut de semaine en semaine pro-

14

longée et fixée enfin à un an. La présence de
la comtesse, qui l'était venue rejoindre avec le
reste de sa maison, acheva de le confirmer en
cette idée, et comme il n'hésita pas de lui attribuer, bien à tort pourtant, le bon office de
cette barrière opposée à son amour, il se fit
un odieux plaisir de vengeance à la traiter plus
inhumainement encore et à la combler de ses
mépris. D'ailleurs, ce n'était pas pour la seule
joie de la dédaigner et d'être loin d'elle qu'il
fuyait sa compagnie et la laissait constamment
seule. Valladolid lui était une prison trop res-
serrée en la furieuse rage qui le possédait;
aussi, afin de l'apaiser un peu, lui fallait-il
de longues courses et continuelles, comme à
ces fougueux étalons qu'on ne dompte qu'à les
faire galoper outre mesure et à les mettre sur
les dents. Les charges de son office lui en
prêtant aisément l'occasion, il allait et venait
sans cesse de Valladolid à Ségovie, de Ségovie à
Tolède, de Tolède à Madrid, de Madrid à Burgos, toutes villes de son commandement. Et
en ce vaste désert de la Castille où sont semées
si distantes, ces oasis sans ombrages, le lion

déchaîné écumait au moins et rugissait plus
librement; encore qu'il s'y trouvât même captif;
encore qu'à l'horizon et par-delà le Guadarrama et du côté d'où vient le soleil , il sentît
toute la Sierra Morena se dresser entre lui et
l'Andalousie , où étaient Cordoue et dona
Leonor.

Tandis que ce farouche cavalier rongeait
ainsi follement son frein, l'année presque ré-
volue qui devait finir son exil, où en étaient de
leurs disgrâces les deux pauvres dames? Hélas!
son absence ne leur avait laissé qu'une bien
courte trève, et non pas entière encore. A peine
était-il parti qu'une lettre leur parvint de don
Felix , qui , croyant fermement avoir tué le
comte , leur mandait de Lisbonne, prêt à s'embarquer, qu'un moyen s'offrait à lui d'employer
au profit de sa fortune le temps que sa fâcheuse
affaire le contraignait de passer hors de son
pays. Il s'en allait donc au Mexique, où la faveur du vice-roi, qu'on lui garantissait, lui
ouvrait les chances d'une rapide prospérité ;
mais il suppliait dona Leonor de lui garder
fidèlement sa main, comme le seul digne prix

qu'il espérât d'une entreprise en laquelle il ne
se risquait qu'afin d'assurer leur commun bonheur. A cette lettre, après quelques mois, il
en succéda plusieurs autres, qui annonçaient
la réussite de son voyage et les heureux progrès de son ambition. Dès qu'il en aurait plei-
nement recueilli les fruits, disait-il, il fixerait
l'époque de son retour, l'unique but où aspirât
son cœur.

Sage, confiante et résignée qu'elle était, la
jeune fille se montrait satisfaite de ces assurances et disposée à attendre tout le temps qu'il
faudrait; mais non pas comme elle, dona Beatrix, sa vieille mère, qui supportait chaque
jour plus impatiemment leur pauvreté toujours croissante!

C'est que, si vous vous retirez de nous et
ne nous soutenez quand nous vieillissons,
s'écrie Fray Inigo, ce n'est pas seulement chez
nous le corps qui se ride et se casse sous le
poids des ans, mais aussi l'âme, — l'âme immortelle pourtant! C'est qu'alors, avec l'ardeur du sang, s'éteint en nous la flamme des

dévouemens et des sacrifices! C'est que l'âge
nous glace au point que tout manteau est bon
à nous réchauffer, même celui du déshonneur!

Grâce aux fidèles rapports de leur servante
qu'il avait aisément gagnée, don Andres n'i-
gnorait rien de l'extrême besoin des deux
dames, ni du mécontentement de dona Beatrix, ni de sa lassitude de la misère. Ce fut sur
l'exacte connaissance de cet état des choses et
des dispositions de la vieille dame, qu'il dressa
contre la jeune fille un dernier plan d'attaque
d'une science assurément bien perverse et bien
infernale. Ayant pris le loisir de reconnaître
cette vertu si solide et fortifiée, il avait estimé
qu'à moins d'être emportée de vive force, elle
ne cèderait qu'autant que la mère, de compli-
cité avec l'assaillant, l'introduirait elle-même
dans la place. Or, croyant de son devoir, selon
qu'il comprenait l'amitié, d'éviter au comte
l'extrémité d'une violence à laquelle celui-ci se
porterait infailliblement, et dont l'éclat le
perdrait peut-être après ce qui s'était passé
déjà, il tourna tous ses efforts à corrompre la

mère par la servante et la fille par la mère, suivant la tactique de ces hommes de guerre, qui au siége d'une forteresse s'appliquent d'abord à s'y ménager des intelligences, et pour sa conquête comptent plutôt sur le pouvoir de l'or que sur celui du fer.

Il faut le dire, à l'honneur de don Diego, ce n'eût pas été lui qui eût cherché de lui-même et le premier ces lâches façons d'assaut. Vrai chevalier qu'il était, en amour comme en guerre, il n'avait songé jamais à s'emparer d'une femme ou d'une muraille que par escalade et l'épée à la main. Mais il était absent tandis que don Andres creusait ces mines souterraines; et son ami, en lui écrivant, se gardait bien de lui montrer leurs sinuosités ténébreuses; il lui parlait seulement des canaux ingénieux et couverts par où il faisait couler jusqu'à dona Leonor les généreux secours de son amant! Et quand ce dernier fut de retour, l'aveuglement de sa passion n'était plus pour lui laisser voir quels monstrueux moyens avaient frayé la monstrueuse voie qui promettait de livrer enfin un sûr accès à ses désirs.

On ne donnera pas ici le détail des nombreuses et pressantes tentations dont fut cir-
convenue dona Beatrix, et auxquelles elle finit
par succomber. Certes, elle ne se rendit pas
sans avoir résisté long-temps et combattu. Le
serpent lui offrit plus d'une fois le fruit doré
avant qu'elle se décidât de le prendre et d'y
mordre. Ce ne fut pas en un jour que la vieille
dame répudia l'héritage de toute une longue
vie d'honnêteté, et qu'elle en vint à vendre sa
fille et à prostituer en elle la noblesse de sa
naissance et la mémoire d'un père honorable.

Hélas ! peut-être que le besoin est une trop
rude épreuve à ceux qui ont vécu un temps
riches et comblés, et n'ont point été allaités
par la misère, cette nourrice en haillons,
maigre et faible, aux mamelles vides où l'enfant du pauvre puise pourtant la force et la
patience !

Ce fut la servante qui ébranla d'abord dona
Beatrix, la poursuivant de la représentation
continuelle de ses nécessités. Divers affidés,
lui en suggérant le remède, continuèrent de
la battre en brèche, apostés à cet effet. Don

Andres, dès qu'elle eut été amenée à le voir, lui porta les derniers coups et détermina sa chute. Il lui montra non seulement sa pauvreté présente soulagée, mais sa fille mariée bientôt et largement dotée par le comte, qui couvrirait sa faiblesse d'un voile nuptial brodé d'or. Il lui garantit pour elle-même une rente capable d'établir solidement la commodité du reste de ses jours. Et la malheureuse vieille, un pied déjà dans la tombe, reçut enfin des arrhes sur le prix de ce hideux marché, où elle donnait l'inépuisable trésor de son éternité dans le ciel en échange de quelques heures d'un remords opulent sur la terre.

Dona Leonor, après tant de journées de dure privation, voyant une sorte d'aisance reparaître dans la maison, en avait montré quelque étonnement; mais elle se fût peut-être payée des raisons déguisées auxquelles sa mère attribuait ce brusque changement, si celle-ci, de ses plaintes accoutumées contre don Felix, dont elle ne cessait d'accuser l'indifférence et l'oubli, passant bientôt à l'apologie du comte et à la louange de son mérite et de sa personne, n'eût insinué que c'était ingratitude à elles de traiter si rigoureusement un homme à qui elles devaient tant, et folie, bien plutôt que sagesse, de lui dénier obstinément la possession d'un joyau qu'il saurait tôt ou tard ravir de force, tandis qu'en le cédant de bonne grâce, elles pouvaient s'enrichir de toute la valeur qu'il y attachait. Il ne fut plus permis à la jeune fille de se méprendre sur la perversité du but où tendait ce langage, et sur l'impure origine du bien-être qu'elle avait observé autour d'elle, quand la servante, que l'odieux complot où elle était de moitié avec dona Beatrix enhardissait à tout, abordant à son tour la cause de don Diego, eut mis à la plaider l'ouverture et la grossièreté de propos ordinaires aux gens de ce niveau.

A voir ce dernier triomphe de l'acharnement de ses ennemis, et tournée contre elle de leur côté sa mère elle-même ; à voir le sol qu'elle foulait miné jusque sous sa couche par des mains si chères, et prêt de crouler, la pauvre enfant se jugea perdue ; elle se sentit

comme tomber. Seigneur, pardonnez-lui cet
instant de vertige, s'écrie Fray Inigo ! c'était sa
mère qui la poussait ! Ah ! c'est que la fille est
plus que vertueuse, qui demeure ferme et sans
broncher, lorsque sa mère, la voix du ciel pour
elle, lui a dit tout bas à l'oreille : — qu'il n'y a
pas de vertu ; lorsque c'est sa mère qui se fait
son tentateur et s'efforce de la précipiter, sa
mère, placée par Dieu plus près d'elle que
l'ange gardien, et sentinelle plus vigilante et
plus intéressée, pour la suivre mieux que son
ombre, pour surveiller ses veilles, son sommeil et ses rêves, et ne la point laisser d'un pas
avant de l'avoir remise aux bras de l'époux,
en lui jurant qu'il la reçoit vierge et pure !

Ce n'avait été qu'un rapide éblouissement
qui avait aveuglé la foi de dona Leonor. Elle
leva les yeux. Elle revit le ciel, et elle reprit sa
force ; et son espoir en Dieu, désormais son
seul soutien, se raffermit sur l'ancre d'une
piété plus solide. Et c'est de ce moment surtout qu'éclate en tout son lustre la magna-
nime chasteté de cette sainte fille ; car, si mé-

ritoires que fussent les combats où s'était mesuré déjà son honneur, ils n'étaient plus rien près de la guerre traîtresse et incessante qu'elle dut soutenir dès-lors contre les siens, pareille à un général bloqué qui aurait sur les bras à la fois et l'armée assiégeante et sa propre garnison.

Le retour de don Diego, comme elle ne l'avait que trop bien prévu, aggrava singulièrement le péril de sa défense; non pas que celui-ci, au plus impétueux mouvement de sa passion, contenu par don Andres et par la crainte d'un second exil, se portât à la moindre nouvelle violence apparente; mais les générosités dont il comblait dona Béatrix, stimulant l'avare reconnaissance de la vieille dame, eurent pour effet de redoubler la vivacité de ses attaques. A ses sollicitations les plus pressantes, dona Léonor opposait néanmoins une inflexible résistance. Comprenant bien qu'elle était aussitôt forcée en son dernier retranchement, si elle le laissait une fois entamer, elle se refusait inexorablement à recevoir, non seulement les visites, mais aussi les lettres du

comte; et sa mère, qui n'avait pas l'audace de
son crime, attérée d'abord par l'autorité de
l'innocence, se retirait toujours après une
charge ou deux, et n'osait pousser davantage.

A cette époque, une disette cruelle désolait
l'Andalousie et Cordoue plus inhumainement
que ses autres cités. Mais tandis que la faim y
prenait à la gorge des milliers de pauvres familles, grâce aux soins prévoyans du comte,
on ne manqua pas un jour en la maison de
dona Béatrix, et l'abondance s'y continua qu'il
avait rétablie. Bien plus, chez elles, reparut
le luxe que la misère avait si long-temps
banni, et le vieux logement vide et délabré
reprit son orgueil des jours passés, avec les
meubles de soie et les riches tentures. Hélas!
on eût dit que ces impies ne savaient comment
parer assez et faire resplendir le temple où ils
s'apprêtaient à sacrifier leur victime!

Ce fut alors que dona Beatrix, subjuguée
par la magnificence de ces libéralités, mais dé-
sespérant d'amener sa fille à les payer volon-
tairement de son honneur, ne se sentant plus
d'ailleurs l'effronté courage de l'y exhorter, eut

pourtant celui de se décider à la livrer. Il fut
donc convenu entre elle et don Diego, en une
secrète entrevue, que le jour de la fête de Notre-
Dame de *Guadalupe*, toute la ville, selon l'an-
tique usage, sortant vers le soir, afin d'aller visiter une vieille image fort vénérée de cette
Vierge, qui était en un petit ermitage à une
lieue au-delà du Guadalquivir, le gros des voisins écarté, le comte serait introduit près de
doña Leonor, et laissé seul avec elle, malgré
qu'elle en eût, afin qu'il pût plaider lui-même
sa cause, et faire valoir pour son triomphe ses
argumens les plus forts et les meilleurs.

O mères impudiques! s'écrie Fray Inigo,
usant ici d'une énergie de langage que nous
amoindrissons. O mères impudiques, déjà si
chargées de votre impudicité, le poids en pèsera
doublement dans la balance céleste contre votre
salut, si en vos débordemens vous n'avez pas
eu cette dernière pudeur de tirer entre vous
et vos filles les plus épais rideaux de vos alcoves!
Toutefois, la force de la concupiscence est
grande, et la miséricorde de Dieu est infinie;

aussi se peut-il que le ciel vous pardonne l'oubli qui n'aura été que celui de vos passions. Mais vous êtes bien damnées de plain-pied et sans appel, ô vous, vieilles décrépites, qui, n'ayant plus de sang aux veines, avez froidement vendu la vierge née de vos entrailles ; qui avez mené l'acheteur à son lit, et la lui avez livrée endormie, le candil en main pour l'éclairer, et qui êtes demeurées comptant votre or et tenant la porte tandis que le barbare égorgeait la virginité de votre enfant !

Le jour fixé pour consommer la perte de dona Leonor tirait vers sa fin. Le comte quitta sa maison accompagné de don Andres, qui, complaisant et dévoué jusqu'au bout du crime, devait, son ami une fois introduit chez la jeune fille, faire sentinelle aux environs, afin d'écarter à l'occasion tout incommode intervenant.

La ville était presque déserte, le beau temps ayant merveilleusement favorisé la sainte promenade à l'hermitage de *Notre-Dame de Guadalupe*. Mais ce n'était pas encore l'heure arrêtée avec dona Beatrix. Si peu qu'il se montrât de gens, de peur d'en être remarqués, les deux cavaliers entrèrent en l'église des Franciscains de San-Pascual, située à l'extrémité de la rue où logeaient les dames. Là, comme ils se promenaient par les cloîtres et la nef, attendant que fût tombée la nuit, don Diego en l'exaltation de sa fièvre amoureuse, sans nul ménagement pour la sainteté du lieu et ses nombreuses sépultures, avait commencé d'entretenir à haute voix son ami de ses désirs si long-temps traversés, et de la suprême joie qu'après tant d'empêchemens il allait enfin étreindre. Ce fut au point que don Andres lui-même, plus désintéressé à vrai dire dans l'aventure, effrayé de la profanation, s'efforça de contenir cette frénésie du comte et de lui fermer la bouche, s'écriant :

—Par Saint-Jacques, taisez-vous, don Diego, vous tentez Dieu! Ne considérez-vous pas où nous sommes, et que nous marchons sur des tombeaux? C'est ici, vous le savez bien, qu'est enterré le père de dona Leonor! Tandis que vous prononciez le nom de sa fille, les dalles

se sont agitées sous nos pieds près du portail !
Taisez-vous, taisez-vous, vous ferez contre nous
lever les morts !

Mais ce seigneur insensé, qu'assourdissait le
cri plus fort de sa passion, n'entendait pas seulement ces paroles que la crainte dictait à don
Andres au défaut de la piété, et il poursuivait
son discours sacrilége.

L'obscurité se faisait de plus en plus profonde.
A peine si les lampes des chapelles la perçaient
çà et là de quelques pâles lueurs.

Les cloches du couvent sonnèrent *l'ave Maria*. Le moment était venu du rendez-vous. Le
comte et son ami se hâtaient vers la porte, et
don Diego en soulevait déjà la tapisserie pour
sortir lorsqu'une longue figure se dressa tout-
à-coup devant lui, et lui barra le passage en
même temps qu'elle cria d'une voix tonnante :

—Tu as donc bien de la confiance en la miséricorde du ciel, don Diego, pour agir comme
si tu t'imaginais qu'il ne se lasse point, et se con-
tente de tenir toujours le châtiment suspendu

sur une tête criminelle sans le faire éclater jamais! Quoi! as-tu tellement rempli cette ville
de tes scandales, que ses rues et ses places ne
les puissent plus contenir, et qu'il te faille maintenant les apporter dans le lieu saint? Voici que
tu entres à présent en l'église, non pas afin de
prier et de confesser tes péchés, mais afin d'of-
fenser le Seigneur de plus près et face à face!
Voici que tu viens frapper à la tombe des morts
et troubler le repos des âmes bénies! Prends-y
garde, don Diego, avant de faire le dernier pas
vers ton crime! Tu te glorifiais tout à l'heure
d'être au moment de déshonorer une noble
fille! Prends-y garde! ce ne serait pas impuné-
ment que tu aurais réveillé son père enseveli!

Ces mots achevés, l'apparition s'effaça dans
l'ombre.

L'horloge avait sonné une demi-heure après
l'*Ave Maria*, que les deux cavaliers, transis
d'épouvante, étaient encore cloués, debout, où
les avait laissés le fantôme. Ils y fussent sans
doute demeurés long-temps encore, tant la
menaçante parole les avait foudroyés, si un

15

frère laï qui vint fermer l'église, les tenant
pour gens suspects, à les voir sourds aux invi-
tations qu'il leur réitéra de sortir, n'eût pris
le parti de les pousser dehors.

Une fois en la rue, ils se sentirent quelque
peu revivre. Certes, ils n'étaient plus pour
songer à l'exécution de leur criminel dessein.
Le lien de frayeur rompu qui avait enchaîné
d'abord tous leurs mouvemens, leur seul instinct fut de s'éloigner, sans se demander où ils
allaient. Ils marchèrent donc longuement, au
hasard, si bien que, lorsqu'ils s'arrêtèrent,
ils se trouvaient assez loin hors de la ville, et
au pied du chemin qui mène aux ermitages du
Désert de Notre-Dame de Belen.

Alors il leur sembla que c'étaient leurs
anges gardiens qui les avaient conduits par la
main sur la route de cette pieuse retraite,
asile ouvert en tout temps, à toute heure, à
tous les repentirs. Saisis l'un et l'autre d'une
commune pensée d'expiation, si tard qu'il fût,
ils se décidèrent de gravir la côte de la Sierra,
afin d'aller faire une neuvaine de pénitence et
de mortification chez les saints reclus.

C'est qu'en ce siècle de foi docile et générale, dit Fray Inigo, il n'était pas de pécheur, si endurci qu'il fût, qui reçût vainement ces avertissemens surhumains! Aujourd'hui nos débauchés ne s'arrêteraient pas pour si peu! La main céleste viendrait tracer les lettres de flamme sur les murs de la salle où blasphème l'orgie, que vous verriez les insensés vider encore, à la santé du diable, la coupe de leur damnation!

Laissons cependant les deux cavaliers cheminer tout contrits vers le Désert de Notre-Dame de Belen, où les guidera sans doute leur bonne étoile, et revenons nous enquérir de ce qui se sera passé à Cordoue en leur absence.

VII.

Du fond d'un confessionnal où elle était accroupie, égrenant son rosaire, une béate avait assisté à toute la terrible scène de San Pascual. A peine remise de la peur qu'elle en avait ressentie, la bonne dame s'était empressée d'aller

répandre partout le récit de l'apparition. A
courir de bouche en bouche, l'aventure, déjà
si étrange d'elle-même, s'était bientôt grossie
de circonstances qui en avaient singulièrement
exagéré le merveilleux.

Sur la foi de mille témoins qui se prétendaient oculaires, le lendemain c'était dans la ville
un bruit accrédité, que le père de dona Leonor
était apparu, la veille, en l'église de San Pascual, vêtu du vénérable habit de saint François, son linceul. Le vieux soldat, assurait-on,
après une longue allocution où il avait tancé
rigoureusement le comte et son complice, les
avait entraînés l'un et l'autre avec lui dans son
tombeau qui s'était refermé en vomissant une
grande flamme.

La disparition des deux cavaliers donnait
plus qu'il ne fallait de crédit à ce conte, qui
reposait bien sur quelques fondemens d'apparente vérité.

D'ailleurs, au dire du père Esteban, l'anna-
liste de Cordoue le plus exact et le plus sincère, il n'était rien, en cet évènement, qui ne
se dût expliquer tout simplement, et sans le

secours d'aucune interprétation surnaturelle.

Dona Leonor, selon que le rapporte ce savant bénédictin, avait coutume d'aller faire ses dévotions à San Pascual. Là, se confessant à l'un des moines du couvent, elle s'était ouverte à lui sur le grave péril dont elle se sentait menacée. Instruit de cette sorte, et reconnaissant don Diego en l'église, à l'entendre, du chœur, se trahir lui-même par ses discours téméraires, le digne religieux, fortuitement inspiré, s'était avisé de cette vive apostrophe qui avait sauvé la jeune fille.

Quoi qu'il en soit de cette mystérieuse apparition, que les gloses du père Esteban n'ont jamais éclairée peut-être d'un suffisant rayon, si elle couvrit dona Leonor d'une égide bien opportune et salutaire, le bruit sinistre qu'elle fit naître fut un coup de foudre contre lequel une autre innocence n'obtint pas le même secours.

En ce temps-là la comtesse était enceinte et sa grossesse fort avancée. C'était là, dit Fray Inigo, la seule goutte de miel qui fût au fond du calice d'amertume où s'abreuvait la triste

dame. Cet enfant qu'elle se sentait prête de mettre au jour, n'avait-elle pas quelque raison
d'espérer qu'il serait un lien qui lui rattache-
rait son mari? Si c'était un fils surtout que
Dieu lui accordait, à le recevoir dans ses bras,
le comte ne saurait-il pas à la mère quelque
gré de cet héritier de sa fortune et de son
nom qu'elle lui donnerait, et ne l'en récom-
penserait-il pas, sinon par de grands retours de
tendresse, au moins par un peu d'affectueuse
pitié?

Afin d'obtenir du ciel ce fils qu'elle souhaitait ardemment, dona Pacheca, si pieuse en
tout temps, redoubla durant sa grossesse de
dévotion et de libéralité pour l'église. Il n'y
eut point à Cordoue de sanctuaire ni d'autel
qu'elle ne visitât maintes fois et longuement;
point d'Image vénérée qu'elle ne voulût parer
et enrichir. Elle dépensa plus de dix mille écus
en messes pour le rachat des âmes bénies du
purgatoire. Elle donna toute une récolte d'huile
de ses oliviers d'Ecija, pour l'entretien des lampes de quatre-vingt-dix chapelles et oratoires.
Ce que lui coûta de cierges de cire blanche l'il-

lumination du monument funéraire de Notre-
Seigneur à Santa-Maria, le Vendredi-Saint de
l'année 1552, ne se peut calculer. Enfin, se dé-
pouillant de ses plus précieux joyaux, elle fit
faire, pour la Vierge du *Rosaire* des religieuses
de *San-Domingo*, un manteau brodé de perles,
une couronne, un collier et des pendans d'o-
reilles de diamant.

Merveilleuse piété, dit Fray Inigo, mais qui
n'a laissé qu'un bien stérile exemple chez nos
dames! A présent, hormis aux grands jours,
tandis que la maison de Dieu demeure dans
l'obscurité; tandis que la maigre lueur de quelques lampes nourries de l'aumône du pauvre,
éclaire à peine en leurs sombres chapelles
les modestes Images de la Vierge; nos femmes
n'ont plus, en leurs fêtes, assez de giran-
doles pour illuminer le luxe effronté de leurs
toilettes et les échancrures irrévérentes de leurs
robes! Et, bien que Notre-Dame de la *Merci* de
Santa Bárbara, grâce à la munificence des
temps passés, soit plus riche peut-être encore
qu'aucune d'elles, en bijoux et en parures, je

ne sais s'il est une comtesse qui n'ait, en revanche, des manteaux et des basquines de plus
de fraîcheur et plus à la mode, des joyaux plus
brillans et mieux montés! Fatal égarement
d'un siècle sacrilége, qui a arraché le diadème
du front céleste, pour le poser sur celui de
l'idole! qui adore, au lieu de l'agneau sans
tache, le veau d'or! Insensés qui se proster-
nent aux pieds de leurs syrènes luisantes,
comme si elles étaient elles-mêmes des saintes;
comme si leur intercession devait être de quelque poids au ciel, parce qu'elles ont usurpé ici-
bas les vêtemens et l'éclat qui n'appartenaient
qu'aux Images sacrées de la reine des anges!

Dona Pacheca, fort incommodée de sa grossesse, et retenue par elle en sa chambre, ignorait seule ce que chacun savait par la ville de
l'inexplicable aventure où avait disparu son
mari. Redoutant pour elle, en l'état où elle
était, le coup qu'elle en recevrait, ses gens
n'avaient rien négligé pour la lui cacher. Que
ne réussit-on à prolonger de quelques jours
son ignorance!

Mais on avait bien eu raison de craindre
surtout la langue intempérante de sa nourrice !
Malgré les soins qu'on avait pris d'empêcher
l'accès de cette femme, elle sut se glisser un
matin près de sa maîtresse. Elle trouva dona
Pacheca en son lit et toute en pleurs, qui ne
croyait pourtant pas avoir d'autres sujets de
s'affliger que sa couche déserte et les cruautés
de son époux.

A la voir à son chevet, la comtesse se jetant
sur le sein de la vieille, et loin de retenir ses
larmes, leur donnant un plus libre cours :

— Ah ! c'est le comble, Ana, s'écria-t-elle,
d'une voix rompue par les sanglots. Ce n'est
plus seulement les nuits qu'il s'éloigne ; mais
voici qu'il m'a prise en une telle haine, que
me sachant si mal, il est des semaines entières sans venir me donner sa main à serrer !
Où est-il donc ? que fait-il ? Où en est-il de ses
fatales amours ? A-t-il donc résolu de se perdre
et de me faire mourir ? Mes ferventes prières
n'obtiendront-elles point son salut de la bonté
du seigneur ?

Dès qu'elle trouva jour à glisser quelques
paroles à travers les suffocations de sa maîtresse, la nourrice, fondant en pleurs elle-
même, ne put toutefois contenir davantage
ce secret qui l'étouffait plus que ses soupirs.

— Oh! bien, madame, ce n'était pas la
peine, dit-elle, de recommander à Dieu l'âme
de votre mari, car c'est le diable qui s'en est
chargé, et l'a emportée sous terre en ses propres griffes!

— Quelles extravagances dis-tu, Ana? cria
Dona Pacheca, se mettant sur son séant et
prenant de ses deux mains la tête de la vieille.

— Hélas! madame, reprit la nourrice, je dis
ce qui n'est que trop vrai. N'est-ce donc pas
grande pitié que votre mari soit mort si misé
rablement pour un chrétien?

Et poursuivant son discours, dont l'écluse une
fois lâchée n'était pas pour se refermer avant
d'avoir versé toute son onde, et s'accompa-

gnant de force signes de croix et invocations à la Vierge et à l'archange San-Rafaël, elle conta, de point en point, l'aventure du couvent, selon la dernière édition, mise en romance, qui s'en débitait par la ville, avec l'enjolivement d'un luxe inoui de soufre, de flammes bleues et de démons noirs.

La comtesse s'était laissée retomber sur ses oreillers, et elle avait écouté sans mot dire. Elle ne pleurait plus. Comment eussent encore coulé ses larmes, qu'avait gelées jusqu'en leur source le souffle glacial de ces paroles? Car elle avait bien compris qu'au milieu de ces imaginations exagérées de la vieille, il y avait un fond de fatale vérité, et que don Diego était mort.

Ce fut là une trop rude atteinte pour la pauvre dame. Cette tige débile qu'avaient secouée déjà tant d'amères bises ne devait point résister à cette dernière et subite bouffée de mauvais vent.

Les femmes de la comtesse avaient fait de vains efforts pour conjurer l'effet de l'imprudente révélation de la nourrice. Dona Pacheca fut prise, en leurs bras, de convulsions qui ne

tardèrent point d'avoir les funestes suites qu'il
y avait lieu d'en attendre. Cette crise, dont la
torture se prolongea, arracha enfin du sein de
la comtesse, et jeta au jour un enfant dont l'existence ne valait pas d'être achetée aux dépens
de celle de sa mère; car, si dona Pacheca expira
dans le labeur même de ce douloureux enfan-
tement, son fils, qu'elle n'avait pas eu seulement la consolation de presser mourante sur
son sein, lui survécut à peine quelques heures. En dépit de tout ce qu'on tenta pour abri-
ter et couver son étincelle de vie, la frêle
créature s'éteignit le lendemain de sa naissance.

VIII.

Oh! la Sierra Morena, s'écrie Fray Inigo, au
début du dernier livre de cette véridique histoire, en une manière d'invocation tout enflam-
mée de l'amour du sol natal, et dont la forme est
empruntée de la douce et catholique prière à
Marie; oh! la Sierra Morena, magnifique perron
de l'Andalousie! sublime escalier qui y descend

majestueux et embaumé, chacun de ses degrés
une montagne de granit, bordé en haut de
pins et d'algarrobos, et au bas de palmiers,
d'aloès et d'orangers! Oh! la Sierra Morena (1),
la brune, la bien nommée! car ne la voyez-
vous pas se dresser, agaçante et joyeuse, son
front rayonnant couronné de forêts épaisses,
où se joue le voile des nuages, comme une belle
fille, avec son diadème de cheveux noirs sous
sa mantille! — Oh! je te salue, Sierra Morena, pleine de grâce! c'est le Seigneur qui a
bouclé sur ta tête et tressé la riche chevelure
de tes immenses jardins! c'est le Seigneur qui
a mis en ton sein ces larmes abondantes que
tu répands par tes yeux en torrens gros de fraîcheur et de fertilité! C'est le Seigneur qui t'a
donné tout l'or et toutes les pierreries, trésor
caché que tu gardes en tes entrailles, parce
que ta beauté n'a pas besoin d'autres émerau-
des que ta parure verdoyante de feuillages! Et
tu es bénie entre toutes les sierras de l'Espagne! Et tu es leur reine! Et quand on dit : la

_____

(1) *Morena*, brune

Sierra, c'est de toi qu'on parle, comme faisaient les Romains de la ville éternelle, quand
ils disaient : la ville.

Et je te salue aussi, Cordoue, pleine de grandeur et de piété! Je te salue, ma vieille mère,
toi qui tiens nouée encore à tes reins ta vieille
ceinture de murailles romaines et de tours mo-
resques! Je te salue, toi qui es couchée au bord
du Guadalquivir, regardant amoureusement
couler ton beau fleuve endormi, tandis que la
Sierra, qui vous abrite l'un et l'autre, vous
jette ses brises chargées de roses, de cactus,
et de chèvrefeuille, pareille à la vierge folâtre
secouant les fleurs de son tablier sur ses frères
assoupis! Le Seigneur est avec toi aussi, et
avec toi l'archange San-Rafaël, ton patron, qui
te couvre incessamment de ses larges ailes
blanches! Et tu es bénie aussi entre toutes les
cités des quatre royaumes dont tu es la sœur
aînée! Et le fruit de tes flancs a été aussi béni;
car c'est de toi qu'est né le grand capitaine! Et
c'est dans tes bras qu'a coulé le sang des cinq
bienheureux martyrs tes enfans! Tu étais sacrée même pour les Maures, qui avaient planté

sur ton sol les mille colonnes de la forêt de
marbre de leur grande mosquée; et tu es sainte
maintenant; car c'est au milieu de ce temple
païen lui-même que tu as enchâssé ta cathédrale! car tu as mis un pommeau de diamant
à la garde d'or du cimeterre! car tu as placé
le croissant d'argent sous les pieds de la très
pure conception de la Vierge! car tu as fait de
l'autel de Mahomet le piédestal de la croix de
Jésus-Christ! Tu es sainte, car tu as quinze
paroisses, quarante couvens, remplis de religieux et de religieuses, sans compter tes chapelles et tes oratoires!

Or, ce fut après neuf jours d'une austère retraite passés au Désert de la Sierra, dit Fray
Inigo, revenant à son récit avec promesse de ne
le plus laisser; ce fut après avoir employé leur
solitude à se mortifier par le jeûne et se ma-
cérer par la discipline; après s'être maintes fois
confessés et avoir dûment communié, que don
Diego et son ami quittèrent le saint lieu pour
regagner la ville. Le soleil était déjà sur son
déclin quand ils prirent congé du chapelain

des ermites. C'est que celui-ci, afin de compléter leur neuvaine et de la rendre plus méritoire, les avait retenus fort tard, les vêpres finies, à leur faire une dernière exhortation, où il leur avait insinué l'exemple du *vénérable* don Juan de Dios, seigneur de Villaverde, lequel, en l'an 1470, en expiation de ses grands péchés, s'étant venu confiner à perpétuité au *Désert*, lui avait pieusement donné toute sa riche vaisselle d'argent, et n'avait plus lui-même, depuis, mangé ni bu que dans des têtes de mort industrieusement façonnées en plats et en coupes.

N'étant pas toutefois assez pénétrés de la grâce pour pousser jusqu'à un pareil détachement la pénitence, les deux cavaliers firent leurs adieux au prêcheur et se mirent en route.

Certes, si la gravité de leurs pensées n'eût jeté sur les yeux de leurs sens et de leurs âmes un voile aussi sombre, ils eussent autrement admiré le merveilleux spectacle qui, de la cime où ils étaient, se déroulait autour d'eux. L'astre, père des moissons et des vendanges, semblait hésiter de s'enfoncer derrière la Sierra. On eût dit que le céleste cultivateur, qui s'allait reposer de sa laborieuse journée, s'éloignait à regret de sa riche *campina* de Cordoue, tant il la contemplait avec amour, jetant sur elle en gerbe les derniers rayons de son regard, comme un immense éventail splendide de gaze d'or ! Et à sa gauche, au loin, le front neigeux de la *Sierra Nevada* de Grenade rougissait, pareil à celui d'une vierge sous le baiser de départ de son fiancé. Et à sa droite, le Guadalquivir se glissait enflammé du côté de Séville, à travers les oliviers de la plaine, ainsi qu'un long serpent sorti le soir des taillis d'un bois.

Mais ce n'était pas ce large horizon que nos cavaliers embrassaient. Marchant d'un pas mal assuré, par cet âpre et difficile sentier qui va du Désert à Cordoue, tantôt menacé d'énormes rochers suspendus ; tantôt côtoyant les précipices ; tantôt coupé de ruisseaux bondissans, et toujours, et partout, bordé d'yeuses, d'alaternes et de rosiers, ils admiraient comment Dieu avait voulu que ce chemin du séjour des pieux ermites représentât fidèlement celui du ciel, dont les plus rudes passages ont, pour le vrai

chrétien, leur ombre et leurs bouquets de
fleurs.

Et ils allaient, s'entretenant pieusement
de l'énormité de leurs fautes; ils reconnaissaient
le secours divin si évident, qui les avait sou-
lagés de leur poids; ils se bâtissaient l'édifice
d'une vie meilleure et réformée. Mais quel fondement avaient chez don Diego ces résolutions vertueuses? Le vent de la passion ne les
déracinerait-il pas de son âme aussi aisément
que celui de la montagne arrachait les frêles
lichens du tronc noueux des algarrobos? Au
moment même où les paroles de ce cavalier
témoignaient cette grande ferveur d'amendement; au milieu des discours où il formait ses
plus beaux projets de sagesse, il s'interrompait
brusquement, et, étendant la main vers la cité
qui s'étalait sous leurs pieds, ses hauts faîtes
éclairés encore des lueurs mourantes du
jour :

— Don Andres, disait-il, ne voyez-vous pas
là-bas la place, théâtre des fêtes de mon mariage, où faillit périr dona Leonor? — Ou bien :

— Don Andres, ce long mur blanc en avant de
la mosquée, n'est-il pas celui du couvent de la
Très pure Conception, où s'était enfermée dona
Leonor? Ou bien encore :— Don Andres, cette
rue étroite et noire, près de l'église des pères
de la *Merci*, n'est-elle pas celle où est la maison de dona Leonor?

Et toujours dona Leonor! dona Leonor
toujours, même après ce dernier enseignement
qu'il venait de recevoir si terrible! C'était sous
les ailes d'ange de dona Léonor, que se cachait
le démon acharné à le perdre! Dona Leonor
était l'appât avec lequel l'enfer avait résolu de
le prendre à son piége!

Cependant, plus ils descendaient vers Cordoue, plus le jour remontait, se réfugiant aux
pics de la Sierra; plus ils s'enfonçaient dans
l'ombre; et bientôt, en même temps que les
premières étoiles au ciel, scintillèrent çà et là
par la ville quelques lumières, et commença
d'arriver à leurs oreilles le bourdonnement de
la grande ruche, qui fait surtout son bruit le
soir, le soleil couché. C'était aux portes et du

côté du fleuve, le cri sourd des guitares, le chant aigu des *seguidillas* et le cliquetis des castagnettes. Mais, tout d'un coup, se tut cette joyeuse musique, interrompue par la voix grave et mélancolique des cloches, qui sonnèrent l'*Ave Maria*. Les deux cavaliers s'étant arrêtés et découverts, se mirent à genoux pour dire l'oraison.

Oh! l'oraison, l'oraison du soir, dit Fray Inigo; mur de prière qui s'élève au ciel, entre la lumière et l'obscurité! Remercîment à Dieu du jour fini; recommandation de la nuit qui commence! Adieu reconnaissant au soleil qui s'en va; salut à la lune et aux étoiles qui arrivent! Hymne d'actions de grâces émané à la fois de toutes les âmes catholiques, qui monte, concert unanime, au trône de Jésus-Christ, en une seule colonne d'harmonieux encens! Rendez-vous universel des cœurs chrétiens aux pieds de Marie! Ah! malheur aux fils de l'Église, s'ils restaient jamais insensibles à ce touchant appel de leur mère, qui, de sa crécelle d'airain, les convie à s'agenouiller et prier tous ensemble,

avec elle, à la brune! Car alors le plus doux
lien d'amour serait rompu, qui attache leur
foi au Seigneur! Car, aveugles et sourds,
ils seraient moindres déjà dans la création
que les bêtes et les plantes elles-mêmes,
qu'on voit, à cette heure solennelle du cré-
puscule, se recueillir en une mystérieuse
adoration!

Mais, comme, ayant achevé l'oraison, le
comte et son ami s'étaient relevés et poursuivaient leur route:

— Qu'est ceci? dit soudain don Andres,
retenant le comte par le bras. Qu'est ceci?
N'entendez-vous pas que les cloches continuent
de sonner?

— Ce ne peut plus être pourtant l'oraison
maintenant! répondit don Diego.

— Non certes, reprit don Andres, car ce
sont des tintemens! Et il y a plusieurs paroisses
et plusieurs couvens qui tintent ensemble! Il

faut que ce soient les funérailles de quelque
personne considérable !

— Dona Leonor n'était ni d'une fortune,
ni d'une qualité à recevoir de pareils honneurs
de l'église ! dit don Diego.

Ils étaient à présent en pleine nuit. Ils reprirent leur chemin assez curieux, l'un et
l'autre , de savoir quelle pouvait être cette
mort, et à l'effet de s'en enquérir, hâtant fort
le pas.

Or, comme ils approchaient enfin de Cordoue,
ils passèrent devant le couvent des *Carmes
déchaussés*. Voyant un moine qui prenait le
frais, assis sur les degrés du portail, le comte
lui demanda s'il ne savait point pour qui son-
naient toutes ces cloches ?

— N'êtes-vous donc point du pays, ami,
répondit le bon religieux, que vous ignoriez
qu'on fait ce soir à Santa-Maria le service funèbre pour le comte don Diego Fernandez de
Guadalcazar y Montemayor, la comtesse dona

Pacheca de Aro, son épouse, et don Diego
Pacheco, leur fils?

Don Diego tressaillit, toute grossière que lui
semblât la méprise du religieux, qui se trompait de noms apparemment.

— Mais, mon père, reprit-il, êtes-vous bien
sûr que le comte don Diego Fernandez de
Guadalcazar y Montemayor, et la comtesse dona
Pacheca de Aro, sa femme, soient morts, et
leur enfant aussi, qui n'est pas encore né?

— Assurément, dit le religieux, l'enfant
est né, puisqu'il est mort; et ils sont morts,
puisqu'on les enterre; la mère et le fils au
moins, car, quant au père, Dieu veuille retrouver mieux son âme qu'on n'a retrouvé ici
son corps!

Sur quoi, don Andres entraîna le comte, lui
disant à l'oreille : — Ne voyez-vous pas que
ce moine est ivre, et qu'il est venu là cuver en
plein air le vin de son souper?

Cette irrévérente insinuation ne trouva que trop de crédit près de don Diego, en l'ignorance où il était des pesantes disgrâces qui l'avaient atteint, et que les paroles obscures du religieux n'étaient pas pour lui expliquer. Ils entrèrent donc en la ville, remis même en belle humeur par cette rencontre, et s'égayant fort aux dépens de la tempérance des carmes. Et, de propos en propos, poussé aux plus folles idées, le comte s'écria :

— Sur mon âme, si je suis mort, c'est le moins que je sois à mes funérailles! Et vous, n'y viendrez-vous pas, don Andres?

— Pourquoi non? reprit celui-ci. Peut-être suis-je mort comme vous?

Et ils s'en furent joyeusement vers Santa-Maria. Ce ne fut pas sans une lutte violente qu'ils y pénétrèrent, tant était épaisse la foule qui encombrait la porte ! Une fois entrés pourtant, fendant plus aisément les flots de peuple moins amoncelés, ils se glissèrent le

long des chapelles de l'un des bas côtés jusqu'à la grille gauche du chœur. Mais à peine
don Diego, dont le regard embrassait de là
tout l'ensemble de la pompe funéraire, en eut-il
observé les détails, qu'une sueur froide commença de lui ruisseler du front.

Au sommet d'un haut catafalque revêtu de
velours noir, semé de têtes et d'os de morts
brodés en argent; entre deux cercueils d'égale
grandeur, il y en avait un moindre, un cercueil
d'enfant; et sur chacun des trois était attaché
le double écusson des armes des Guadalcazar
et des Aro; et sur l'un, jetés en outre les manteaux des ordres militaires du comte, et croisées sa dague et son épée, riche présent de
l'empereur, aux larges gardes d'acier incrusté
d'or, qu'il distinguait comme s'il les eût pu
toucher. Puis ses yeux se portant au centre
de l'église, aux bancs d'honneur de la nef, il
y vit assis, chacun à son rang, et les parens
de sa femme et les siens, et leurs amis. — Et
pas un qu'il ne reconnût!

L'office se poursuivait lugubre et solennel,
le chant monotone des prêtres coupé à de

réguliers intervalles par la voix gémissante de
l'orgue. Et don Diego regardait tout ; il écoutait
tout , immobile ; et je ne sais quel cauchemar
l'avait saisi; il se sentait comme couché entre
les six planches clouées d'une bière que bat-
taient en cadence les chantres de leurs lourds
missels, ainsi que font une enclume les mar-
teaux des forgerons ! Et, le *de profundis* achevé,
lors de la bénédiction, ce lui fut une autre torture et plus poignante. Quand les assistans vinrent en file l'un après l'autre, se passer tour à
tour le goupillon et jeter l'eau bénite, ce fut
comme s'il en recevait chaque goutte qui
fouettait glacée son front brûlant.

Chacun étant retourné s'asseoir, il y eut un
silence profond qui le soulagea quelque peu.
Il ne comprenait rien d'ailleurs. Seulement
cet inexplicable spectacle lui apparaissait confusément, pareil à un rêve hideux et pesant
qui se fût accroupi sur lui et l'eût tenu sous ses
ongles.

Un moine cependant avait paru dans la
chaire. C'était un Dominicain fameux par son savoir et son éloquence, que l'évêque avait choisi

pour faire, à l'occasion de la cérémonie, bien moins l'éloge des défunts que le récit fidèle des évènemens qui avaient creusé leur tombe, et dont la superstition populaire avait exagéré outre mesure les circonstances singulières. Le prêcheur en devait tirer ensuite une exhortation capable d'édifier la cité et de l'instruire par la représentation de la ruine où le dérèglement d'un seul suffisait pour entraîner des familles entières d'innocens.

Don Diego avait le religieux en face, n'en étant séparé que par la largeur de la nef. A son nom prononcé d'abord, les oreilles du comte se dressèrent; il sortit de la stupide torpeur où il était. Ne perdant plus une parole du sermon commencé, il eut bientôt le mot de la funèbre énigme qu'il s'était si vainement efforcé jusque là de deviner. Il sut ainsi comment sa subite absence avait accrédité le bruit de sa mort; comment cette nouvelle avait hâté le terme de l'accouchement de la comtesse, et causé la fin prématurée de ses jours et de ceux de son enfant! il les avait donc tués l'un et l'autre! il était leur meurtrier! Oh! le remords

lui enfonça alors au cœur un poignard bien
aigu! Toute la noble bonté native de son âme
se réveillant à cette cuisante blessure, il rede-
vint pour un moment époux et père, et ce
fut bien sincèrement qu'il sollicita de Dieu ,
comme une suprême grâce, d'être étendu aussi,
à toujours, dans ce troisième cercueil vide qui
était là près de ceux de sa femme et de son
fils !

Mais le moine, la fatale tragédie racontée,
avait abordé les graves enseignemens que
c'était son devoir d'en extraire ; et il s'était
levé terrible ; et, de son discours rude et péné-
trant, il flagellait sans pitié le coupable auteur
de tant de scandales, et d'une si déplorable
catastrophe! C'en fut trop ! le malheureux
comte ne put soutenir les coups redoublés du
fouet vengeur qui lui déchirait ainsi des plaies
toutes vives encore et saignantes ! La grille du
chœur était ouverte devant lui. Par un de
ces mouvemens irréfléchis et indomptables
où le poussait incessamment sa violente nature, il s'élança; et passant entre le catafalque et les cierges, il courut jusque sous

la chaire ; et là, pâle, insensé, étendant les
mains :

— Assez , assez , mon père, cria-t-il , assez !
grâce pour le pêcheur déjà si châtié !

A cette voix et ces traits altérés , mais non
point méconnaissables ; à l'aspect de ce cadavre vivant qui parut là comme sorti de son
cercueil, ce fut parmi l'auditoire si ému déjà
de la puissante parole du religieux, ce fut une
terreur que nul langage humain ne saurait dire.
Et, d'un commun instinct , chacun se leva et
courut vers les portes, et s'y fraya le passage
de toute la force de l'épouvante. L'ange du jugement crevant de son talon la voûte de
l'église, et y descendant armé du glaive flamboyant , n'eût point poussé cette foule à une
fuite plus soudaine et plus générale.

Après ce véhément et convulsif effort de sa
douleur, un nuage sur les yeux, se sentant chanceler et défaillir, don Diego s'était soutenu de
l'appui d'un lutrin. Lorsqu'il eut repris ses sens
et regardé autour de lui, la nef et le chœur,

tout était désert! car, tous avaient fui, tous,
jusqu'au prêcheur, laissant la chaire et son sermon inachevé; et les prêtres et les chantres
quittant leurs stalles; et don Andres aussi, entraîné sans doute par le torrent!

Alors, voici que ce lui fut là une nouvelle
stupeur; voici qu'à se voir seul, seul avec cette
pompe mortuaire, seul avec ces trois cercueils
dont l'un était le sien; voici que l'effroi le saisit
lui-même, et qu'il prit la fuite à son tour.

Une fois hors de l'église, il suivit machinalement le chemin de sa maison. Mais, arrivé à
sa porte, ce fut bien vainement qu'il heurta
et appela; plus il criait et frappait, moins ses
gens se déterminaient de lui ouvrir, eux qui,
échappés comme tant d'autres de *Santa-Maria*,
s'estimaient trop heureux d'être rentrés assez
à temps pour se barricader contre le fantôme.

Il eut cessé bientôt de s'acharner à prendre
son logis d'assaut. L'ardeur de sa fièvreuse souffrance calmée par la fraîcheur de l'air, et les
chaudes vapeurs dissipées qui avaient aveuglé
sa raison, il avait reconnu que c'était son seul
emportement qui avait troublé la sainte solen-

nité des funérailles, et le coup de foudre qu'y
avait été sa furieuse irruption. Il comprit également quelle sacrilége témérité ce serait à lui
de se remontrer en la ville avant que le mystère de sa disparition et de son retour eût
été publiquement éclairci, de façon à satisfaire
les consciences les plus scrupuleuses. Il s'en fut
donc errer, le reste de la nuit, en la cour des
Orangers de la mosquée, et, dès le point du
jour, sortant de Cordoue par la première po-
terne ouverte, il gagna à pieds une petite
quinta (1), qu'il avait à deux lieues de distance,
sur la route d'Andujar.

C'est de là qu'il écrivit d'abord à l'évêque
une lettre pleine des témoignages d'une con-
trition sincère, où il expliquait son aventure à
San-Pascual, sa retraite au désert, et sa fortuite
présence à *Santa-Maria ;* laquelle lettre lue et
commentée dans les paroisses au sermon, et
dans les couvens au réfectoire, éclaira enfin
pour la plupart, d'une lumière toute naturelle,
tant de scènes obscures, et tranquillisa beau-

(1) *Quinta*, maison de plaisance.

coup d'âmes, si elle en laissa quelques unes
inquiètes encore et défiantes.

C'est là que le soin des *escribanos* et autres
gens de proie lui fit savoir des détails, suite
inévitable de ses disgrâces, auxquels n'avait
pas un moment songé la générosité de sa première douleur. Or, il lui fut appris que, la comtesse morte, la dot qu'elle lui avait apportée
et tout son bien retournaient aux cadets de la
maison de Aro. Ainsi, non seulement perdait-il
tous les fruits matériels de son riche mariage ;
mais, lorsque les greffiers auraient dépecé de
leurs griffes les derniers morceaux de sa propre
fortune, pour compléter les rapports qu'ils prétendaient dus à la succession de sa femme, à
peine lui resterait-il de quoi vivre humble-
ment et sans aucun train.

Toutefois, que pouvaient ces piqûres d'ai-
guilles sur un cœur contre lequel s'étaient
émoussées déjà les flèches les plus acérées du
remords ? Car l'amour, l'indomptable amour,
n'avait pas été écrasé chez lui sous tant de
ruines amoncelées ! Au contraire, le dieu cruel !
comme s'il ne les eût faites et entassées lui-

même que pour s'en bâtir un trône plus haut ; il était monté à leur sommet, et s'y était assis souriant et fier de son œuvre. Oui, cet homme farouche et dénaturé, en vain s'efforçait-il de se le nier à lui-même, il se réjouissait maintenant, au fond du cœur, de son veuvage ; il s'applaudissait de la perte de son enfant et de ses richesses ; il bénissait tous ces désastres, au prix desquels il avait acheté sa liberté, et qui avaient renversé le mur épais, si long-temps dedout entre lui et dona Leonor !

C'est qu'à présent aussi, ne lui dénions-nous pas cette justice, ce n'était plus à de coupables fins que tendait son opiniâtre passion. Redevenu maître de sa personne, il ne voulait rien moins que mettre légitimement en son lit dona Leonor en la place de dona Pacheca ; il ne roulait plus en son âme d'autre pensée, et il lui en coûta d'attendre pour manifester cette résolution, que se fussent écoulées les quelques semaines du premier deuil, auquel le condamnait la rigueur des bienséances, surtout après l'éclat de ses malheureuses folies.

Mais, un mois à peine passé, il ne se put ré-

17

sister à lui-même davantage. Il manda près de lui don Andres et ses autres amis et proches les plus dévoués, et s'étant ouvert à eux de son dessein, il les requit en des termes qui ne souffraient ni contradiction ni délai, de l'accompagner sur-le-champ à Cordoue chez dona Leonor, afin de rendre plus solennelle par leur présence la réparation qu'il allait faire à la vertueuse fille en lui offrant de l'épouser. L'appareil dont elle verrait entourée cette honorable demande de sa main, lui ôterait, estimait-il, tout prétexte de refuser. Ils partirent donc à cheval et en troupe, et aussitôt en la ville, ils s'en furent vers le logis de la dame. Mais, entrés en sa rue, ils eurent grande surprise à la trouver pleine de voitures de voyage et de cavaliers, et la porte de sa maison assiégée de force laquais en riches livrées et de gens d'escorte armés.

Or, c'était don Felix qui arrivait tout à l'heure même de Cadix, ayant fort étonné dona Béatrix et sa fille par ce retour imprévu auquel rien ne les avait préparées, les dernières lettres où il le leur annonçait ne leur étant point parvenues.

Ainsi cet amant, jadis agréé des deux dames, était là, leur contant les chances diversement prospères de sa fortune, et comment sa bonne étoile l'avait rapidement guidé au chemin de la richesse et des dignités; il suppliait dona Leonor de prendre la moitié de sa prospérité, et de consentir sans plus tarder à la conclusion, si long-temps différée, de leur mariage. Et voyant se lever ce nouveau soleil éblouissant de rayons d'or, tandis que se couchait voilé l'astre appauvri de don Diego, la vieille mère appuyait la prétention de don Felix, bien satisfaite de retrouver cette fois l'honneur du côté de l'intérêt.

A peine instruit en gros de ces choses, mais fidèle à l'habitude de ses emportemens, et poussé au-delà de toutes bornes par sa rage jalouse, sans s'informer davantage, ni seulement prévenir les siens, le comte se jeta sur la porte de la maison de dona Leonor, s'écriant que c'était sa femme qu'il venait chercher, et qu'il allait l'emmener envers et contre tous, fût-ce dans la litière même de don Felix.

A le voir se ruer ainsi sur eux furieusement

l'épée au poing, les soldats d'escorte qui emplissaient le vestibule et ses abords dégaînèrent de leur côté, et ainsi fit la troupe de don Diego, lui venant en aide, et une rude mêlée commença. Mais avant que don Felix eût pu même accourir y prendre part, toute la volée des alguazils de Cordoue s'était abattue déjà entre les combattans et les avait séparés. Ils avaient été apostés là afin de surveiller les mouvemens du comte, dont la rentrée en la ville avec sa bande avait d'abord semé partout l'alarme. Pourtant leur timide milice, si brave cette fois, n'eût pas été en d'autres temps pour affronter de cette sorte ce téméraire cavalier, et empêcher la moindre de ses tentatives. C'est que les choses avaient bien changé ! Ce n'était plus l'heureux don Diego dont la richesse et la faveur forçaient autrefois tout pouvoir de ployer le genou devant le sien ; et qui faisait taire la loi avec le fer, sinon avec l'or. Son premier exil avait fort entamé son crédit. La chute de sa fortune l'avait achevé ; aussi chacun avait-il à présent force et courage contre lui, car c'était à présent le pauvre don Diego ! Et, dans le nombre très diminué de ses amis, ceux qui le servaient encore fidèlement n'y mettaient plus leur dévouement passé si aveugle et inconsidéré. Ils le montrèrent bien en cette circonstance. En effet, au premier effort de la justice, ils retinrent leurs coups; et ce fut par eux-mêmes que le comte fut désarmé et contenu. Toutefois ils ne réussirent à l'entraîner que lorsque l'alcade mayor, qui s'était transporté sur les lieux, informé de la querelle, eut ordonné qu'afin d'en éviter le renouvellement, et d'assurer le repos des dames qui l'avaient causée, elles seraient incontinent transférées en un couvent, pour y attendre que l'Audience Royale eût statué, comme il conviendrait, quant à leur sécurité ultérieure et à la punition du désordre. Sûr alors de ne point laisser dona Leonor à la discrétion de son ennemi, auquel il n'avait pas tardé de montrer qu'il était encore bien vivant, don Diego suivit les siens, ne sachant plus à quels violens moyens aviser de sauver son amour.

Aussitôt investie de l'affaire, l'Audience

Royale avait saisi l'occasion qui lui était of-
ferte de remettre en un meilleur jour sa
renommée fort obscurcie et de montrer une
apparence bien éclatante d'équité, tout en sa-
crifiant le puissant déchu au nouveau riche.
Afin qu'il ne fût pas dit qu'à Cordoue les
femmes se mariaient par force, elle avait donc
unanimement décidé que le dimanche des
Rameaux, à l'issue de la grand'messe de San-
Marcial, dona Leonor comparaîtrait en la
maison commune de l'Ayutamiento, et là, à
la face de la ville, déclarerait librement en faveur duquel des deux prétendans se détermi-
nait son choix. Toute la protection des lois
serait assurée à l'exécution du souverain arrêt
de sa volonté.

Dès que le comte sut cette décision, il en
vit le but, et ne douta plus de sa perte. Quelle
ressource lui restait, en vérité, lorsque cette
feinte justice du tribunal jetait dans sa balance
un poids pareil du côté d'un adversaire si fort
déjà près de dona Leonor? Quelle chance,
puisque la lâche mollesse de ses amis, et leur
effroi des alguazils, lui ôtaient jusqu'au recours

de l'épée contre la baguette ? Et, ainsi que c'est le propre de ces natures extrêmes que leur violent ressort, en se détendant, précipite aussi bas qu'il les avait poussées haut, ayant rugi comme un tigre, il pleura comme un cerf aux abois; et, toute confiance éteinte, il se promit de ne pas même assister à cet inique jugement où sa présence ne ferait que mettre en spectacle sa misère et son outrage. Pourtant, le jour fatal arrivé, il revint sur cette résolution; soit que quelque vague espoir l'eût ressaisi; soit qu'il voulût revoir une dernière fois cette femme tant idolâtrée ; soit qu'à passer le doigt sous la pointe de sa dague, il se fût dit que là même où elle comptait le braver avec sécurité, et prononcer sa mort, il pourrait bien l'empêcher d'appartenir vivante à son amant!

La messe dite et l'heure venue, tout ce que Cordoue avait de personnes considérables se pressait déjà en la vaste salle d'audience de l'Ayutamiento, où ne tardèrent pas d'être introduits don Diego et don Felix. Ainsi se retrouvaient en présence ces deux hommes qui n'avaient fait connaissance que l'épée à la main, et à se prendre du sang; et ils étaient encore là, combattant sur le même terrain, pour la même femme aimée, continuant le même duel après deux ans; combien différens d'ailleurs, dans leurs personnes et dans leurs fortunes! l'un avait descendu autant d'échelons de la prospérité que l'autre en avait monté! Celui-ci n'était plus l'étudiant novice et inculte; c'était le jeune homme formé aux façons élégantes et à leur aisance par le commerce du monde et l'habitude des honneurs : colline favorisée qui n'avait connu que les tièdes brises du doux printemps, la riante beauté de son visage rayonnait de la joie du bonheur assuré! Ce n'est pas que l'air de grandeur se fût retiré de chez celui-là; mais comme toute cette noble figure était dévastée! comme éclaircie avant l'automne et dépouillée la forêt de ses cheveux! quelles rides prématurées sillonnaient son front! tant le volcan, à force d'éruptions, avait dévoré le pampre et les gazons de ses coteaux, et creusé leurs flancs de profonds ravins!—Aussi ne doutait-on guère de l'issue de l'épreuve ; seulement, à voir quels livides éclairs lançait çà et là le farouche regard de don Diego, on tremblait des extrémités où l'allait porter peut-être le dernier désespoir de son amour méprisé.

Enfin parut dona Leonor plus rouge et les yeux plus baissés que sainte Eleata, quand l'évêque de Bude la présenta, en pleine cour, au roi de Hongrie. Le seigneur corrégidor qui la menait par la main lui ayant lu l'arrêt de l'Audience Royale, la somma de faire connaître le sien. La jeune fille fut quelques momens à surmonter son trouble, après lesquels, d'une voix fort tremblante d'abord, mais qui se rassura par degrés :

— Don Felix, dit-elle, ce serait un juge rigoureux qui vous tancerait pour, durant votre longue absence, vous être plutôt inquiété du soin de votre élévation et de vos richesses, que souvenu de l'état chétif et périlleux où vous m'aviez laissée. Toutefois, la constance et la générosité de votre cœur, qui font que vous m'offrez aujourd'hui de me mettre près de vous

sur le haut sommet où vous êtes, rachètent bien
et au-delà le léger oubli de vos ambitions. Je
n'hésiterais donc pas à vous donner ma main
que vous réclamez, si elle n'appartenait à de
meilleurs titres, et autrement sacrés, à ce malheureux seigneur, à qui je dois cette vie qu'il
me demande comme vous, et qui m'a aimée
aussi, et avant vous, et bien fatalement! Car,
si quelques étincelles m'ont atteinte du feu im-
modéré de sa passion, combien plus n'en a-t-il
pas souffert lui-même? N'est-ce pas par elle
qu'il a perdu sa sainte femme et son fils? N'est-
ce pas elle qui a dévoré son crédit et sa fortune, et miné ses grandeurs au point de le
jeter de leur faîte, au fond de l'abîme où il
est? Ah! de quelle ingratitude et de quelle inhumanité le monde n'aurait-il pas droit de
m'accuser, à me voir abandonner celui que
tout abandonne, et qui n'a été renversé que
sous les ruines du temple dont il m'avait faite
l'idole! Don Felix, vous avez la force et la
puissance; il n'est pas besoin que mon bras
vous aide à porter vos splendeurs; mais, si
faible qu'il soit, sans lui don Diego ne soutien-

drait pas peut-être le pesant fardeau de ses
misères...

Ici, elle s'interrompit, au brusque mouvement que fit le comte, bondissant vers elle,
avec cette stupide joie du condamné, qui, le
sabre du bourreau sur la tête, vient d'entendre le cri de grâce et de vie.

Mais, se jetant aux bras de don Diego :

— Oui, puisque vous le voulez bien, poursuivit la noble fille, oui, vous êtes aujour-
d'hui mon seigneur et mon mari; vous êtes le
maître de ma personne et de mon âme! Puisse
cette possession vous suffire toujours, et vous
consoler, qui vaut si peu, tout ce qu'elle vous
aura coûté !

Dire les transports du comte, le dépit furieux
de don Felix, les larmes et l'admiration de
l'assemblée,—le bonheur inévitable des époux,
c'est chose à laquelle n'eussent point manqué
les profanes conteurs du siècle ; mais, où Fray
Inigo ne s'arrête nullement. Car, on a pu s'en

convaincre à suivre la trame chargée de tant de pieuses broderies de cette histoire, plus jaloux de procurer l'édification de son lecteur, que de gratifier sa curiosité, notre vénérable chroniqueur ne prend des évènemens que ce qu'ils ont d'essentiel, et tout juste ce qui lui en fournit l'étoffe d'une homélie ou d'un examen moral.

Or, arrivé enfin au port de son récit, ravi qu'il est d'y avoir mené une barque si pleine d'aventures, et d'être délivré de ses soucis de pilote, le bon père commence de tailler, dans son dénouement, un large panégyrique de dona Leonor. Mais, c'est en vain qu'il s'efforce de déterminer avec précision le vrai sentiment qui a dicté le choix de la vertueuse fille au profit de don Diego; c'est en vain, qu'examinant cette action si belle, il la tourne et retourne en tous sens, comme ferait un joaillier d'un diamant qu'il voudrait estimer; las de remuer sans succès ses plus subtiles théories, et laissant son infructueuse analyse, Fray Inigo s'écrie en terminant: — Oh! mers impossibles à sonder, que ces cœurs de femme, et qui n'ont pas de fond! Dona Leonor épousa-t-elle don

Diego, par amour ou par pitié? — En toute cause, le Ciel aura gardé à notre héroïne une palme bien radieuse. — Si ce fut par amour, quelle vertu que celle qui résista ainsi qu'elle fit à un amant aimé! — Si ce fut par pitié, à se donner corps et âme elle-même en aumône à ce malheureux, quelle charité sublime et plus que chrétienne!

LA MUGER DEL AHORCADO.

I.

LA COUR DES ALCADES.

Je passais sur la place de *Santa-Cruz*, à Madrid, devant *la Carcel de Corte* (1), le lundi 4 juillet 1831, vers les dix heures du matin. Je remarquai que beaucoup de personnes montaient avec précipitation le grand escalier de la cour des Alcades. Présumant bien que quelque cause intéressante se plaidait ce jour-là, je résolus d'y assister; — en ma double qualité

(1) La Carcel de Corte est un vaste édifice dans lequel se trouvent réunies la prison et la cour des Alcades.

de curieux et d'étranger, je ne pouvais d'ailleurs m'en dispenser. Je suivis donc la foule, et j'entrai avec elle dans la salle d'audience.

La séance venait d'être ouverte par le *gobernador* (1). Cinq alcades siégeaient en robes noires.

J'aperçus de loin l'accusé. Il portait l'habit de *calesero* (2). C'était un jeune homme de vingt à vingt-deux ans ; il avait de grands yeux bleus, et de longs cheveux blonds bouclés, qualités physiques fort rares, et pour cela fort prisées en Espagne. Je fus frappé de l'expression douce et noble de sa belle figure, qui m'intéressa d'abord à lui.

Le *relator* (3) se leva, et exposa l'affaire en peu de mots. — Jose Guzman (l'accusé se nommait ainsi) avait été surpris en flagrant délit et arrêté, le mois précédent, encore muni d'une somme de vingt réaux (4), qu'il venait de voler dans une chambre fermée dont il avait forcé la

(1) Le président.
(2) *Calesero*, conducteur de petits cabriolets à un cheval.
(3) Avocat-rapporteur.
(4) Environ cinq francs de notre monnaie.

porte. Le fait résultait de l'instruction, constant et irrécusable.

Le défenseur de l'accusé parla à son tour environ un quart d'heure et sans trop d'emphase pour un avocat espagnol. Il raconta que Jose Guzman avait honnêtement vécu, plusieurs années, de son état de *calesero*, les minces bénéfices qu'il en retirait lui ayant suffi tant qu'il avait pu continuer ce pauvre métier. — Mais, il y avait deux mois, son cheval, son seul cheval, était mort de fatigue, au retour d'un voyage trop rapide à l'Escurial. Ce malheur avait été la ruine du jeune homme. Son gagne-pain perdu, la misère était venue, et un soir enfin, le besoin le poussant, il avait cédé à une mauvaise tentation. — L'avocat termina en recommandant son client à la clémence des alcades. Il les supplia de considérer sa jeunesse et sa bonne conduite passée, et de ne le point confondre, pour une première faute, avec les voleurs de profession contre lesquels l'application rigoureuse de la loi semblait déjà bien sévère. —

Le *relator* se leva de nouveau. Le fait étant

bien et dûment prouvé, et non contesté, au nom du procureur fiscal, il requit contre l'accusé la peine de mort, prononcée par la loi pour tout vol commis avec effraction.

On ne délibère point en séance publique. La sentence prononcée à huis-clos est signifiée seulement à l'accusé dans la prison.

Les alcades s'étaient retirés.

— Il est mort! dit, derrière moi, une voix étouffée.

Je me retournai, et je vis une jeune fille d'une remarquable beauté, debout, tout près de moi. L'altération de ses traits montrait bien que c'était à elle seule qu'avait pu échapper la sourde exclamation que j'avais entendue. Sa mise, quoique simple, ne manquait pas d'une sorte d'élégance. Elle avait une jolie robe d'indienne à bouquets roses sur fond blanc, et la mantille de soie, bordée de velours noir, que portent d'ordinaire les *manolas* (1).

(1) Grisettes.

Elle s'éloigna rapidement avec la foule qui sortait de la salle. Je ne l'avais pas perdue de vue. Je la suivis jusqu'au palier. Là, elle s'arrêta et cria douloureusement :— « *Pepe !* » (1)

Elle venait d'apercevoir, au bas de l'escalier, Jose Guzman, l'accusé, que les alguazils reconduisaient à son cachot.

A ce nom, à ce cri, le jeune homme s'était retourné et avait levé la tête.

— Pepe ! répéta la jeune fille, s'appuyant à la rampe pour ne point tomber.

— Mariquita, répondit tristement Pepe ; Mariquita, adieu !

Et, en même temps, il fut emmené par les alguazils que ce colloque commençait d'impatienter ; et la porte qui communique à la prison se referma sur eux et sur lui. —

Ce n'était là qu'une scène de tribunal, fort

(1) Nom familier, pour Jose

ordinaire, j'imagine, à la cour des Alcades.
Les habitués n'y avaient fait nulle attention;
— moi, j'en étais tout saisi.

La jeune fille descendit. Lorsqu'elle fut dehors, sur la place de *Santa-Cruz*, je l'abordai.
De grosses larmes coulaient de ses grands yeux
noirs. Je lui pris les mains; je m'efforçai de la
calmer. La pauvre enfant vit bien que j'étais
vivement touché de sa peine. On ne se mé-
prend pas à la vraie pitié. Mettant toute confiance en moi, elle me conta, en sanglotant, que
Jose Guzman était son *querido*, — son amant.
— Il avait perdu l'honneur, et peut-être il allait
perdre aussi la vie; et le crime en était à elle
seule! Bien qu'elle le sût pauvre et sans ressources, par vanité, par coquetterie, elle l'avait un
soir tourmenté pour qu'il lui fît cadeau d'un
grand peigne à la nouvelle mode; et son Pepe,
qui l'aimait tant et ne lui pouvait rien refuser,
avait sans doute volé les 20 réaux afin d'acheter ce peigne maudit qu'elle lui avait si obstinément demandé.

Un espoir m'était venu tandis qu'elle me

parlait. Je me hâtai de le faire partager à la pauvre fille. Je n'étais pas sans crédit à Madrid. Je lui promis d'employer tout ce que j'en avais près du ministre de grâce et justice et de le solliciter fortement en faveur de Pepe.

—Quoi! vous pourriez le sauver! cria-t-elle. Oh! courez donc, au nom du Ciel, et que Dieu aille mille fois avec vous !

Je lui demandai où je la retrouverais le lendemain, afin de lui dire le succès de mon intervention.

—Là, dit-elle, me montrant la paroisse de *Santa-Cruz*, dans cette église qui est en face ! j'y vais prier jusqu'à ce soir pour vous, et pour lui, le bienheureux saint Antoine de Padoue; et, demain, je n'en bougerai pas de la journée. Mais, par Notre-Dame du Mont-Carmel, allez, et qu'elle vous bénisse !

Et je la quittai, la laissant à la porte de Santa-Cruz, où elle entra.

II.

LA SENTENCE.

Avant de commencer des sollicitations dont le succès me semblait dépendre d'une franchise entière dans l'exposé des faits, j'avais besoin de voir Guzman. Ce fut seulement le lendemain matin, le mardi, à onze heures, que, grâce à la protection de l'un des alcades de la cour, je fus autorisé à communiquer librement avec l'accusé.

On m'introduisit dans un cachot, humide et obscur. Je trouvai Guzman couché sur la paille, les fers aux pieds. Je m'étais assis près de lui sur une pierre rompue, le seul siége qu'il y eût là.

Le geôlier se retira et nous laissa seuls. Le jeune homme se taisait. Peut-être m'avait-il pris pour quelqu'un de ces hommes de mauvais présage, alcades, alguazils, *escribanos* (1)

_____

(1) Greffiers.

ou autres, qui s'abattent sur la prison à l'ap-
proche d'une condamnation, comme les cor-
beaux sur la maison d'un mourant.

Je rompis le silence. J'appris à Guzman qui
j'étais, quel motif m'amenait; je lui exprimai
le vif intérêt qu'il m'avait inspiré et lui offris
de m'employer à le servir, pourvu qu'il m'en
fournît les moyens en s'ouvrant à moi avec
toute confiance.

Il me remercia affectueusement, et bien qu'il
m'eût déclaré, avant tout, qu'il ne conservait
nul espoir et se regardait comme perdu, il me
raconta, sans déguisement, les circonstances
de cette malheureuse faute, qu'il appelait in-
génument son crime. — Il me raconta tout,
— excepté son amour, cet amour si passionné,
qui seul l'avait fait coupable selon la loi des
hommes, — et le faisait innocent pour moi.

— Vous n'espérez pas, Pepe, lui dis-je,
mais Mariquita veut que vous espériez !

— Mariquita ! s'écria-t-il d'une voix tremblante.

Et je sentis qu'à ce nom seul j'avais remué
toute son âme.

— Vous l'avez vue! Vous savez tout! reprit-il; — oh! espérons donc, puisque Mariquita le veut! Espérons, puisqu'elle m'aime
encore! — Quelques jours s'écouleront sans
doute avant que ma condamnation soit prononcée; — peut-être pourra-t-on profiter de
ce répit! —

C'était aussi ma pensée. — Nous calculions
mal. Comme les vols se multipliaient chaque
jour à Madrid, afin d'intimider les malfaiteurs
par un exemple éclatant, le ministre de grâce
et justice avait requis, le matin même, de la cour
des alcades, au nom du roi, sentence dans le
procès et, en cas de condamnation à mort,
exécution immédiate du coupable.

Je me disposais à quitter Guzman. — Le
geôlier, une lanterne à la main, rentra dans le
cachot, accompagné d'un *mandadero* (1), qui

(1) Espèce d'huissier.

signifia à l'accusé l'ordre de le suivre afin de venir entendre lecture de sa sentence. — On ne jugeait pas d'ordinaire avec tant de promptitude. Cette brusque notification de l'arrêt était de sinistre augure; j'en fus effrayé. — S'il allait être condamné! — c'était bien la peine d'avoir ébranlé sa résignation! C'était bien la peine de lui avoir fait accepter, malgré lui, cette espérance, qu'il devait voir si vite et si cruellement déçue! — Le jeune homme fut plus calme et plus courageux que moi. Il se leva aussi promptement que le lui permirent les fers pesans qui enchaînaient ses pieds engourdis, et il se disposa à suivre le *mandadero*.

Comme Guzman sortait de son cachot, le geôlier le prit à part. L'épaisse figure de cet homme, à moitié enfouie sous d'énormes favoris roux, était misérablement basse. La demande qu'il fit à Guzman fut bien l'expression de sa physionomie. — J'entendis toute la requête de ce solliciteur de prison.

— *Amigo*, dit-il à l'accusé, il n'est pas

impossible qu'il vous arrive malheur. Notre-Dame d'Atocha vous en préserve! mais enfin, il pourrait plaire à Dieu que vous fussiez mis en *capilla* (1). Or, je dois vous prévenir que la confrérie *de paz y caridad* vous accorderait alors 500 réaux; dont vous auriez à disposer en faveur de qui bon vous semblerait; et ce serait une bonne œuvre à vous de ne point oublier dans votre testament un père de famille qui ne vous oublierait point dans ses prières.

Un sublime sourire de mépris se peignit sur la belle figure expressive du jeune homme.

— Votre place est bonne, ami, dit-il, si vous héritez des 500 réaux de tous ceux qu'on pend; — mais vous faites tort peut-être au bourreau!

Le *mandadero* s'était mis en marche. Je le

(1) *Capilla*, chapelle. On ne met en *capilla* que les condamnés à mort.

suivais, soutenant Guzman qui, gêné par ses
fers, n'avançait qu'à grand'peine.—Tout allait
se décider ! Nous étions entrés dans un long
et étroit corridor.—Au bout, si le *mandadero*
tournait à gauche, Guzman était sauvé. On
le conduisait à la salle des déclarations ; il
n'y avait pas sentence de mort ; il y avait tout
au plus condamnation à quelques années de
presidio (1), peut-être acquittement complet !
—Si le *mandadero* tournait à droite, l'accusé
était perdu, on le menait à la *capilla*.

Ce fut un terrible trajet. Arrivé à l'extrémité du corridor, le *mandadero* s'arrêta
pour nous attendre, car nous nous trouvions
en arrière. Dès que nous l'eûmes rejoint,
il tourna à droite. — C'en était fait ; il marchait à la *capilla*.

Le jeune homme se traînait en s'appuyant
sur moi. A ce moment, je sentis un rapide frisson parcourir tout son corps, qui me fit frisson-
ner moi-même tout entier. — Cette première
transe passée, je ne sais si nous ne souffrîmes

(1) Présides, galères.

pas moins l'un et l'autre ; — je ne sais si l'inexorable certitude de la mort ne valait pas mieux
pour le malheureux que les atroces anxiétés
de la route tout le long de ce fatal corridor.

Nous étions arrivés à la porte de la *capilla.*
Elle était ouverte. Le *mandadero* s'arrêta sur
le seuil, et ordonna à Guzman de s'arrêter
aussi. Il y eut une pause de plusieurs minutes.

Guzman était bien attendu là ! — On avait
compté sur lui. Tous les préparatifs nécessaires
pour le recevoir avaient été faits déjà par les
membres de la confrérie *de paz y caridad,* de service ce jour-là. — Cette confrérie est une pieuse
association qui assiste, de tout son pouvoir, les
condamnés à mort, depuis leur entrée en *capilla*, jusqu'à leur dernier moment, et même
ensevelit leurs corps après l'exécution. Le jeune
homme trouva donc, à leur poste, les six frères
désignés pour lui prêter ainsi — secours et assistance.

On entendit sonner midi à l'horloge de
Santa-Cruz, et peu d'instans après s'avancèrent gravement, du bout du corridor, six al-

guazils, quatre *carceleros* (1) et l'*alcayde* (2)
de la prison, précédés d'un alcáde, tous en
robes noires. Ils s'arrêtèrent vis-à-vis de l'accusé. — L'alcade lut alors la sentence qui
condamnait Jose Guzman à être pendu, et
ordonnait qu'il fût immédiatement mis en
capilla, pour être ensuite l'arrêt exécuté, dans
la forme et les délais ordinaires. — L'alcade
lut cette sentence avec toute la dignité con-
venable, contenant si bien son émotion,
qu'on n'en vit absolument rien se trahir; il
lut avec un accent castillan très pur, pronon-
çant nettement et distinctement chaque mot,
sans qu'une seule corde tremblât dans sa
voix, sans qu'un seul nerf désobéissant con-
tractât le moindre trait de son visage! Après
quoi il se retira solennellement avec son cortége d'alguazils et de *carceleros*, laissant Guzman entre les mains des membres de la confrérie qui le firent entrer dans la *capilla*.

Oh! ces juges ne sont nulle part des hommes!

(1) Geôliers.
(2) Chef des geôliers.

III.

LA CAPILLA.

C'est bien sur la porte de la *capilla* qu'il faudrait écrire :

Lasciate ogni speranza, voi ch' entrate.

En Espagne, la *capilla* c'est le dernier gîte que le condamné à mort ait à occuper. Une fois qu'il aura franchi le seuil de cette fatale habitation, il ne le repassera plus qu'une fois, — pour marcher au supplice. — Mais avant ce supplice, qui est là sa seule perspective, que d'autres supplices pour lui à subir! Il restera là deux jours ! — Deux jours, quarante-huit heures d'existence, c'est bien peu ! — Mais, dans chacune de ces heures, combien d'années, combien de siècles de tortures! — Comptez et calculez, si vous en avez le courage! — Cependant, peut-être, dans cette longue agonie préparatoire, y a-t-il pitié pour le patient! Peut-être veut-on exténuer l'homme, épuiser d'avance toutes ses

forces et toutes ses douleurs, afin de n'avoir à
mener à l'échafaud qu'un cadavre! — Quelle
inhumaine pitié alors!

J'avais suivi Guzman dans la *capilla;* ce sépul-
cre où l'on enterre les hommes vivans se compose de deux chambres fermées à tout rayon
du jour. Dans la première où se tiennent les
membres de la confrérie qui ne sont point oc-
cupés auprès du patient, un banc seulement et
une grande lanterne allumée, posée à terre.
Dans la seconde, petite et basse, qui forme un
carré long de six pas, et large de quatre, à
gauche, en entrant, un autel fort simple.
Sur la toile blanche qui le garnit, un crucifix
de bois et quatre cierges allumés ; quelques
images de *Vierge* accrochées au mur au-
dessus ; vis-à-vis de l'autel, un lit très propre,
et deux chaises à côté. — Voilà le mobilier de
l'appartement. — Rien n'y manque. La seconde
chambre surtout, — la chambre à coucher, —
est presque *confortable.* Mais il faut bien un
lit à un homme qui a deux jours encore et
deux nuits à vivre ! — Ah ! qu'il dorme, s'il
peut, le malheureux ! Qu'on le berce, qu'on

19

l'assoupisse, qu'on lui trouve du sommeil pour
ces deux jours et ces deux nuits, si atroce
que soit le réveil qu'on lui garde !

Au moment où Guzman entrait dans cette
seconde chambre de la *capilla*, où l'introdui-
saient deux des frères *de paz y caridad*, tout-à-
coup de nombreuses voix s'élevèrent de toutes les profondeurs de la prison , et chantèrent
en chœur :

—Vierge miséricordieuse, prenez pitié de
notre frère qui va mourir , et priez votre
fils bien-aimé de lui pardonner dans l'autre
vie !

Le jeune homme tressaillit. Je demandai à
l'un des frères quelles étaient ces voix.

—Oh! répondit-il , c'est le premier *salve*
qu'on fait chanter aux prisonniers réunis dans
la cour, pour saluer l'entrée du condamné en
capilla. C'est un usage ; — ce n'est rien.

La lugubre prière achevée, l'un des frères
fit asseoir Guzman sur l'une des chaises au-

près du lit, et lui demanda s'il ne souhaitait pas quelque argent, s'il ne désirait rien.

— Mille grâces! dit le jeune homme, *mil gracias!* Vos offres viennent trop tard. Que ne me les faisiez-vous il y a un mois? Maintenant à quoi bon?

— Il est vrai, mon frère. Mais savions-nous que vous aviez besoin? — Ne nous demande-rez-vous pas cependant les secours de la religion, si vous n'acceptez pas les nôtres?

— Oh! oui, répondit Guzman, souriant avec amertume; oh! oui. La religion, voici son heure! faites d'un homme ce qu'on fait de ces animaux qu'on enferme dans des cages, pour les engraisser, et qu'on tue ensuite, de peur qu'ils ne maigrissent. — Et moi, de même; quand vous m'aurez bien repu de la nourriture sacrée, quand vous me trouverez assez bon chré-tien, vous me tuerez vite, dans la crainte que je ne retombe dans le péché; — n'est-ce pas?

— Jésus! quel blasphème ! mon frère.
Nous, pauvres pécheurs comme vous, som-
mes-nous pour quelque chose dans vos peines?
Que voulons-nous, hélas ! si ce n'est vous consoler un peu et vous aider à porter votre
croix ! —

Ces paroles étaient vraies et touchantes. Cet
homme simple savait ces mots qui vont du
cœur au cœur : c'était bien un homme *de
paix et de charité*. J'ai retenu son nom : il
s'appelait Pedro. —

— Eh bien ! dit le jeune homme d'une voix
adoucie, et toute amertume déjà loin de son
âme ; eh bien! que faire ?

— Choisissez votre confesseur, mon frère ;
vous pouvez le prendre dans l'ordre de religieux auquel vous avez le plus de dévotion.

— Oh ! peu importe ! faites venir qui vous
voudrez.

Le frère Pedro nous quitta. Guzman, la
tête dans ses mains , s'accouda sur le pied du
lit. Je voulais lui parler, et je n'osais ! qu'aurais-
je dit, mon Dieu ! — L'un des frères, qui était
demeuré avec nous, se taisait aussi. Qu'aurait-
il pu dire lui-même ?—Il était là si gravement
préoccupé, l'excellent frère ! — Il roulait dans
ses doigts, avec un soin extrême, de petits *ci-*
garritos de papier, qu'il faisait fort vite et fort
habilement, les mettant dans sa *petaca* (1), à
mesure qu'il les finissait.

Au bout d'un quart d'heure, le frère Pedro
rentra, accompagné d'un capucin : c'était un
vieillard à la tête vénérable, à la longue barbe
et aux cheveux blancs. Sa belle figure était doucement radieuse, comme celle du saint François
de Paule, en contemplation, de *Murillo*. Il fut
s'asseoir auprès du jeune homme et l'embrassa ;
puis il nous fit signe de les laisser seuls.

J'étais sorti de la prison. — Je passai vite
devant *Santa-Cruz.* — Mariquita m'y attendait
pourtant en de bien poignantes anxiétés. Mais

_____

(1) Etui à cigares.

je n'eus pas la force d'être fidèle au rendez-
vous que je lui avais donné. Assez d'autres lui
devaient dire la fatale nouvelle et assez tôt !

Les instans étaient précieux d'ailleurs. Il ne
s'agissait plus d'agir près du ministre ni près
des juges. Mais peut-être aurais-je le temps
encore de faire demander au roi à tout hasard
la grâce du condamné !

IV.

On ne m'avait pas ôté tout espoir ; mais ce
n'était guère une grâce entière qu'on pouvait
attendre ! c'était tout au plus une commuta-
tion de peine ; et encore était-il bien tard ! —
Il n'y fallait pas compter.

Je courus à *Santa-Cruz*. Je voulais au moins
dire à Mariquita d'espérer un peu comme moi.
Je ne la trouvai pas.— C'est qu'elle savait sans
doute la condamnation maintenant ! — Mais
qu'était-il advenu d'elle ?

J'étais près de la prison ; j'y entrai. Au moment où j'en franchissais le seuil, les prisonniers entonnaient le *salve* du soir. C'était la

même prière que j'avais entendue le matin:

— Vierge miséricordieuse, prenez pitié de notre frère, qui va mourir, et priez votre fils bien-aimé de lui pardonner dans l'autre vie!

A ce funèbre accueil, je sentis toute mon âme se glacer. — J'allais m'enfuir. — Le frère Pedro qui sortait me retint. Il me conta ce qui s'était passé en mon absence.—Guzman avait consenti à prendre quelque nourriture. — Il s'était confessé. Mais, comme il s'était déclaré *amancebado*, c'est-à-dire vivant en concubinage avec une femme, le père Antonio,—(c'était le nom du capucin, son confesseur,)—lui avait aussitôt offert de sanctifier cette liaison coupable par un mariage légitime qui se célèbrerait dans la capilla. Le jeune homme, loin de montrer la moindre répugnance à cette proposition, l'avait au contraire accueillie avec une sorte de joie. Il avait dit que, si sa maîtresse ne s'y refusait point, ce mariage lui donnerait la seule consolation humaine qu'il se pût promettre encore.

—Mais les mariages *in extremis* ne sont permis qu'entre les malades à l'article de la mort! m'écriai-je, épouvanté de l'idée de cette union dont l'autel serait presque l'échafaud.

— Ils sont permis entre tous les mourans! reprit le frère Pedro; puis, après une pause : — le confesseur, poursuivit-il, nous ayant donné connaissance de l'aveu de son pénitent et de ses dispositions , nous avons préparé en toute hâte l'accomplissement de l'œuvre de réparation. Deux de nos frères et le curé de *Santa-Cruz* ont vu la jeune fille et l'ont décidée. C'est demain à midi que doit se célébrer le mariage; déjà tout est disposé à cet effet; vous, puisque vous connaissez Guzman, soyez son témoin ; contribuez pour votre part à la réconciliation de ces deux âmes avec Dieu.

Le frère Pedro parlait avec une conviction de piété qui m'entraînait moi-même; ce que je voyais aussi, ce que je voyais surtout dans cette étrange cérémonie, c'était le dernier adieu qu'elle allait permettre aux deux pauvres amans de se dire, c'était le dernier embrassement qu'il leur serait sans doute accordé de se donner.

Je répondis au frère Pedro qu'on pouvait compter sur moi pour la cérémonie; et sans essayer même de voir ce soir-là le condamné, je me retirai. —

—A quelle fête, pourtant, ils m'avaient convié ! — J'étais donc de noce le lendemain ! — de quelle noce, bon Dieu !

V.

LE MARIAGE.

J'étais engagé plus avant que jamais dans ce drame fatal dont le hasard seul m'avait fait voir les premières scènes.—J'allais maintenant y jouer moi-même un rôle !

Le mercredi, à onze heures du matin, j'étais à la prison. — Le jeune homme, me dit le frère Pedro, avait été fort agité toute la nuit, et l'était encore beaucoup ! il se trouvait même dans le plus ardent paroxisme de cette fièvre qui saisit tous les condamnés mis en *capilla*. Le soir de la première journée, elle produit en eux d'abord une violente excitation qui va toujours croissant jusque vers le milieu du second jour. Elle se calme alors insensiblement, et fait place à un grand abattement, puis à un affaiblissement graduel qui amène le matin du troisième jour un complet épuisement de toutes les forces, une sorte d'anéantissement du corps. — Cette fièvre, constamment observée par les médecins des prisons, présente une invariable régularité dans ses périodes. — On peut l'appeller la fièvre de la *capilla*; c'est une fièvre d'invention humaine, une fièvre qui ne dure que deux jours; — la mort la coupe le troisième.

J'entrai dans la seconde chambre de la *capilla*. L'autel était préparé déjà; deux cierges de plus avaient été allumés pour la messe et la cérémonie.

Guzman, l'œil enflammé, le visage rouge et échauffé, était assis auprès du père Antonio qui lui parlait à voix basse; mais il semblait écouter à peine son confesseur. Aussitôt qu'il

me vit, le jeune homme me fit un signe de
tête, et sur sa figure passa un triste et doux
sourire. — C'était me dire : — Je sais pourquoi vous venez; merci! — Que de reconnaissance il y avait dans ce sourire!

Mariquita entra bientôt soutenue par le frère
Pedro. La pauvre enfant était bien pâle! —
Elle n'avait plus son costume de *manola* de
l'avant-veille. Sa basquine, sa mantille, tout
était noir! — Ainsi elle portait déjà le deuil!
— Elle se mariait avec sa robe de veuve!

Dès qu'elle eut aperçu Guzman, elle se précipita à ses genoux, elle se prit à lui baiser les
pieds et les fers qui les enchaînaient. Le jeune
homme l'avait relevée et attirée dans ses bras.
Ils voulaient se parler, mais aucune parole ne
pouvait traverser leurs sanglots; ils n'avaient
de force que pour s'étreindre convulsivement.
On les laissa s'embrasser ainsi et tout oublier
durant quelques instans. Qui donc, ô mon
Dieu! eût trouvé le courage de le leur défendre? Qui se fût jeté entre eux, ou les eût arrachés l'un de l'autre? Qui n'eût respecté le
premier épanchement de ces derniers adieux?

On était allé chercher le curé de la paroisse
de Santa-Cruz, qui seul avait qualité pour
célébrer le mariage. Il ne tarda pas d'arriver.
Il venait sans appareil. Aucun autre prêtre ne
l'accompagnait.

Ce ne fut pas chose facile que de séparer
les deux amans ; tout ce qu'ils avaient encore
de forces s'était rassemblé dans leur dernière
étreinte ; mais il ne leur en resta plus dès qu'on
l'eut rompue. On fit d'eux, après, ce qu'on voulut. On essuya leurs larmes, on les mit à genoux devant l'autel, l'un près de l'autre. Ils se
prêtèrent à tout passivement, comme des
enfans. Nous nous agenouillâmes aussi : le
frère Pedro, un autre frère et moi, adossés
au lit derrière José et Mariquita, auxquels
nous servions tous trois de témoins ; le père
Antonio, à la droite du jeune homme.

Le curé commença de dire la messe que
servit un des frères. La voix du prêtre était
tremblante. On sentait bien que c'était la voix
d'une âme profondément remuée. Pendant la
communion, lorsqu'il se baissa pour poser
l'hostie sur les lèvres des époux, une larme

roula le long de sa joue; je la vis briller et
tomber dans le saint ciboire qu'il tenait. —
Oh! non! elle ne pouvait se souiller et se
perdre dans la poussière d'un cachot, cette
larme chrétienne! Le vase le plus pur et le
plus précieux de l'autel l'a recueillie, et en
est devenu plus pur encore et plus précieux,
car elle s'y est enchâssée dans l'or, et l'a en-
richi d'un inestimable diamant! — Digne vieillard! ce joyau de charité sera compté pour ta
rançon dans le ciel!

Sans doute, que le pain céleste avait nourri
les âmes des deux époux d'un bien consolant
espoir! Il y eut pour eux un moment d'oubli,
où disparut de leur vue l'affreuse réalité; un
moment où ils ne se crurent plus que d'heureux époux commençant à l'autel une longue
vie d'amour; car, lorsque le curé leur demanda
s'ils consentaient à s'unir, lorsqu'il prononça
les mots qui les liaient l'un à l'autre, lorsqu'il
joignit leurs mains droites, en leur donnant
la bénédiction nuptiale; — leurs voix qui ré-
pondaient : oui, — étaient calmes et assurées;
leurs visages tournés l'un vers l'autre rayon-

naient doucement. — Mais l'horloge de *Santa-Cruz* sonna midi, et tous les prisonniers chantèrent en chœur :

— Vierge miséricordieuse, prenez pitié de notre frère, qui va mourir, et priez votre fils bien-aimé de lui pardonner dans l'autre vie !

Le tonnerre fût tombé dans la *capilla* moins foudroyant que ce lugubre *salve*, éclatant au milieu du rêve des deux pauvres enfans et déchirant tous les nuages qui avaient un instant voilé leur atroce destinée.

Mariquita s'était évanouie. On en profita pour l'emporter. Guzman s'était d'abord bouché les oreilles avec ses mains, afin de ne point entendre l'effroyable chant du *salve ;* ne se pouvant plus soutenir, il se laissa aller aux bras de son confesseur. Je ne sais si la messe s'acheva. Je ne m'en souviens pas !

Ils en étaient au moins venus à bout de leur mariage. Le curé était parti; moi, je restais machinalement à genoux. Je me relevai enfin.

Je me sauvai de la prison. J'avais marché au hasard, ne sachant où j'allais; je me trouvai bientôt à la *puerta del Sol.* De la nuit d'enfer de la *capilla*, j'étais transporté tout-à-coup au grand jour, au grand soleil! Il y avait des groupes nombreux, autour de moi. On causait, on fumait, — on riait. Des soldats chantaient à la porte du corps-de-garde de la *casa de postas* et jouaient de la guitare. Je fus effrayé de toute cette joie et de tout ce soleil. — Je courus à la *posada* chercher l'ombre et la solitude au fond de mon appartement, où je m'enfermai le reste de la journée.

VI.

EL VERDUGO.

J'avais passé une cruelle nuit. Je me levai le jeudi matin, la tête pleine encore des affreuses visions de mon sommeil. Les pauvres enfans! je les avais vus dans mes rêves; je les avais vus brisés de mille douleurs; je les avais

vus se tordre dans toutes les souffrances de l'âme
et du corps, et mourir désespérés; mais je n'a-
vais rien rêvé de plus horrible que l'exécrable
réalité qui pesait sur eux de tout son poids. —
Vivaient-ils cependant encore eux-mêmes? N'a-
vaient-ils pas succombé à des épreuves plus
fortes que les forces humaines? Pepe, Mariquita, malheureuses créatures! Lequel des
deux était mort déjà? Qui serait veuf le premier? Jose peut-être! Peut-être aurait-il ce
supplice de plus avant le dernier! — J'avais
besoin de savoir où ils en étaient de leurs
maux. Hélas! puisque je ne pouvais ni les leur
adoucir, ni les en consoler, cette curiosité
n'était que mauvaise! Ah! quel méchant instinct me poussait! J'allais cherchant à plaisir
les spectacles de misère et d'agonie. Etait-ce
donc dépravation de cœur? Les boucheries de
la place des Taureaux, auxquelles j'avais pris
goût, m'avaient-elles si fort desséché l'âme, que
les sources de la pitié y fussent taries? Avais-
je besoin désormais d'émotions perverses et
inhumaines? S'il me les fallait ainsi, je dus être
content. Ce que j'en éprouvai durant cette

dernière journée passe toute idée. Que j'aie trouvé de la force et du courage pour les sup- porter, c'est ce que je n'ose comprendre! D'où me venait donc tant de constance, tant de magnanimité à voir souffrir? —

A huit heures du matin, je me rendis à la prison, et j'entrai à la *capilla*. Je trouvai le frère Pedro dans la première chambre.—Il m'apprit que, la veille, Guzman, ayant repris connais- sance, avait montré plus de calme et de rési- gnation qu'on ne l'avait espéré : il n'avait pas reparlé de Mariquita avant le *salve* du soir; mais ce cruel avertissement ravivant en sa mémoire affaiblie le souvenir de la scène du mariage, il avait demandé s'il ne reverrait plus sa femme. — On lui avait d'abord ôté là-dessus tout espoir; on lui avait dit que, lors même qu'une nouvelle entrevue pourrait être permise, la première épreuve avait été déjà bien forte pour la pauvre enfant, et que peut-être ne résisterait-elle pas à une seconde! — Il avait baissé la tête, et n'avait pas répondu. — Vers dix heures du soir, le frère Pedro avait dé- claré au condamné que la confrérie de *paz y*

20

caridad mettait à sa disposition une somme de
500 réaux, dont il pouvait disposer, ainsi que
de tout ce qui lui appartenait, en faveur de qui
bon lui semblerait. — Le malheureux ne possédait rien au monde : c'était là surtout son
crime ! — Il avait cependant fait son testament
entre les mains du frère Pedro, léguant à
Mariquita ces 500 réaux qu'on lui donnait.
— A lui cette fortune lui coûtait cher ! —
La malheureuse en paierait cher aussi l'héritage ! — Vers une heure du matin, Guzman
avait reçu l'*extrême-onction*. C'est une étrange
invention que ce sacrement modifié à l'u-
sage de la *capilla*. Comme l'église n'accorde
pas l'extrême-onction ordinaire aux condamnés à mort, afin qu'ils n'en perdent pas
absolument le bénéfice, on leur fait réciter
un *pater* et un *ave* pour chacune des parties du corps qui serait touchée par les saintes
huiles. Le jeune homme s'était prêté avec
une grande docilité à cette singulière fan-
taisie de piété. Il avait courageusement récité
tout ce qu'on avait voulu de prières. — Il n'a-
vait pas moins exemplairement subi les nom-

breuses visites de moines de toute espèce et de
toute couleur, qui l'étaient venus successivement exhorter durant la nuit, disputant au malheureux, sans pitié, les chances de sommeil
que lui pouvait laisser l'entier épuisement de
ses forces. — Ainsi poursuivi et tourmenté,
ayant refusé depuis vingt-quatre heures de prendre la moindre nourriture, il s'était trouvé le
matin tellement exténué, qu'il semblait avoir
à peine conservé un souffle de vie. —

C'était là, en abrégé, l'histoire des dernières
souffrances de Guzman.

Mais le condamné n'avait pas encore subi
toutes ses tortures; les plus poignantes,
les plus atroces, allaient venir. Il était neuf
heures. J'entrai avec le frère Pedro dans la seconde chambre de la *capilla*. Le jeune homme
était assis près de son confesseur, la tête pliée
sur la poitrine. Ses yeux, qui se levèrent sur
moi, bien qu'éteints et languissans, surent
pourtant me dire qu'il me reconnaissait encore. Ce fut le dernier regard qu'ils me jetèrent; — ce fut l'adieu!

Deux des frères avaient apporté la livrée des

condamnés ,—la parure du supplice. C'était le
moment de la *toilette* du patient; elle ne fut
pas longue à faire. Le frère Pedro souleva le
jeune homme dans ses bras, tandis qu'un autre
frère lui passa le *saco*, — une sorte de sac, une
blouse, un sarreau de toile blanche; puis on
le coiffa d'une calotte d'un vert pâle, — du
gorro. Ainsi affublé , on le laissa retomber,
affaissé, sur sa chaise. —

Un jeune homme, que je n'avais pas encore
vu dans la *capilla*, fut alors introduit. Il pouvait avoir de vingt-deux à vingt-quatre ans.
Un peu d'embonpoint épaississait et semblait
raccourcir sa taille, d'ailleurs ordinaire. Les
traits de sa figure ronde et pleine étaient
réguliers et beaux; mais son extrême pâleur,
ses grands yeux noirs au regard humide, donnaient à son visage une singulière expression
de mélancolie. — Il portait un large pantalon,
une veste ronde d'un bleu foncé, et sur la
tête le chapeau de *majo*. — Ce jeune homme,
c'était le bourreau, — *el verdugo*.

C'est un poste fort lucratif que celui de
bourreau à Madrid. On calcule que le revenu

s'en élève à 120 réaux par jour. La somme se compose d'abord du traitement fixe de l'exécuteur, puis des produits du droit, à lui seul concédé par privilége, de recevoir et remiser dans la cour de sa maison, attenante à la *Carcel de Corte*, les ânes, mules, chevaux et voitures de tous les paysans qui amènent des denrées à Madrid pour les vendre au marché. On lui alloue en outre, à titre d'indemnité, — de feux,—une once d'or pour chaque condamné extrait de la *Carcel de Corte*, et pendu ou garotté par lui. Le père du bourreau actuel était mort récemment, et son fils, bien que fort jeune, s'était trouvé investi de ses fonctions par droit d'*hérédité*.

Cet homme, — qui ne le connaît à Marid?— Guzman l'avait d'abord reconnu. — Anéanti comme il était, il en frémit encore, et en trembla tout entier.

— Mon frère, lui dit le bourreau, me pardonnez-vous, afin que Dieu vous pardonne?

Un signe de tête affirmatif fut la seule réponse du patient.

Alors l'exécuteur attacha les mains du jeune homme avec une corde qu'il avait apportée, et les serra tellement, qu'elles en devinrent violettes. C'est là une nouvelle douleur, calculée sans doute pour ranimer un peu le patient à moitié mort, et réveiller en lui le sentiment de toutes ses misères.

Mais les voix des prisonniers s'étaient élevées, et chantaient :

—Vierge miséricordieuse, prenez pitié de notre frère qui va mourir, et priez votre fils bien-aimé de lui pardonner dans l'autre vie!

Je crus que ce *salve* annonçait le départ pour le supplice, mais ce n'était pas encore le moment. Le bourreau sortit. Le père Antonio nous avait fait signe de nous retirer. Le frère Pedro m'entraîna dans la première chambre de la *capilla.* Là, je demeurai long-temps debout, appuyé au mur, n'écoutant ni ne regardant, réfléchissant à peine, insensible à tout,—stupide.

L'horloge de *Santa-Cruz* sonna midi. C'était l'heure. — Il se fit autour de moi beaucoup de mouvement; il y eut mille allées et venues. Trois nouveaux capucins aux longues barbes, de nouveaux membres de la confrérie de *paz y caridad*, étaient arrivés. — On se mit en marche. Le jeune homme s'avança, soutenu par le frère Pedro et un autre frère. Le père Antonio les précédait, tenant son crucifix dans ses mains jointes. Venaient ensuite les autres capucins et les autres frères. Je les suivis moi-même à la distance de quelques pas. On arriva lentement dans cet ordre au bout du corridor. Là on s'arrêta.

Guzman se trouvait en face d'une fenêtre qui donne sur une petite cour dans laquelle tous les prisonniers étaient à ce moment rassemblés. On ouvrit la croisée, on y plaça le jeune homme, de manière à ce qu'il pût leur parler. C'est encore *un usage*. Le condamné qui quitte la prison pour marcher au supplice, doit adresser aux détenus quelques mots d'exhortation, ou du moins prendre congé d'eux,

— *despedirse.* — Voyez que de politesse et de
savoir-vivre dans une geôle ! — Le jeune homme
n'eut de force que pour leur envoyer un adieu !
Encore le dit-il d'une voix si basse, qu'aucun
d'eux sans doute ne l'entendit. — Ils le com-
prirent du moins. Ils savaient trop bien où
allait le malheureux. — C'est que le même sort
attendait la plupart d'entre eux ! — Ils le sui-
vraient bientôt peut-être !

On se remit en marche. Au vestibule de la
prison, avant que la porte en fût ouverte,
avant que l'on sortît, il fallut encore que le
jeune homme s'agenouillât devant une Vierge
qui est là placée dans une niche, et qu'il lui
récitât une sorte d'oraison, dont les paroles
lui furent dites à l'oreille par son confesseur.
— Et en même temps, s'élevèrent une fois encore, lugubres et déjà lointaines, les voix
des prisonniers qui chantaient le dernier *salve*,
— leur adieu aussi :

— Vierge miséricordieuse, prenez pitié du
condamné qui va mourir, et priez votre fils
bien-aimé de lui pardonner dans l'autre vie !

— O Vierge miséricordieuse, m'écriai-je en moi, ce n'est pas vous, dites, qui, pour intercéder au ciel, demandez toutes ces prières déchirantes !

On détacha les fers des pieds du patient. —Et toi, pauvre âme, on allait bientôt briser aussi les tiens ; — mais de quelle façon, mon Dieu !

Déjà le cortége du condamné attendait à la porte ; elle s'ouvrit. Le bourreau parut ; il tenait un âne par la bride, celui qui allait mener le patient au lieu du supplice (1). On fit enfourcher au jeune homme la monture,

(1) L'âne qui porte le patient à l'échafaud n'appartient pas au bourreau. Le matin de l'exécution, ce dernier se va planter à la porte de Tolède, — l'une de celles de Madrid, — et là, il a le droit de s'emparer, pour toute la journée, du premier âne qui entre dans la ville, chargé ou non. On conçoit que le maître de la bête est peu charmé de cette réquisition ; d'abord elle gêne fort ses affaires, et puis elle lui est une sorte de déshonneur et un mauvais présage. Mais il est avec le bourreau des accommodemens. Moyennant une somme raisonnable on rachète aisément sa monture. C'est là pour l'exécuteur une autre source abondante de profits. Il laissera passer quelquefois dix bourriques, qui toutes auront payé leur rançon, avant d'avoir fait son choix. Ce choix tombe bien entendu sur l'animal dont le propriétaire est trop pauvre ou trop esprit fort pour s'exemp-

et pour qu'il s'y pût maintenir, le bourreau lui lia les pieds sous le ventre de l'animal.

Je suffoquais, j'avais besoin d'air; perçant la foule, avant que le cortége se fût mis en marche, je m'échappai par la petite rue *del Verdugo*, comme un prisonnier qui se sauve, et je courus sans m'arrêter jusqu'à celle de *los Estudios*.

VII.

LE CORTÉGE.

La rue de *los Estudios* qui mène en droite ligne à la place de *la Cebada*, bien que fort large, était tellement obstruée par le peuple, qu'à peine y pouvait-on marcher. Je m'arrêtai vis-à-vis de l'église de *San-Isidro*, m'appuyant

---

ter de la corvée. Au surplus, elle a été long-temps plus onéreuse encore et plus cruelle. Autrefois le bourreau, son homme pendu, s'en prenait à la pauvre bête, et ne la renvoyait qu'après lui avoir coupé une oreille. Le progrès de la civilisation en Espagne a supprimé cette vieille coutume singulière. La *presse* des ânes, les jours de supplice, existe toujours au profit de l'exécuteur; mais le déshonneur de ceux qu'il emploie n'est plus rendu indélébile par la mutilation.

au mur d'une maison, à côté de la boutique d'une marchande de *panderos*, — de tambours de basque. Là, certes, je ne me mis nullement à réfléchir. Je ne me demandai pas pourquoi je m'étais enfui de la prison, pourquoi je n'avais pas tout simplement suivi le cortége, puisque je venais le voir passer. Non, je ne me le demandai pas. Il semble que toute pensée fût alors éteinte en moi, toute sensation pétrifiée. Je regardais tout, j'écoutais tout brutalement, sans me rendre compte de rien.

Le temps était magnifique. Le soleil, dans toute sa force, dardait d'aplomb ses rayons de feu. La foule cherchant à s'en garantir, affluait surtout de chaque côté de la rue, le long des maisons, se disputant le peu d'ombre que jetaient les auvents et le rebord des toits. Il y avait un mouvement extraordinaire dans tout le quartier. C'était un bruit confus et assourdissant formé de mille bruits. Les *naranjeras* et les *aguadores,* criaient à l'envi leurs oranges et leur eau glacée. Les aveugles colportaient le *diario,* qui contenait le programme de l'exé-

cution, et chantaient des romances et des
psaumes analogues à la circonstance ; puis
passaient et se croisaient des membres de la
confrérie de *pas y caridad*, agitant leurs sonnettes, portant suspendues au cou leurs grandes tirelires vertes, et quêtant, *por el amor de
Dios*, pour les messes au profit de l'âme du
reo.

Cependant, tous les yeux, tournés avec
anxiété vers la *Plaza mayor*, dans chaque on-
dulation de la foule de ce côté, voulaient voir
l'arrivée du cortége.

—Mais il ne venait pas ! comment tardait-il
tant ! Aurait-on fait grâce au condamné ? Non,
cela ne se pouvait ! on avait trop pressé le jour
de l'exécution ! il était étrange néanmoins qu'il
fallût attendre de la sorte ! On était pressé, on
avait ses affaires !

Ainsi disait-on dans divers groupes; ainsi se
plaignait surtout un vieil habitué qui était près
de moi, laissant, tandis qu'il pérorait, s'éteindre
son *cigarrito* entre l'index et le pouce de sa
main droite.

— Oh! prenez patience, dit à l'habitué la marchande de *panderos*, grosse femme qui avait paru sur la porte de sa boutique avec une charmante enfant de douze à quatorze ans, sa fille, sans doute; prenez patience, *buen hombre*; maintenant, ils sont toujours en retard: Ils annoncent leur exécution pour midi, mais il est rare qu'ils passent avant une heure.

Il était en effet près d'une heure. J'avais long-temps regardé fixement le cadran de l'horloge de *San-Isidro*, et il m'avait semblé aussi à moi que l'aiguille avançait bien lentement. C'est que, plus il s'écoulait de temps, plus j'espérais, ou que Guzman aurait reçu sa grâce, ou qu'il serait mort en chemin. L'observation de la marchande venait de me tuer encore cette double espérance! — J'avais toujours les yeux machinalement attachés sur le cadran. J'y trouvai tout-à-coup ces mots qui ne m'avaient pas jusque-là frappé :

Sit nomen Domini benedictum.

et je me révoltai stupidement contre cette simple et belle inscription. — Dérision! m'écriai-je; pourquoi a-t-on écrit là ces paroles? est-ce sur ce portail qui voit passer tant de victimes de l'indifférence de Dieu, qu'il convient de placer son nom et de l'exalter? — Insensé! parce que ces hommes faisaient à leurs lois des sacrifices humains, j'en rendais Dieu responsable! je ne voulais pas que son nom fût béni! comme si le crime était le sien et non le nôtre! comme s'il n'était pas le Dieu qui pardonne et se dévoue! le Dieu qui a condamné toutes les immolations, et n'a permis que la sienne!

Il était deux heures, et rien ne venait. On sut bientôt la cause de ce retard inouï. Le condamné avait perdu connaissance à la porte de la prison! — O charité! il avait fallu lui rendre la vie, — afin de la lui arracher plus solennellement quelques instans après.

Il se fit soudain un grand mouvement dans la foule qui s'entr'ouvrit comme si elle eût été fendue par quelque charge de cavalerie, et laissa un chemin libre au milieu de la rue dans

toute sa longueur, depuis la *Plaza mayor*, jusqu'à la place de *la Cebada*.

—Oh! voici le bourreau qui vient, dit, d'une
voix douce, la jeune fille qui se penchait timidement hors de la porte de la boutique, se
haussant tant qu'elle pouvait sur ses petits
pieds, et se tenant de la main droite à la robe
de la grosse marchande.

La jeune fille ne se trompait pas. Le bourreau arrivait par cette route, que lui avait si
soudainement frayée la terreur du peuple.
—Je le reconnus bien, l'homme fatal. Il passa
vite, à pied, un bâton à la main, suivi de
son valet. — Il venait en avant; il allait faire
ses préparatifs à la *horca* — au gibet.

Bientôt vint, élargissant le sillon creusé déjà
dans la foule, un péloton de carabiniers à cheval; suivaient deux alguazils aussi à cheval; puis,
sur deux files, les membres de la confrérie
de *paz y caridad* portant, les uns les bâtons de
leur congrégation, les autres des cierges de cire
verte allumés, et l'un d'entre eux, le grand cru-

cifix de Santa-Crux. Lé premier frère de chacune des files était couvert d'un long manteau
noir, qui traînait jusqu'à ses pieds, et il secouait par intervalles une sonnette qu'il tenait
cachée sous sa cape.

Enfin parut le pâtient, Guzman, le pauvre
Guzman, le *reo*, — le coupable — , comme
ils l'appelaient. — De même que si tous ses os
eussent été brisés, son corps affaissé, ployé,
exténué, sa tête pendante, sautaient et ballot-
taient en tous sens, à chaque pas de l'âne sur
lequel il était attaché. Entre ses mains liées était
une image de la *Vierge*. Son confesseur, le père
Antonio, qui marchait à sa droite, le soutenant,
se penchait incessamment à son oreille et lui
faisait baiser à chaque instant son crucifix. Les
autres capucins marchaient aussi près du patient, le prêchant et l'exhortant à l'envi, dès
que le père Antonio le leur abandonnait un peu.
Deux autres alguazils à cheval, puis une compagnie de grenadiers provinciaux, ayant en
tête ses fifres et ses tambours, jouant et bat-
tant ensemble, fermaient enfin la marche.
Après eux venait une masse compacte de peu-

ple, cette queue de tous les cortéges, qui les suit tous jusqu'au bout. Celle-là s'en allait à la place de *la Cebada*, à la place de l'exécution. — On n'allait pas plus loin !

La figure du malheureux Guzman, bien que couverte déjà de la pâleur de la mort, venait de me frapper encore par sa noblesse et sa beauté.

— *Que lastima ! Es buen mozo !* — Quel dommage ! c'est un beau garçon ! s'était écriée la grosse marchande en le voyant passer.

— *Que lastima !* avait timidement répété la jeune fille.

Lorsque tout le cortége eut défilé :

— *Madre*, je vous en prie, allons à la place de *la Cebada ; vamos à ver la horca*, dit la jolie créature, regardant sa mère d'un air câlin, s'efforçant de l'entraîner.

— Oh! non, pas aujourd'hui, *manolita !* Il

21

est trop tard. *Es tiempo de la comida.* Allons dîner. *Vamos à comer !*

VIII.

LA PLACE DE LA CEBADA.

Je le confesse encore, car je ne me veux point chercher d'excuse, une perverse curiosité me poussait; je voulais voir à tout prix. — D'ailleurs mes yeux seuls voyaient, et non mon âme; nulle impression ne venait jusqu'à elle. Je ne sentais plus.

Tous ceux qui n'étaient curieux ou cruels qu'à demi, — ceux qui se contentent de voir passer un mourant et n'osent l'aller voir mourir, ou n'en ont pas le temps, comme la marchande de *panderos*, — tous ceux-là se retiraient, allaient à leurs affaires ou rentraient au logis. A moi, il me fallait plus! Je suivis de loin le cortége, par la rue de Tolède, jusqu'à la place de *la Cebada.*

C'est sur la place de *la Cebada* qu'ont lieu à Madrid les exécutions. Elle forme un vaste carré au milieu duquel est une fontaine. Le mar-

ché à l'orge se tient habituellement sur cette
place, comme l'indique son nom. En avant
de ses quatre faces sont rangées des boutiques
de bois où l'on vend des oranges, des fleurs,
des fruits et des herbages. Les jours d'exécution, pour placer la *horca*, on enlève quelques
unes de ces barraques, vis-à-vis de la fontaine,
dans la ligne des deux églises; — car la scène
alors se passe entre deux églises. Deux églises
la regardent! L'une, *San-Millan*, est à gauche
en venant par la rue de Tolède; l'autre, qui lui
fait face et devant laquelle on passe pour descendre à la rue de la *Cava Baja*, c'est la *Concepcion Francisca*. Au-dessus de la porte de
San-Millan, on voit, dans une niche, une assez
mauvaise statue, grossièrement peinte, figurant un moine, un long sabre à la main, une
tête coupée sous les pieds. C'est *San Millan*,
un saint bien choisi, un excellent saint pour
une place d'exécution!

La *horca* était placée depuis le matin. Elle
se forme d'une épaisse solive fixée horizonta-
lement dans deux poutres perpendiculaires,
assujéties au sol par d'autres pièces de bois,

qui leur servent de base. Deux escaliers,
dont le pied se trouve du côté de la fontaine,
montent de front à la solive horizontale, à laquelle ils aboutissent.

Une compagnie de grenadiers provinciaux,
sur deux rangs, formait un vaste carré autour
de la *horca*, et des factionnaires contenaient
encore le peuple à quelque distance de cette
enceinte. Un fort détachement de grenadiers à
cheval était rangé le long des maisons. Un
grand nombre de personnes, des femmes surtout et des jeunes gens, garnissaient les balcons
et les croisées. Ce sont là les premières loges, les
meilleures places. Je ne sais si on les loue. —
Au moins à Madrid cela ne s'annonce point par
écriteaux.

La foule n'était pas si grande sur la place,
qu'on n'y pût encore facilement circuler. J'en
fis le tour.—Je me trouvais près de la fontaine;
je m'arrêtai là, à quelques pas de la haie des
grenadiers. Le cortége avait déjà pénétré dans
le carré où un groupe nombreux de gardes-du-
corps et d'officiers de diverses armes l'avait
précédé. C'était un privilége de leur grade. Ils

avaient là leurs entrées. Ils voyaient mieux!
ils voyaient de tout près. —

Cependant, monté à califourchon sur son
gibet, le bourreau disposait ses cordes.

Le patient, descendu de l'âne, avait été mis
à genoux sur la dernière marche de l'un des
deux escaliers. Le père Antonio s'était assis au
bas de l'autre; il attira Guzman dans ses bras
et reçut sa dernière confession. — Se confesser
ainsi sur le bord de l'éternité, cela s'appelle se
réconcilier, — *reconciliarse!* Le moine avait
abaissé son large capuchon sur sa tête, et en
couvrait aussi celle du jeune homme. — Oh!
si le pauvre enfant pouvait voir encore, c'é-
tait pitié à vous, vieillard, de lui cacher tout
ce qui l'entourait !

Que la grâce n'arrivait-elle durant ce dernier
répit! Il était temps encore!

Mais non. La figure du patient sortit plus
pâle encore et plus mourante du capuchon du
moine — ce confessionnal de l'échafaud. La *réconciliation* était achevée! — Un crêpe fut
jeté sur le grand crucifix de la confrérie de
paz y caridad. — Etait-ce en signe de leur

deuil ou de celui du Christ? — Etait-ce vous
qu'ils n'osaient pas voir au moment de ce supplice, ô Dieu de miséricorde? — Etait-ce vous
qu'ils prétendaient empêcher de le voir?

Cependant le bourreau redescendu passa au
cou du patient un nœud coulant, qu'il assujétit
ensuite avec un grand soin ; puis il remonta à
reculons, soulevant par les épaules sa victime
qu'il traînait après lui. Le père Antonio les suivait exhortant toujours l'infortuné, dont les
yeux ne s'entr'ouvraient plus qu'à peine, lui posant à chaque instant le crucifix sur les lèvres.
—Ah ! dans ces derniers baisers c'était vous seul,
Seigneur, qui embrassiez et non plus le mourant !

Ils étaient maintenant tous trois au sommet
du double escalier. L'exécuteur avait passé ses
jambes par-dessus la tête du patient ; et, assis
sur ses épaules, s'y affermissait en appuyant
ses deux pieds entre les mains liées du malheureux. Alors le confesseur fit réciter à Guzman, ou plutôt commença de réciter pour lui
le *Credo* : — *Je crois en Dieu le père tout-puis-*
sant, créateur du ciel et de la terre, et en Jé-

sus-Christ son fils unique...... Blasphème ! — Et
à ces mots : son fils unique...... *su unico......* à
ces mots (c'est le signal), le bourreau s'élança
entraînant sous lui sa victime, et il se balança
sur elle de tout son poids. Et en même temps
résonna, funèbre et glacial, le premier tinte-
ment du glas de *San-Millan*. — Ainsi ce coup
de cloche, qui proclamait sa mort, Guzman
put l'entendre ! — Il put l'entendre, car toute
vie ne l'avait point encore quitté ! — Son dernier souffle ne s'était pas enfui !

En se précipitant avec lui, l'exécuteur lui
avait couvert la tête d'un mouchoir blanc. Ce
voile tomba. Le visage du jeune homme, tourné
vers moi, m'apparut sanglant, les traits effroya-
blement renversés. Tous mes cheveux s'étaient
dressés ! — Je me détournai avec épouvante.
Mon regard terrifié rencontra celui d'un vieillard, qui, les mains jointes, murmurait d'une
voix tremblante l'*Ave Maria*.

— C'est la première fois que je vois pareille
chose... *es la primera vez !* dit timidement le
pauvre homme.

Avait-il cru que je lui voulais reprocher d'être là? C'eût été bien à moi d'accuser quelqu'un d'inhumanité!

Je devais tout voir jusqu'au bout. Je m'étais retourné du côté de la potence. — Le bourreau chevauchait encore sur le patient que son valet tirait par les jambes. Jugeant enfin son homme tué, l'exécuteur se laissa couler le long du corps de la victime, et mit pied à terre; alors il reprit son bâton et s'appuyant dessus, tout en reprenant haleine, il se prit à considérer ce cadavre de sa façon. — Était-il content de son ouvrage, bon Dieu? — Trouvait-il cette besogne bien faite?

Le père Antonio était debout au haut de l'escalier, son crucifix à la main. C'avait été, durant l'agonie du supplicié, un sourd frémissement parmi le peuple; un silence profond succéda. — Le confesseur allait prêcher, selon la coutume. C'était l'échelle du gibet qui était la chaire.

L'allocution du père Antonio fut simple et attendrissante. Il raconta d'abord en peu de

mots et d'une voix émue, la vie, la tèntation et la
faute de Guzman, et, malgré qu'il en eût, ce fut
bien moins contre le coupable qu'il s'éleva,
que contre la loi et les juges qui l'avaient condamné. — Mais s'adressant à la foule qui l'envi-
ronnait : — Que ce dur exemple vous profite
au moins, ô chrétiens! s'écria-t-il; car, vous
tous qui êtes venus ici voir mourir votre frère,
rentrez en vous-mêmes, examinez-vous; en
est-il un d'entre vous qui ne se sente aussi coupable que ce malheureux, plus coupable peut-
être? Qui de vous ne s'est approprié une plus
forte part du bien d'autrui? Qui de vous n'a
pas fait à son prochain plus de tort, soit que,
par des larcins ténébreux, il le frustrât de sa
fortune et de son héritage, soit que par la mé-
disance ou la calomnie, il lui dérobât un trésor
plus précieux encore, l'honneur, ce patrimoine
de l'âme! Oh! je vous en conjure, mes frères,
au nom du salut éternel, de cet enfant qui vivait comme vous tout à l'heure, et qui n'est
plus qu'un cadavre flottant sous mes pieds, je
vous en conjure, au nom de ce Dieu qui voulut
aussi mourir supplicié, comme un criminel,

afin de racheter par cette mort votre vie immortelle, je vous en conjure, que le divin sacrifice n'ait point été stérile pour vous, non plus que l'enseignement terrible que vous vient de donner l'exécuteur de vos lois. Songez que la main de fer de cet homme peut vous surprendre demain au milieu de votre crime, et vous traîner à votre tour au haut de cette échelle. Désertez donc dès aujourd'hui le péché! Rentrez dans la sainte voie, et n'en sortez plus. Que tout bien d'autrui, or ou réputation, vous demeure sacré! Et ne vous contentez pas de la stricte probité! Ne vous contentez pas de ne point prendre. Oh! ce n'est pas assez; soyez charitables, donnez! car le besoin est un rude tentateur, et quand vous voyez que votre frère a faim, songez qu'il peut être tenté et succomber, et n'eussiez-vous qu'un morceau de pain, partagez-le avec cet indigent; sauvez-le ainsi....

Ici le père Antonio fut interrompu par ses sanglots. Il pleurait, ce vieillard à la barbe et aux cheveux blanchis! Oh! sa voix tremblante, ses touchantes paroles, et surtout ses pleurs, m'avaient moi-même profondément remué. Mon âme se réveillait de sa torpeur et de son insensibilité. De grosses larmes m'obscurcissaient la vue. Pour les essuyer,—pour les cacher, je cherchai dans ma poche mon mouchoir;—je ne le trouvai plus; on me l'avait pris. — Était-ce pendant l'exécution? était-ce pendant le sermon? je ne sais.

O pouvoir de l'exemple! ô pouvoir des supplices! pouvoir de l'éloquence et des pleurs! m'écriai-je.

Ce me fut là un moment bien amer de méprisante indignation contre les hommes. J'aurais alors donné de grand cœur, pour un *schelling*, toute l'espèce humaine—y compris moi-même.

Je n'entendis pas la fin de l'exhortation du père Antonio. Je m'en fus vers *San-Millan* où je m'abritai sous le portail. Il était temps que je cherchasse l'ombre. La fièvre me prenait au cerveau. C'est que le soleil me frappait d'aplomb sur la tête, depuis près d'une heure, sans que j'y eusse jusque là songé.

La cérémonie venait de s'achever; tout était accompli. Les divers détachemens de troupes se retirèrent successivement. Je vis passer le bourreau précédé de son âne et de son valet. —Il se rendait à la *Carcel de Corte*. Là, montant à la salle d'audience des alcades, alors en séance, il allait, selon l'usage, s'accuser lui-même devant eux d'avoir tué un homme, et en requérir acte, qui lui serait immédiatement octroyé, en même temps que son acquittement, prononcé. Ensuite il entrerait à *Santa-Cruz*, afin d'entendre, en bon catholique, la messe que ferait dire la confrérie de *paz y caridad*, qui s'en retournait à cette église avec toute sa procession, moins un homme; — moins celui qu'elle avait assisté!

La foule s'était écoulée peu à peu. Il ne restait plus que deux factionnaires près de la *horca*, pour garder le corps du supplicié, qu'on laissait pendu. Quelques aveugles, quelques mendians chantaient encore aux environs des cantiques et des romances. Du reste, les affaires habituelles reprirent leur cours dans le quartier. Sur la place même, le marché con-

tinua comme de coutume, comme si rien ne se
fût passé; — seulement ce fut aux boutiques
voisines de la *horca* qu'il vint, le reste du jour,
le plus de jeunes filles acheter des oranges et
des fleurs.

IX.

EL ENTIERRO.

Le cœur serré, l'âme encore toute saisie des
cruelles scènes auxquelles j'avais assisté le matin, je me promenais au *Prado* vers six heures
du soir. Je marchais vite; — j'aurais voulu fuir
ces pressans souvenirs qui m'obsédaient. Cependant les voitures et les promeneurs arrivaient; les chaises et les bancs commençaient
à se garnir. J'eus peur soudain de rencontrer là
des visages de connaissance;—et si quelqu'un
m'abordait, qu'aurais-je à dire, à répondre?
Je traversai le *Salon* à la hâte, et remontai la
carrera de San-Geronimo, ne sachant trop où
me réfugier. Mais lorsque je me trouvai sur la
place de *Santa-Catalina*, une pensée me vint

subitement, comme un remords. — Et Mariquita ! Mariquita , qu'était-elle devenue ? —
N'était-ce pas le moins que je fusse m'enquérir
de l'état de la pauvre veuve?

Je savais qu'elle avait été recueillie par une
pieuse femme qui demeurait au bout de la
rue d'Alcala, à la *puerta del Sol*, près de l'église
du *Buen Suceso*. — Je trouvai facilement la
maison , mais non plus Mariquita. Son hôtesse
me raconta que, le jour du mariage, la jeune
fille avait été transportée chez elle, déjà saisie
d'une fièvre violente. On l'avait mise au lit aussitôt, et elle y était demeurée sans parler, sans
se plaindre, ne repoussant pas les soins qu'on
prenait d'elle, et, en apparence, assez calme
d'esprit et résignée. Mais, il n'y avait pas une
heure, comme sonnait l'*Ave Maria*, profitant
d'un instant d'absence de sa garde, elle s'était
levée et habillée, et avait quitté la maison
pour aller, Dieu savait où! — La bonne femme
se désolait de cette fuite imprudente.

— Mariquita n'ignorait pas, me dit-elle, que
son mari devait être exécuté aujourd'hui. Peut-

être aura-t-elle voulu le voir une dernière fois avant qu'on ait détaché son corps du gibet. Mais, malade ainsi qu'elle est, elle en mourra!

Je partageai toute cette crainte de la bonne dame et je résolus de me rendre en toute hâte à la place de *la Cebada*, pour arracher la pauvre enfant, si je la rencontrais, au cruel spectacle qu'elle pouvait avoir cherché là, et la ramener chez son hôtesse.

Je courus donc à la place; j'en fis le tour. Je n'aperçus point Mariquita. — D'ailleurs tout était tranquille et indifférent. Le peu de monde qui avait affaire au marché allait et venait, comme si rien d'inaccoutumé ne se fût trouvé là. — Cependant la *horca* était toujours debout. Je m'en approchai. Le corps du malheureux Guzman y était encore pendu, raide et immobile. Quelques enfans riaient et jouaient autour. Il y en avait qui passaient sous lui, et, comme leurs mères le leur avait recommandé, lui baisaient les pieds. — Une indulgence est attachée à chacun de ces baisers.

J'osai regarder le supplicié. O mon Dieu! le

beau jeune homme! comme ils l'avaient défi-
guré. Son visage était bleu! sa langue pendante
et ramassée sur sa bouche. Oh! si Mariquita
l'eût vu ainsi!

Le jour commençait à baisser; je me retirais
lentement.

Au coin de la rue de Tolède et de la place de
la Cebada, quatre membres de la confrérie de
paz y caridad étaient assis devant une table,
sur laquelle il y avait un bassin, où ils recevaient
les aumônes des passans au profit de l'âme du
supplicié. J'avais jeté là quelques *cuartos*. Je
poursuivais mon chemin.

Un homme se trouva sur mon passage et
nous nous heurtâmes. A le regarder je frisson-
nai de tout le corps; — c'était le bourreau!
Mon premier mouvement de terreur réprimé,
je revins sur mes pas. — Je voulus revoir de
près le visage de cet homme.

Il s'était arrêté vis-à-vis des frères. Là, ayant
échangé quelques mots avec eux, il resta debout, appuyé sur son bâton, et parut attendre. Il était pâle, plus pâle encore que le matin.
Il regardait fixement du côté de la *horca*. — Que

venait-il faire? Qu'attendait-il? — Quoi qu'il dût se passer, je résolus de demeurer.

Le jour baissait de plus en plus; il était près de huit heures.

Les quatre frères de *paz y caridad* se levèrent. Ils prirent leur table, et l'emportant avec eux, se dirigèrent vers le gibet.

Arrivés là, ils la placèrent au-dessous du supplicié. Cependant, le bourreau, témoin de ces apprêts, contemplait le cadavre avec une effrayante attention. Sur la figure blême de cet homme, dans son regard brillant et fixe, on lisait une vive souffrance, une sorte de remords, puis en même temps une ironie âcre et sauvage; tout cela exprimait des passions à part de nos passions humaines, d'étranges douleurs à nous inconnues; tout cela disait : — Voilà donc mon œuvre à moi! voilà le métier que me font les hommes! Je suis celui qui gagne sa vie à tuer les autres! je suis la bête féroce à laquelle on jette pour nourriture des condamnés! — ô misère!

S'arrachant tout d'un coup de cette mons-

trueuse rêverie, le bourreau monta rapidement, par l'escalier, au sommet de la *horca*,
et il détacha de la traverse de bois la corde
qui y suspendait le supplicié. Les frères soute-
naient en même temps le corps, et le recevaient
dans leurs bras. L'ayant étendu sur la table,
ils lui ôtèrent la corde du cou, et déliè-
rent aussi celles qui lui attachaient les pieds
et les mains. Ensuite, ils lui retirèrent successivement, et avec une parfaite décence, tous
ses vêtemens jusqu'à sa chemise, ayant eu soin
de lui passer d'abord une robe de laine grise
qu'ils lui laissèrent. C'était l'habit des moines
de l'ordre de Saint-François.

Le bourreau était redescendu de son gibet.
Les frères lui jetèrent ses cordes, et les vêtemens du supplicié. Ces cordes étaient à lui,
c'étaient les outils de son état. Ces vêtemens lui
revenaient de droit; c'était encore un de ses
bénéfices. Son valet, accroupi à ses pieds, mit
tout cela dans un sac; puis, ils partirent tous
deux : le valet emportant le sac sur son dos;
le maître, son bâton à la main. — Ni l'un ni
l'autre n'avaient touché, même du bout du

doigt, le corps du supplicié! — Oh ! c'était bien
ainsi! Cette idée est belle! puisqu'il faut qu'on
torture et qu'on tue, que le bourreau tue et
torture! à lui le corps vivant! qu'il le flétrisse,
qu'il le souille, qu'il le torde, qu'il le déchire,
qu'il en arrache l'âme! mais assez pour lui! —
Aux mains pures, la purification.

Il faisait nuit. Une bière ouverte, garnie de
deux lanternes fixées à ses bords, avait été
apportée. On y plaça le supplicié, revêtu de
sa robe de moine, le capuchon abaissé sur sa
tête.

Les cloches sonnèrent à *San-Millan*. Une procession sortit de l'église et s'avança vers la *horca*.
Venaient d'abord, en chantant, les prêtres de
la paroisse, portant bannières et crucifix; puis
la confrérie de *paz y caridad*, avec tout son
appareil; puis enfin deux longues files d'hommes, d'enfans et de femmes, tenant à la main
des lanternes, des bougies, des cierges, des
falots allumés.

Le cortége s'était arrêté et développé en face
de la *horca*; prêtres, femmes, enfans, tout le
monde se mit à genoux, comme devant un

autel, devant la table qui supportait la bière.
Après une courte prière, quatre des frères de
paz y caridad prirent le cercueil sur un bran-
cart, et se mirent en marche. Toute la procession suivit.

Lorsqu'on se trouva en face de l'église de
la *Concepcion-Francisca*, la bière fut déposée
sur les marches du portail. On pria encore à
ce nouvel autel. On se remit bientôt en marche, dans le même ordre; on descendit la rue
de la *Cava-Baja*, puis on remonta sur la place
de la *Cebada*, dont on fit le tour. On s'arrêtait
d'intervalle en intervalle, et l'on chantait le
de profundis.

Revenue à *San-Millan*, la procession y rentra
tout entière. La bière fut placée au milieu du
chœur. Tous les cierges brûlaient sur le maître-
autel, toutes les lampes sous les voûtes. Chacun s'était agenouillé, tenant à la main son
falot ou son cierge. L'église se trouvait inondée
de clarté dans ses plus profondes chapelles.
Moi, je m'étais mêlé au pieux cortége; j'é-
tais entré dans l'église ; je m'étais mis à
genoux parmi ces femmes et ces enfans, et

je priais comme eux; et ma voix se confondait avec ces mille voix et celle de l'orgue qui chantaient ensemble. — Oh! cette cérémonie était vraiment religieuse et sainte! Ces honneurs rendus à la dépouille mortelle du malheureux, sur le lieu même qui l'avait vu quelques heures auparavant si cruellement outragé! l'expiation du supplice confiée à des femmes et à des enfans! cette réparation faite par des âmes pures! ce pardon demandé par l'innocence! — Oui! tout cela était beau et touchant!

Je me sentais doucement ému et attendri. Je ne songeais plus à l'exécution du matin; il me semblait que j'avais suivi seulement le convoi d'un ami; que j'étais là, lui rendant les derniers devoirs. Je voyais le jeune homme, étendu dans sa bière ouverte, comme s'il fût mort d'une mort ordinaire. La robe de moine dont il était revêtu cachait l'empreinte des nœuds cruels qui avaient déchiré ses membres; on eût dit que sous le capuchon qui la voilait à moitié, sa figure avait repris quelque chose de sa grâce et de sa beauté. La lueur

flottante des deux lanternes de la bière faisait
jouer sur sa tête comme une auréole! — Et
alors, moi, dont le doute a flétri déjà et desséché tout le cœur, moi, homme impie et sans
foi, — j'avais une mystique vision! Je voyais,
sous les traits radieux du jeune homme, une
âme bienheureuse ouvrant ses ailes pour voler
au ciel à l'appel de Dieu.

Toutes les voix se turent; tous les chants
cessèrent. Le service était achevé. Les prêtres
rentraient à la sacristie. Les frères de *paz y
caridad* se disposaient à enlever le corps. — Une
femme vêtue de noir, qui était prosternée au
pied de la bière, se leva soudain. Bien que sa
mantille se fût dans ce mouvement détachée
de sa tête, on put voir à peine son visage pâle
que cachèrent en même temps de longues
tresses noires qui se déroulèrent, tombant
éparses autour d'elle, comme un second voile.
Elle tenait un cierge d'une main; de l'autre,
elle saisit convulsivement la bière; puis, secouant ses cheveux qui lui couvraient le front,
et les rejetant derrière son épaule, elle se pencha sur le visage du mort et l'embrassa pas-

sionnément. Elle avait rassemblé sans doute et concentré dans ce baiser tout ce qui lui restait de force, d'âme, de vie et d'amour; car, au même moment, ne se pouvant plus soutenir, elle tomba à la renverse.

On entendit dans toute l'église, d'un bout à l'autre, le bruit que fit la tête de la malheureuse en frappant les dalles.

On s'était de tous côtés précipité vers elle; on avait essayé de la ranimer; — mais on avait vu d'abord qu'elle n'avait plus besoin d'aucun secours humain.—Moi-même, je m'approchai en tremblant; je me penchai sur elle pour la voir de plus près, — car je n'avais pas encore osé la reconnaître; mais c'était bien elle!—La pauvre femme n'avait pas été long-temps veuve.

—La volonté du ciel soit faite! m'écriai-je. Mieux vaut pour toi être morte, Mariquita; tu eusses trouvé dur de vivre pour n'être plus que *la muger del ahorcado* (1).

(1) *La femme du pendu.* — Une autre femme de Madrid, — une marchande d'oranges, — qui avait survécu à un mariage semblable, ne fut plus connue le reste de sa vie que sous cette qualification : *la muger del ahorcado.*

Cette mort n'était qu'un contre-coup de l'exécution du matin. On emporta la bière et on la déposa, selon l'usage, dans une petite cour attenante à l'église, où on laissa également le corps de la jeune femme. Ils furent sans doute aussi conduits l'un et l'autre, le lendemain, au *campo santo*, et l'on dut les inhumer ensemble. C'était bien juste d'ailleurs, — l'époux avec l'épouse! On avait marié deux mourans; leur lit nuptial, ce devait être la terre, — une même fosse.

La confrérie de *paz y caridad* avait accompli toute sa tâche. Elle s'en retourna, par la rue de Tolède, processionnellement, avec ses cierges, ses sonnettes et son crucifix, déposer le tout à *Santa-Cruz* jusqu'à la plus prochaine exécution (1).

(1) Avant 1832, on ne pendait en Espagne que les *vilains*. Les nobles avaient le privilége d'être *garrottés*, — c'est-à-dire étranglés. — Or, en 1832, Ferdinand VII a bien aboli le supplice de la *horca*, sur les sollicitations de la reine Christine; mais les Espagnols n'en sont pas devenus plus égaux devant la peine de mort. Afin de conserver dans les exécutions la différence des rangs, on a divisé le *garrote* en plusieurs catégories : il y a maintenant le *garrote noble* pour les nobles, et le *garrote vil* pour le peuple. D'ailleurs, rien n'a été modifié des tortures préparatoires de la *capilla*; le confesseur du condamné continue d'être, bon gré mal gré, le bourreau en première instance.

LES PARISIENS A MADRID.

I.

Le propre du Parisien en pays étranger, c'est de s'accommoder à peu près de tout, mais de ne s'étonner de rien. S'il est parfois frondeur, c'est légèrement et sans amertume. D'ailleurs, n'espérez jamais lui surprendre un cri d'admiration. Si vous lui montrez les *Pyramides d'Égypte*, il a vu de ces *monumens en pointe* au *Père Lachaise*. Si vous le menez au *Colysée* de Rome, il trouvera que ce *bâtiment est en un bien mauvais état de réparations*.

A Madrid je dînais souvent à la table-d'hôte de *Monnier*; et là, après les visages moroses et désappointés de mes compatriotes, rien ne me réjouissait comme l'imperturbable aplomb des commis-voyageurs français, qui affluent en Espagne pour y faire *l'article Paris*, et la naïveté des observations artistiques que leur suggérait leur séjour dans la Péninsule.

Un de ces messieurs qui revenait de l'Andalousie me disait un jour :

— J'ai vu, milord, cette cathédrale de Cordoue, dont on parle tant. Ce n'est, je vous assure, qu'une forêt de petites colonnes. Et nous n'avons pas un architecte maintenant qui ne soit capable de faire mieux.

Quant à ceux qui étaient arrivés par Bayonne, ils n'avaient, pour l'ordinaire, daigné regarder en passant, ni *Vittoria*, ni *Burgos*, ni *Buytrago*; mais, comme ils avaient parcouru Madrid fort à leur aise, cela leur suffisait pour apprécier le pays, et le jugement qu'ils en portaient se résumait généralement ainsi :

— La ménagerie du *Buen-Retiro* ne valait pas celle du *Jardin des Plantes* de Paris. — Le *Prado* était assez bien, mais il ressemblait aux *boulevarts*, de même qu'un échantillon de deux ou trois pouces de longueur ressemble à une pièce de ruban de vingt aunes. — Ce n'était pas non plus la peine de venir chercher de si loin les courses de taureaux; on en avait de très convenables à la Barrière du Combat, près de Pantin.

Je vis un matin, chez un tailleur français qui habitait Madrid depuis plusieurs années, deux pies qu'il avait apportées de Paris. On avait eu beau suspendre leur cage aux fenêtres sur la rue, elles n'avaient jamais voulu apprendre un mot d'espagnol. Elles ne se faisaient cependant pas faute de jaser dans leur langue maternelle, et ne cessaient de crier: — *Portez armes. — Marchands d'habits. — Voilà le plaisir, mesdames.*

Le soir du même jour, je rencontrai, au Prado, deux anciens gardes-du-corps de *Charles X*, que j'avais vus en France, avant les évènemens de juillet. Après la révolution, ils avaient quitté leur pays et étaient venus prendre du service dans l'armée de Ferdinand VII, qui les avait faits capitaines des cuirassiers. Nous renouvelâmes connaissance, et je me promenai quelques instans avec eux. — Ils étaient bien restés aussi Parisiens qu'ils avaient pu jamais l'être au boulevart de Gand et aux Tuileries. Pour toute conversation, l'un deux me disait à chaque pas :

— Voyez-vous, le cuirassier tient toute la promenade!

Et il tenait vraiment toute la promenade, tant il occupait de place à gesticuler, à faire pirouetter sa canne, tant il obstruait le passage de sa seule personne! L'autre, dès que s'approchait quelque mantille un peu abordable, allait lui fredonner sous le nez :

— Allons, ma belle,
Paye à ton tour

D'un peu d'amour
Le troubadour.

Et que le naturaliste Graham nous vienne prouver à présent la perfectibilité indéfinie de l'intelligence des pies!

Parmi les innombrables variétés de l'espèce Parisienne qu'il m'a été donné de rencontrer, lorsque j'allais récoltant de par le monde, pour mon *herbier moral*, l'espèce coiffeur est celle que j'ai trouvée partout le plus invariablement fidèle à tous ses caractères.

Prenez un coiffeur de Paris, sous quelque degré de latitude que vous le plantiez, en quelque coin du monde que ce soit, vous êtes sûr qu'il sera toujours le même coiffeur, c'est-à-dire un perruquier *fashionable* et beau diseur, avec des opinions politiques et littéraires, et un habit bleu à boutons dorés. Emmenez-le au *Groenland*, il y croîtra comme en plein Paris, et toutes les glaces du pôle ne défriseront pas une des boucles de l'énorme touffe de cheveux qui lui ombrage le front, — n'enchaîneront pas un instant le ruisseau de paroles pittoresques qui coule incessamment de ses lèvres.

II.

J'avais demandé un coiffeur, peu de jours après mon arrivée à Madrid, en 1833. M. Lambert, le plus célèbre artiste de la rue de la *Montera*, me fit l'honneur de venir chez moi, en personne.

— Cette coupe est de Paris, me dit-il d'abord en français, me passant la main dans les cheveux, dès que je me fus assis. Cette coupe est de Paris, n'est-il pas vrai, milord?

Je fis un signe de tête affirmatif.

— Milord va se trouver ici en des circonstances bien urgentes, reprit M. Lambert, en donnant son premier coup de ciseau. La Péninsule Ibérique ne tardera pas peut-être à devenir le théâtre d'une grande bagarre.

Lorsque j'entendis formuler si magnifique-
ment ces hautes prévisions politiques, par
malheur je ne voyais que mon étonnement
dans le miroir qui était devant moi. C'eût été
l'expression de la physionomie de M. Lambert
que j'eusse été bien curieux de voir.

—Le funeste parti apostolique, continua-t-il,
qui voudrait retirer à l'Espagne toutes ses liber-
tés *gallicanes*, est plus fort qu'on ne pense!—
Comment milord veut-il ses cheveux?

— Un peu courts par derrière.

M. Lambert s'était élevé dans des régions
bien hautes. J'essayai de le ramener à sa spé-
cialité.

— Les coiffeurs français ont sans doute ici
le monopole de la coiffure? dis-je. Vous devez
faire de brillantes affaires?

—Pas aussi brillantes qu'on le suppose généralement dans le monde. Les Espagnols ne

23

comprennent pas encore toute l'importance des coiffeurs, — non plus que celle de beaucoup d'autres choses.

— Mais, monsieur Lambert, sans en comprendre toute l'importance, j'imagine qu'ils en apprécient la nécessité.

— Mon Dieu, non. Les coupes de cheveux, d'abord, ne sont pas ce qu'elles devraient être ; et puis, on n'a pas de femmes à coiffer ! on n'a ni bals, ni soirées ! — Ce peuple est très peu civilisé.

J'admirais l'originalité des considérations sur lesquelles M. Lambert fondait son appréciation des mœurs espagnoles. La nouveauté de son point de vue m'avait séduit. Je suivais ses idées à pleines voiles.

— En effet, dis-je, d'après vos explications, votre art me paraît moins florissant en ce pays que je ne l'avais pensé. Il me semble aussi que je vois porter peu de perruques, et les têtes

que j'ai pu observer jusqu'à présent m'ont eu
l'air de se contenter de leur chevelure naturelle. Cela doit vous faire encore un grand
·tort.

M. Lambert laissa brusquement mes cheveux,
et, passant à ma droite, les bras levés, tenant
ses ciseaux d'une main et son peigne de l'autre :

— Milord a observé superficiellement, s'é-
cria-t-il. Je lui demande pardon si je ne partage
pas ses opinions sur cette question ; mais
l'impartialité avant tout. Je suis le premier à
rendre justice à la nation espagnole lorsqu'elle
le mérite ; et, en ce qui est des perruques et
des faux toupets, il n'y a rien à dire contre
elle. Lorsque milord aura acquis ici une plus
longue expérience des affaires, il se convaincra
par lui-même qu'en ce pays ce ne sont pas
seulement les hommes qui ont la propriété
d'être chauves, mais que la plus belle moitié
de l'espèce humaine partage avec eux ce privilége.

— Jésus! il y a des femmes chauves! m'é-
criai-je bondissant à mon tour ; — en soulevant
ces gracieuses mantilles, vous courez le risque
d'avoir affaire à des têtes chauves! — C'est
ainsi que l'Espagne est trompée! Cela est fort
triste, monsieur Lambert!

—Que voulez-vous? reprit-il; c'est la faute du
soleil — et un peu celle de ces dames. Elles ont
la désastreuse habitude d'aller sans chapeaux,
et de tirer tous leurs cheveux en arrière pour
y attacher ces funèbres mantilles que milord
trouve si gracieuses. — Tant pis pour elles!

— C'est le ciel qui les punit! — Mais ce
soleil de la Péninsule est-il donc si impitoyable
qu'il n'épargne aucun cuir chevelu? Et le
mien ne va-t-il pas être bientôt dépouillé
lui-même? dis-je faisant sur moi un mélancolique retour, qui me fut aussi une habile
transition pour rappeler à M. Lambert que
notre digression touchant les cheveux espagnols lui avait fait oublier les miens.

— Il n'y a pas encore péril en la demeure, dit-il, reprenant possession de mon chef, et l'inspectant avec attention : mais la chevelure de milord demande de grands ménagemens et exige des coupes fréquentes.

— Oh! je vous la confie, m'écriai-je. Vous pouvez la mettre en coupe réglée. Venez souvent la visiter; mais venez toujours vous-même. Vous êtes vraiment de Paris, monsieur Lambert! je n'aurai foi ici qu'en vous!

— Milord me fait honneur, dit-il en s'inclinant; en toute cause, ce ne serait pas à lui que j'enverrais de mes élèves. — D'abord je n'en ai que de Madrid. — Il est impossible d'en tirer de Paris, cela serait ruineux! — Et de ces Espagnols qu'on tâche de former, on n'en fait jamais rien de bon. — Ce n'est pas qu'ils manquent de facilité! Ils ont des moyens! Mais ce sont des Castillans véritables! Ils sont apathiques. Ils ne s'adonnent pas à la chose. — Milord trouve-t-il ses cheveux bien ainsi?

— Très bien, monsieur Lambert.

— Ils n'ont pas d'émulation ; ils restent toujours dans le néant. — Milord veut-il un coup
de fer?

— Bien obligé, dis-je, me levant et me dé-
barrassant du peignoir.

III.

J'avais pris le miroir et je m'étais approché
de la croisée, afin de me mieux voir, et de juger de l'effet de la coupe de M. Lambert. En
ouvrant mon rideau, je jetai les yeux dans la
rue. Une petite scène s'y représentait, précisément sous mes fenêtres, qui attira toute mon
attention.

Un *aguador*, — inévitablement Galicien, —
assis au coin d'une borne sur son baril, subis-
sait une opération tout-à-fait analogue à celle
que je venais de subir moi-même ; — c'est-à-
dire qu'un *esquilador*, debout, lui fauchait les

cheveux avec d'énormes ciseaux, pareils à ceux dont nos jardiniers se servent pour tailler le gazon.

Un *esquilador*, afin que vous le sachiez, est un coiffeur en plein vent, un coiffeur nomade, qui tond indifféremment les mules, les ânes, les Aragonais et les Galiciens ; car — ceci est à la lettre — ces derniers se font tondre radicalement, moyennant deux *cuartos*. C'est par économie, pour que leur poil en repousse moins vite. Ils en conservent cependant quelques touffes sur le front, qui restent là comme les balivaux d'une forêt abattue. D'ailleurs, le chef ainsi dépouillé est caché, selon la mode des Turcs, non pas précisément sous un turban, mais sous la *montera* aux longues cornes, ou sous un mouchoir de couleur noué jusqu'à la tonte suivante.

— La coïncidence est singulière, m'écriai-je, appelant M. Lambert, et lui montrant l'expéditif *esquilador* qui achevait d'émonder la tête du *Galicien*. — Voilà donc les barbares qui viennent vous couper les cheveux sous les pieds !

— Milord se moque, répondit M. Lambert, avec un sourire plein de dignité ; ce serait tout au plus aux barbiers de Madrid que ces gens-là feraient quelque tort. — Puis, reprenant son air de bonhomie capable, il ajouta : — Cet exemple, au surplus, suffit pour prouver combien cette nation espagnole est encore en arrière !

EL ENTIERRO DE UN POBRE.

La confrérie du Très-Saint-Sacrement et de Notre-Dame de la Miséricorde célèbre solennellement à Madrid, chaque année, l'enterrement d'un pauvre.

Cette cérémonie est belle et touchante.

Chez les anciens, les maîtres servaient une fois l'année leurs esclaves! c'est bien que chez les chrétiens le riche enterre le pauvre une fois l'année!

C'est au premier malade qui meurt à l'hôpi-

tal-général dans la nuit du 15 novembre que,
par droit de chance, se décernent les honneurs de ces funérailles.

J'entrai dans la petite église de l'hôpital au
moment où le service venait de commencer.

Il y avait en avant du maître-autel un riche
catafalque, entouré de candélabres où brûlaient des cierges de cire jaune. Au-dessous,
dans une bière ouverte, revêtue de drap noir
brodé d'or, était couché, la tête sur un oreiller
blanc garni de mousseline blanche, le pauvre
qu'on allait inhumer. Ses mains étaient jointes.
Vêtu de l'habit de saint François, il en avait
le capuchon abaissé sur le front.

Cet homme avait été frappé bien jeune! Son
visage, tout pâle et amaigri qu'il fût, rayonnait encore d'un singulier éclat de beauté
paisible. Il ne semblait point mort. On l'eût
dit même recueilli plutôt qu'endormi. Il avait
l'air de prier pour ceux qui priaient pour lui.

C'est l'habit religieux dont, en Espagne, la
commune dévotion revêt habituellement les
morts, qui leur prête sans doute une si parfaite
expression de calme intérieur et de béatitude.

Le service se fit avec beaucoup de pompe;
il y avait trois prêtres qui officiaient. Le *De
profundis* et le *Miserere* furent chantés à
grand orchestre.

Les musiciens n'étaient pas des premiers
virtuoses, non plus que les chanteurs; mais
il y avait entre ces rudes instrumens et ces
voix sans art, un accord surhumain de charité,
un ensemble de pieuse harmonie que n'ont
point les concerts des maîtres. Ces chants,
partis de l'âme, allaient à l'âme. On eût dit
que Notre-Dame de la Miséricorde, tenant sa
harpe du ciel, les conduisait elle-même, et les
faisait vibrer à l'unisson de la mélodieuse pitié
de son cœur!

Après le *Miserere*, le prélat descendit de
l'autel assisté des deux prêtres; il s'approcha
de la bière, récita le *Pater noster*; puis l'eau
bénite et l'encensoir lui furent présentés successivement, et il bénit et encensa le pauvre.

La solennité n'avait pas fini avec ces chants,
ces prières et ces bénédictions. Le mort devait
être accompagné processionnellement jusqu'au
cimetière.

La confrérie vint prendre ses bannières et ses bâtons, et sortit sur deux files, chacun de ses membres tenant un cierge de cire jaune à la main.

Onze frères de *la Orden Tercera* s'approchèrent alors, et quatre d'entre eux enlevèrent la bière sur leurs épaules. Les autres suivirent, et, après eux, un grand nombre de religieux de divers ordres : les prêtres qui avaient officié fermèrent la marche.

Les frères de *la Orden Tercera* sont des manières de demi-moines agrégés à la religion de saint François. Bien qu'ils soient soumis à certains actes réguliers de vie commune, et qu'ils portent un habit qui diffère peu de celui des Franciscains, ils peuvent se marier, et vivent séparément chacun dans leur maison. A Madrid, ils ont une chapelle annexée au couvent de *San-Francisco*, où ils sont de service à tour de rôle, de même qu'une milice urbaine. Ce sont des volontaires religieux; c'est comme une garde monacale.

Ces frères ont le privilége de porter au *Campo Santo* les morts assez riches pour leur payer ce bon office. Le pauvre du convoi était traité en riche, voilà pourquoi il avait à ses funérailles ce luxe des frères de *la Orden Tercera*.

La procession descendit lentement le perron de l'église et monta la rue d'Atocha, prenant à gauche la ruelle qui mène au cimetière de l'hôpital.

Arrivés là, les prêtres s'en furent chanter un dernier *De profundis* à la chapelle, tandis que les frères de *la Orden Tercera* déposèrent le corps dans une fosse à part, qui lui était préparée.

La cérémonie était achevée. Les mendians nombreux qu'elle avait attirés s'étaient répandus çà et là par le cimetière. Je me portai avec un de leurs groupes au bord d'une fosse scandaleuse, — *escandolosa*, — selon l'expression pittoresque d'une femme qui du regard en mesurait en même temps que moi la profondeur.

C'était là que depuis longues années s'enfouissaient tous les cadavres arrachés en lambeaux de l'amphithéâtre de l'hôpital. L'eau des dernières pluies qui séjournait encore au fond de cet abîme, s'y était teinte du sang des mil-

liers de corps mutilés qu'il avait engloutis. Cela
formait un lac plus hideux et plus fétide qu'aucun de ceux où Dante plonge ses damnés.

L'impression dont l'aspect de cette fosse saisissait ceux qui étaient debout sur ses bords
se traduisait par mille dévotes éjaculations.

— Vierge *del Carmen* ! — Vierge *del Pilar* !
— San-Francisco ! — San-Diego ! — San-Antonio ! s'écriait chacun, selon sa dévotion en
l'une de ces vierges ou l'un de ces saints dont
la popularité se balance à Madrid.

— C'est ici que nous viendrons tous, que
nous mourions de maladie, d'un coup d'escopette, ou d'un coup de couteau, dit un pauvre diable grelottant dans son manteau troué,
— comme pour résumer l'avenir entier des
assistans.

Comme je m'en allais vers la porte du Campo
Santo, je passai près d'une autre fosse entourée d'autres curieux. Je me mêlai encore
parmi eux.

Cette fosse était toute pleine d'ossemens que l'on y avait transportés depuis peu, après les avoir extraits d'une des cours de l'hôpital, en y creusant les fondations d'un bâtiment nouveau. Un fossoyeur était debout au milieu de ces débris humains, et tâchait d'en vendre quelques uns à des étudians en chirurgie qui avaient vu là plusieurs pièces intéressantes et bien conservées.

C'était une étrange scène !

Les carabins marchandaient et dépréciaient les morceaux dont ils avaient le plus d'envie.— C'étaient, disaient-ils, des os incomplets, en mauvais état et sans valeur.

Le fossoyeur n'y mettait pas d'amour-propre. Il cherchait dans ses tas ce qu'il avait de mieux, et quand il avait trouvé des pièces intactes, il les vantait naïvement et exaltait sa marchandise.

— Voyez quelles côtes ! s'écriait-il; ce sont des côtes des Français tués en 1808! quelles belles têtes ! — *Que hermosas calaveras !* — comme elles sont blanches !

24

—Est-ce que cette petite tête, qui est là dans le coin, n'est pas une tête de femme? dit une jeune *manola* aux lèvres fraîches, aux joues brunes et roses, qui écoutait curieusement, ses beaux yeux noirs ouverts tout grands.

— Que ce soit une tête d'homme ou une tête de femme, répondit le fossoyeur en ricanant, ma fille, — *hija*, —elle n'en parle pas davantage maintenant!

Il était nuit. En sortant du *Campo Santo*, je jetai quelques *cuartos* sur un drap noir aux quatre coins duquel brûlaient quatre cierges. On l'avait étendu là pour recevoir les aumônes destinées aux pauvres enterrés dans le cimetière, afin de faire dire des messes au profit de leurs âmes.

UN INCENDIE.

I.

C'était vers la fin de septembre, et déjà l'hiver à Madrid. Car ce ciel des Castilles fait bien payer sa pureté par son inclémence; et le proverbe a raison qui donne à ces provinces de l'Espagne trois mois d'enfer et neuf d'hiver, — *tres meses de infierno y nueve de invierno.*

Or, il était minuit, et la ville entière dormait profondément.

Tout d'un coup, les cloches du couvent de *San-Basilio*, et successivement celles de *San-*

Luis, des religieuses de la *Merci,* puis de toutes les paroisses et de tous les couvens des environs, commencèrent de sonner à grandes volées. Des cris lointains de *fuego — fuego —* se mêlèrent bientôt à leur vacarme.

Je venais de me coucher. Je me relevai et courus ouvrir ma croisée. — Une vaste lueur rougeâtre embrasait tout le ciel au-dessus de la rue de *Fuencarral.*

Un *sereno,* sa lanterne en main, passait justement sous ma fenêtre.

— Est-ce qu'il y a le feu près d'ici? criai-je.

— Si, senor, répondit-il, *y un fuego muy bueno;* — et un feu excellent.

Il voulait dire un feu terrible. L'expression était singulière.

— Et où est-il cet excellent feu? demandai-je.

— Oh! tout à côté, reprit-il ; c'est au marché de la place Saint-Ildefonse ; et sa violence
est si grande, qu'il menace plusieurs rues entières et tout ce quartier.

Et me souhaitant de bonnes nuits,— *buenas
noches, caballero*, il poursuivit son chemin
paisiblement, criant de moment en moment de
sa voix glapissante : — *las doce, sereno* ; — minuit, ciel serein.

II.

L'inquiétude ou plutôt la curiosité me poussant, je m'enveloppai d'un manteau, car l'air
était glacial, et je sortis afin d'aller voir par
moi-même ce qui en était.

Ce ne fut pas sans peine que je me frayai
le chemin à travers la foule jusqu'au haut de
la *corredera* de *San-Pablo* qui débouche sur la
place de Saint-Ildefonse. De là, l'œil plongeait
dans la large gueule qu'ouvrait l'incendie. C'é-
tait un bien effroyable abîme de flamme !

Les baraques du marché s'étaient allumées

les premières. Réduites maintenant en charbon, elles formaient un vaste brasier autour duquel brûlaient depuis le pavé jusqu'aux entablemens, les maisons des quatre façades de la place, ainsi que l'église et le couvent de *Saint-Ildefonse.*

Du fond de cet ardent gosier de feu, au milieu de tourbillons d'une épaisse fumée pleine d'étincelles, les flammes affamées s'élançaient en une langue immense, qui, poussée par le vent s'en allait lécher çà et là les toits environnans, comme incertaine encore de la pâture qu'elle devait se remettre à dévorer.

Reveillés en sursaut par la chaude haleine du feu qui les venait étouffer en leurs logis, les habitans des maisons les plus voisines de l'incendie s'enfuyaient dehors à demi nus, ne songeant la plupart qu'à se tirer d'affaire eux-mêmes. Quelques uns seulement essayaient de sauver aussi leurs meubles, les descendant à bras ou les jetant par les croisées.

Quant aux maisons elles-mêmes, nul ne songeait à leur porter secours ni à les préserver.

Vraiment ces Castillans ont bien toute

la fatale résignation du sang maure dans les veines !

— *Bendito sea Dios !* — Dieu soit béni ! — disait lamentablement cette foule, regardant, les bras croisés, ce grand désastre.

— Vierge très sainte ! — Vierge *del carmen !* — *Maria santissima !* s'écriaient sur tous les modes possibles de la plainte, ces troupes de pauvres femmes qui avaient tout perdu avec les cabanes de ce marché détruit, depuis leur pain jusqu'à leur grabat.

Etait-ce donc par piété que ce peuple bénissait ainsi Dieu et invoquait la Vierge ? — Ne le croyez pas. Ce n'est que par habitude qu'il a sans cesse à la bouche tous ces noms sacrés. Il les dit machinalement des lèvres, mais non point du cœur ; et pour peu qu'il ait de colère, il les accouple hideusement aux juremens obscènes et infâmes ! — C'est qu'il n'a plus que l'écorce de sa foi vive et profonde des siècles passés ; chez lui, l'arbre du culte est demeuré debout, bien que tout miné et pourri au dedans. — Il a bien une religion encore, mais il n'est plus religieux.

Oui, depuis un demi-siècle, en Espagne, les choses se sont étrangement transformées! Le temps n'est plus où les saints sacremens des paroisses, où les saintes Images de Notre-Dame d'*Atocha* et de Notre-Dame de *la Almudena* venaient en procession éteindre les incendies de Madrid.

Non seulement l'Eglise ne sauve plus, mais on ne la sauve plus elle-même.

Ainsi, il y avait là cette paroisse de Saint-Ildefonse des bénédictins qui brûlait! Comme le feu n'en avait encore envahi que les cloîtres, rien n'eût été plus aisé que de la soustraire à ses ravages; mais c'était à elle qu'on songeait le moins. Les moines en avaient été réduits à faire leurs affaires eux-mêmes, à déménager de leurs propres mains. Ils emportaient par les rues leurs confessionnaux, leurs autels, leurs Saints, leurs Vierges; — comme les voisins, leurs meubles.

Deux de ces pauvres bénédictins s'approchèrent d'un groupe auquel je m'étais mêlé.

— Mais voyez donc, s'écriaient-ils piteuse-
ment, levant les mains au ciel, voyez donc
le feu qui gagne nos clochers !

On les laissait dire, et on riait.

—A-t-on mis au moins les Saints en sûreté?
demanda un sapeur, ricanant dans sa longue
barbe.

Et quand les religieux se furent éloignés :

— Il peut bien brûler quelques moines et
quelques Saints, dit un soldat; l'Espagne est
en fonds de cette marchandise, et il n'y en aura
pas encore chez nous disette pour cela.

Et des *manolas* demi-nues, trouvant cette
plaisanterie fort de leur goût, la brodèrent à
l'envi de mille commentaires indécens.

Il y avait donc des pelotons de grenadiers
provinciaux et de volontaires royalistes aux

divers abords de la place. Mais, à quoi s'employaient-ils, bon Dieu ! Avec les baïonnettes de leurs fusils ils tiraient fort soigneusement du brasier des jambons à moitié brûlés, des melons cuits, et se félicitaient entre eux d'une calamité qui leur faisait tomber du ciel un souper tout rôti.

D'autres qui, gardant les dépôts de meubles, étaient hors de la portée de ces bons morceaux, s'estimaient encore satisfaits d'un incendie auquel ils pouvaient allumer au moins leurs *cigarritos*.

Là aussi vous eussiez vu la collection complète de ces officiers élégans, de ces *lechuguinos*, — les merveilleux de Madrid, — qui faute d'occupations, faute aussi d'autres divertissemens, manqueraient plus volontiers une course de taureaux qu'une exécution ou un incendie ; — si bien qu'il y a un proverbe qui dit : *dia de horca o de fuego en Madrid, dia de toros.* Ils étaient accourus sur les lieux au sortir de leurs *tertulias* (2) et discouraient à perte de vue

(1) Jour de pendaison ou d'incendie à Madrid, — jour de taureaux.

(2) Réunions, soirées.

sur les chances qu'avait tel quartier de brûler avant tel autre!

Puis vous eussiez remarqué encore une vénérable compagnie de capucins qui étaient venus sans doute afin d'assister les mourans, et de les confesser, le cas échéant. Mais les corps ni les âmes n'avaient pas là le même besoin de secours que les maisons, car les incendiés avaient tous pu s'échapper la vie sauve. D'ailleurs, les bons pères n'étaient pas inutiles, au moins pour la perspective. Eclairés par le reflet des flammes, avec leurs larges habits bruns, leurs capuchons pointus, leur longues barbes, ils remplissaient l'un des coins les plus pittoresques du magnifique tableau de désolation qu'offrait la place.

Ce qui méritait bien aussi d'être admiré, c'est que, de quart d'heure en quart d'heure, un garde-du-corps à cheval arrivait du palais au galop. Cet aide-de-camp s'avançait, estropiant la foule, jusque vers le corrégidor et le capitaine général, qui se tenaient là entourés de leur double état-major, et il demandait de la part de leurs majestés des nouvelles de l'incendie.

— *Sigue lo mismo,* — *sigue sin novedad ;* —
il va toujours de même, lui répondait avec un
calme stoïque le seigneur corrégidor !

Et le garde-du-corps s'en retournait au galop
porter au palais cet immuable bulletin de l'incendie.

III.

Cependant, à force de mettre en branle et
de faire glapir toutes les cloches de toutes les
paroisses et de tous les couvens de Madrid, à
force de carillons et de tocsins, on avait fini
par donner l'éveil aux pompes et aux pompiers
de la *ville* et de la compagnie d'assurances.

Les pompes, au nombre de douze ou quinze,
furent donc amenées. — Pour en tirer parti ce
n'était plus que l'eau qui manquait. Mais point
d'eau à Madrid sans *aguadores.* Or, en dépit
de tout le vacarme qui assourdissait la ville
depuis minuit, pas un aguador n'avait paru.

C'est qu'en Espagne, tous les *aguadores* sont

des Galiciens, c'est-à-dire de véritables bêtes de somme,—des sortes de machines construites pour monter l'eau, comme la poulie et la corde d'un puits.

Vraiment je douterais que le Galicien — le *Gallego*, — appartînt à l'espèce humaine, si une économie sordide, qui est sa seule passion, sa seule intelligence, ne prouvait que son esprit est capable d'enchaîner quelques idées raisonnables, si étroites et basses qu'elles soient.

Le Galicien quitte tout jeune sa province, pour aller dans les grandes villes faire le métier d'*aguador*. Après avoir, nombre d'années, vécu de pain et d'ail, il retourne s'établir en son pays, et manque rarement d'y rapporter une bonne quantité d'onces d'or, laborieusement amassées *cuarto* à *cuarto*.

Quand il est en route, sur les grands chemins, il porte ses souliers sous son bras, et marche nu-pieds. Si vous lui en demandez la raison, il vous répondra lui-même :

— Il vaut mieux user ses pieds que ses souliers, — *mejor romperse los pies que los zapatos.*

Et cependant ses souliers sont d'une telle structure et ferrés de tels clous, qu'ils seraient bien plus aptes à user les routes qu'à être usés par elles.

Il y aurait un curieux rapprochement à faire entre les Galiciens d'Espagne et les Auvergnats de France. Ce serait une étude intéressante que de rechercher la source de ces deux races. Elles auront eu, je suppose, une origine commune. C'est une peuplade de *Goths-Béotiens* qui se sera partagée lors de l'envahissement de l'Europe par les Barbares, et dont une moitié aura franchi les Pyrénées, tandis que l'autre sera demeurée en-deçà. Coupés d'un même tronc, et repoussés de bouture sur deux sols différens, les deux rameaux portent le même feuillage. Galiciens ou Auvergnats, c'est tout un : ils ont les mêmes mœurs sobres et honnêtes, le même instinct d'avarice, les mêmes apparences d'âme.

Quant à leur construction physique, elle

est aussi toute pareille : c'est la même char-
pente robuste et grossière ; c'est la même épais-
seur, la même lenteur, la même pesanteur.

IV.

Enfin arrivèrent quelques voitures d'arrosement de la place des Taureaux, traînées par
des mules rétives ; puis vinrent les *aguadores*,
l'épaule pesamment chargée de leurs barils et
de leurs amphores de cuivre.

On avait maintenant des pompes, de l'eau
et des *aguadores* ; il ne s'agissait plus que de
mettre tout cela en œuvre : mais ce fut un
embarras nouveau qui s'offrit. On ne savait
plus par quel bout prendre cet incendie. Cinq
maisons et une église brûlaient à la fois !
Certes, il ne fallait plus songer à tout sauver,
mais on pouvait sauver quelque chose.

Après avoir encore délibéré longuement,
on se décida. L'église et la maison qui l'avoi-
sinait furent abandonnées à la grâce de Dieu
et de saint Ildefonse, et l'on s'occupa de tirer
d'affaire le surplus de la place.

25

Les pompes de l'héroïque ville de Madrid,
— *las bombas de la heroica villa de Madrid*, —
avaient été trouvées, selon leur invariable coutume, incapables de service. Restaient celles
de la compagnie d'assurances; on réussit, non
sans peine, à les faire jouer contre les toits et
les entablemens des maisons auxquelles on
s'était déterminé de porter secours.

Mais l'eau se tarissait vite et souvent. Dès
qu'il avait versé le baril qu'il en apportait,
chaque aguador le posait à terre, et, s'asseyant
dessus, les bras croisés, regardait le feu tran-
quillement avec ses gros yeux *aquatiques*.

Au moyen d'une abondante répartition de
coups de plat de sabre, on parvenait pourtant
à ranimer le courage des pauvres Galiciens;
ils se levaient donc, rechargeaient leurs amphores sur leurs épaules, et retournaient aux
fontaines du voisinage, aussi prompts, aussi
légers qu'ils étaient venus; mais de meilleure
grâce au moins et avec plus de résignation
que les mules des voitures d'arrosement qui
s'insurgeaient formellement contre le fouet de
leurs conducteurs.

Lorsque les toits se trouvèrent assez rafraî-
chis pour qu'on y pût mettre le pied, les sapeurs et les pionniers y montèrent et se prirent
à les démolir avec un enthousiasme qui prouvait bien que, lorsqu'il s'agit de faire des ruines,
les Espagnols s'y entendent aussi bien qu'aucune nation du monde, — voire même que
les Français. En moins d'une heure, les maisons
favorisées furent décoiffées de leurs mansardes
et de leurs greniers, et bientôt décapitées de
tout un étage. Le remède était violent, mais
au moins leur épargnait-il le sort de l'église et
du bâtiment voisin qui, livrés à eux-mêmes,
brûlèrent jusqu'aux fondemens.

V.

A cette vaste scène de lamentable destruc-
tion, il s'en ajouta quelques unes d'un comique
presque divertissant. C'étaient les *saynetes*
après la grande pièce.

Tandis que les sapeurs faisaient pleuvoir
sur la place les poutres, les gouttières, tous

les débris des toits qu'ils démolissaient, une tuile conduite par la main de la providence renversa le shako d'un volontaire royaliste, et en fit tomber deux couverts d'argent que reconnut comme siens et réclama aussitôt le propriétaire de l'une des maisons incendiées. Ce brave volontaire, dans son empressement d'arracher au feu ce qu'il avait pu, s'était nanti de ce peu d'argenterie et n'y avait plus ensuite songé.

Un aguador qui était entré en une taverne embrasée afin d'y rendre des services plus désintéressés, mourant de soif et de chaleur comme il était, n'avait pas résisté à une tentation de boire qui lui était venue. Mais il avait mis tant de vin dans son eau qu'il en était resté ivre mort sur le plancher. On l'avait retrouvé là ainsi, et emporté avec d'autres outres pleines de *val-de-penas*.

C'est au surplus un usage consacré chez le bas peuple de Madrid de profiter des incendies bien plutôt que de s'employer à les éteindre. — C'est là son droit d'aubaine.

Le tocsin vient-il à sonner la nuit, si quelque

honnête habitant du *rastro* (1) se lève pour
aller au feu :

— Prends bien garde, lui dit sa femme, il
fait froid et tu n'as pas de manteau.

Ce qui signifie symboliquement :

—Si tu rencontrais quelque manteau abandonné, ce serait prudent à toi de t'en couvrir
pour rentrer au logis et de rapporter, avec ce
que tu pourrais cacher dessous.

(1) Le *rastro* est le quartier de Madrid le plus pauvre et le plus
peuplé.

UNE PROFESSION.

I.

J'entrai un matin dans l'église des religieuses de *La purissima concepcion* de Madrid. La longue file des voitures, stationnées sous les murs du couvent, m'avait annoncé que Dieu prenait ce jour-là une nouvelle épouse.

La nef avait été toute tendue de riches tapisseries et de damas rouge. Les nattes de jonc, les fines *esteras* couvraient le marbre des dalles. Des roses blanches et des immortelles noires couronnaient les vases de l'autel. Les fleurs des fiançailles et les fleurs du tombeau, c'était bien ; — la cérémonie devait être à la fois un enterrement et un mariage.

Le chœur des religieuses est situé au fond de l'église, au-dessus du portail, en face du maître-autel. Quatre novices y avaient paru ; elles ouvrirent les volets des croisées, et tirèrent les rideaux qui voilaient intérieurement les grilles, de façon que chacun pût voir parfaitement tout ce qui s'allait passer.

Ce chœur ainsi éclairé et tout à jour, où allaient et venaient ces jeunes filles, semblait une grande cage suspendue. — Et vraiment, c'étaient bien de pauvres oiseaux captifs qui y voltigeaient.

Dix heures avaient sonné, et les cloches du couvent aussi. — L'abbesse entra. Elle portait le costume de l'ordre, la robe et le scapulaire blancs, — témoignages de la pureté virginale de l'âme et du corps ; et le manteau bleu de ciel, — le céleste vêtement sur le vêtement terrestre. Le voile noir des épouses-veuves de Jésus-Christ lui couvrait la tête, et elle avait au cou la médaille figurant la Vierge, son fils dans les bras, un diadème d'étoiles au front.

L'abbesse fut s'asseoir près de la grille qui regarde le maître-autel. Là, elle fit l'appel des religieuses de la communauté, et toutes arrivèrent successivement. Leur habit était pareil à celui de l'abbesse, seulement le voile des novices était blanc.

La sœur qui allait faire ses vœux se présenta la dernière à la porte du chœur. C'était une jeune fille d'environ dix-sept ans. Sa taille, on ne la distinguait point sous l'ampleur de ses vêtemens. Tout ce qu'on apercevait d'elle, c'était deux petites mains jointes plus blanches que l'étamine de son scapulaire, et, quand elle levait la tête, une douce figure pâle, éclairée par deux grands yeux, plus noirs que le voile d'aucune des discrètes de la communauté. Sous un autre costume, avec les parures du monde; avec la mantille de soie et de dentelle, avec ses cheveux en bandeaux, — ses cheveux déjà sacrifiés à Dieu, — peut-être n'eût-elle eu que cette ardente beauté qui fait les Espagnoles moins touchantes que fortes et

impérieuses ! —Humble , voilée et prosternée
ainsi, elle avait tout le charme craintif et in-
génu de nos filles du Nord, avec plus de
flamme humide au regard et d'amour contenu.

Elle s'avança, conduite par la maîtresse des
novices, salua l'autel, et vint s'agenouiller devant l'abbesse.

— Croyez-vous sincèrement en tous les ar-
ticles de foi et tous les mystères de l'église
catholique, apostolique et romaine, et parti-
culièrement en la très pure conception de la
Vierge Marie? lui demanda l'abbesse. Consen-
tez-vous à renoncer sans retour au monde et
à la chair?

Une faible voix s'entendit, qui dut répondre : — Oui.

— Donc, vous vous appeliez dans le monde
dona Josefa, reprit la supérieure, et vous laissez
du monde — tout, jusqu'au nom qu'il vous
avait donné. C'est un nouveau baptême pour
le ciel que vous avez voulu? Vous ne vous

nommez plus maintenant que sœur Urbana?

La même réponse tremblante fut murmurée.

L'abbesse lut alors la formule de la profession, écrite dans un livre qu'elle tenait, et la novice répéta mot à mot, au fur et à mesure:

— Moi, pour l'amour et le service de Jésus-Christ, notre Seigneur, et de la très sainte conception sans tache de sa glorieuse mère, je fais vœu, et promets à Dieu, et à la bienheureuse Vierge Marie, et à notre père séraphique saint François, et à tous les Saints, et à toi, ma mère, de vivre toute ma vie en pauvreté, en obéissance, en chasteté et en réclusion, sous la règle de l'ordre de la *Purissima Concepcion*.

— Et moi, si tu gardes bien ces quatre vœux, dit la mère abbesse, je te promets la vie éternelle.

Et elle prit l'enfant dans ses bras et la serra sur son cœur longuement, — et toutes les deux pleuraient.

Mais la supérieure se leva. Sœur Urbana se coucha à ses pieds, la face contre terre, tout entière enveloppée de son manteau, ainsi que d'un linceul.

— Vous êtes morte maintenant, ma fille ! cria l'abbesse.

Et en même temps les volets des fenêtres furent fermés, et le chœur se trouva plongé dans une profonde obscurité. Derrière ses grilles, au fond des ténèbres, les religieuses n'apparaissaient plus que vaguement, avec leurs habits blancs et leurs figures pâles, comme de lointains fantômes.

Aussitôt le prélat et les diacres montèrent à l'autel et entonnèrent le *De profundis*, accompagnés par la voix gémissante de l'orgue. C'était le service funèbre. — On priait pour la morte.

II.

L'abbesse était sortie du chœur avec la sœur Urbana. Elles rentrèrent bientôt tenant cha-

cune un cierge allumé, et vinrent s'agenouiller
l'une à côté de l'autre, tout près de la grille.
Les lumières qui éclairaient leurs visages et
que l'air faisait trembloter à travers les barreaux, étaient d'un effet singulier. Elles mettaient une auréole autour de la tête de chacune
de ces deux femmes. — On eût dit la Sainte
Vierge et sainte Anne sa mère.

La messe ayant commencé, se poursuivit,
selon la coutume, jusqu'à l'évangile; alors
les prêtres qui officiaient s'étant assis à la
droite de l'autel, un religieux de l'ordre de
Saint-François monta à la chaire et fit le
sermon.

Il s'était tourné vers le chœur, et ce fut à la
nouvelle religieuse surtout qu'il s'adressa. Mais
il n'y eut pas un mot ému, pas une larme dans
tout le long discours que ce moine récita,
comme un écolier sa leçon. Ce fut la déclama-
tion immuable de la chaire contre les vanités
mondaines. Le bon père s'était dû servir bien
des fois déjà de cette homélie en pareille occasion!—Quelque intérêt s'attacha seulement aux
paroles du prédicateur, lorsqu'en terminant il

félicita sœur Urbana de l'insigne faveur que Dieu lui avait faite en lui donnant pour retraite une de ses maisons les plus favorisées.

C'est qu'en effet ce couvent de la *Purissima Concepcion* de Madrid, est fort renommé maintenant, grâce à l'une de ses religieuses, sœur *Patrocinio*, merveilleuse visionnaire qui semble promettre à l'Espagne une nouvelle sainte Thérèse. Il n'est sorte de miracles qu'on ne raconte de sœur *Patrocinio*. Elle a, dit-on, perpétuellement saignantes aux pieds, aux mains et au côté, les cinq plaies de saint François. Durant ses prières au chœur, les ailes de l'extase la soutiennent des heures entières élevée en l'air à vingt pieds du plancher, comme il arrivait à sainte Barbara et à la bienheureuse Marianne.

Le religieux, sans trop les préciser, par ménagement pour l'incrédulité du siècle, fit délicatement allusion à ces béatitudes; et ce fut ce texte de mysticisme singulier qui lui fournit sa péroraison.

Le sermon, puis la messe achevés, les religieuses avaient disparu du chœur. Les trois prêtres s'avancèrent vers le *comulgatorio*.

Le comulgatorio est une petite porte de la grandeur de celle d'un tabernacle d'autel, percée dans un des murs mitoyens de l'église et du cloître, et qui ne s'ouvre qu'au moment où les religieuses communient, afin qu'elles puissent recevoir l'hostie, — ou encore pour les cérémonies d'une profession.

Or, le comulgatorio s'ouvrit. Je m'en étais approché avec la foule, et mes regards plongeant dans la chapelle intérieure à laquelle il communiquait, je vis de tout près la communauté entière des religieuses rangée autour de sœur Urbana, qui était à genoux, ayant la mère abbesse à sa droite.

Toutes ces douces et pures figures, ainsi encadrées dans la bordure d'or du comulgatorio, formaient comme un saint tableau de plus parmi les saintes peintures dont les murs de l'église étaient parés.

Mais le mariage de la vierge avec Jésus-Christ allait se célébrer.

Un enfant Jésus, — un *nino*, — de la taille d'une poupée de moyenne grandeur, fut ap-

26

porté de l'autel par le sacristain. Le céleste époux était vêtu d'une robe de satin rose, brodée d'argent et garnie de blondes. D'une main il tenait le voile noir et l'anneau; de l'autre la couronne de sa fiancée.

— Vous ne vous êtes engagée avec le siècle par aucune promesse de mariage? dit le prélat à sœur Urbana.

Elle fut quelques instans sans répondre; enfin, comme avec effort :

— Non, jamais, dit-elle bien bas.

— Vous acceptez Notre-Seigneur Jésus-Christ pour votre mari? ajouta-t-il.

— Oui, reprit-elle — plus vite et d'une voix plus décidée.

Le prélat lut la prière qui consacrait l'union divine, puis il passa à l'abbesse le voile noir dont elle couvrit la tête de l'épouse, après lui avoir retiré le voile blanc du noviciat.

L'anneau fut mis ensuite au doigt de sœur Urbana, et on lui posa sur le front la couronne : c'était un diadème de fleurs artificielles de mille couleurs, où quatre petits anges assis dans les corolles de quatre lys tenaient écrit, chacun sur une bannière, l'un des quatre mots : pauvreté, obéissance, chasteté, réclusion.

Oui, réclusion, chasteté, obéissance et pauvreté, c'étaient là tous les diamans de la parure que le divin époux apportait en dot à son épouse. Avec le voile noir, il n'avait pas mis autre chose dans la corbeille de mariage.

Il y a des couvens où l'on donne aux religieuses l'enfant Jésus qui a reçu leur main, afin qu'elles le gardent, leur vie durant, ainsi qu'un céleste joujou, et qu'il habite avec elles une même cellule. Cet usage n'est point celui de l'ordre de la *Très pure Conception.* Sœur Urbana prenait à bon droit le voile noir; elle était veuve aussitôt qu'épouse; le mariage célébré, on la sépara de son mari, qui fut reporté sur l'autel.

Le prélat fit à son tour une allocution fort

brève, mais plus sentie et mieux inspirée que
n'avait été la longue homélie du moine. Il re-
commanda à l'abbesse de veiller comme une
mère sur cette brebis nouvelle dont le Seigneur enrichissait son troupeau. Il exhorta
sœur Urbana à s'armer de résolution persévé-
rante, pour suivre, sans se lasser, la longue
route solitaire où elle commençait seulement
de cheminer. Il ne lui cacha point que l'état
qu'elle avait embrassé, bien que préférable
à tous autres, plus calme et d'un ciel plus
constamment serein, avait cependant ses
heures de trouble et de pesant orage; puis, il
la fit ressouvenir encore des rudes devoirs auxquels elle s'était vouée, et finit en lui souhaitant la patience sur la terre, et la couronne des
bienheureuses dans l'autre vie.

Tandis qu'avait été consacrée cette solennelle union de la vierge avec Jésus-Christ, le
père et la mère de l'épouse s'étaient tenus debout à la droite du prêtre; c'était du haut de
l'autel, que le Très Saint-Sacrement et l'image
de Marie avaient assisté le Sauveur, — comme
père et mère aussi.

Le *comulgatorio* s'était refermé. Une femme en noir s'approcha précipitamment et y frappa. La porte se rouvrit; l'abbesse demanda qui avait appelé.

— C'est une malheureuse, dit l'inconnue, qui a beaucoup péché, et qui a de lourdes misères; elle implore les prières de la communauté.

— La communauté priera pour que vos péchés vous soient remis et vos misères allégées, dit l'abbesse.

Comme la pécheresse se retirait joignant les mains, une violente attaque de nerfs la saisit, et elle tomba se débattant en d'effroyables convulsions. — On eût dit que c'était le démon qui s'emparait de cette malheureuse, comme Dieu venait de prendre possession de l'autre.

III.

La foule qui couvrait les marches de l'autel

descendit lentement, traversa l'église et se porta au parloir.

Bientôt la grande porte du cloître s'ouvrit, et sœur Urbana reparut accompagnée de deux discrètes. Elle avait toujours le voile noir et la couronne sur la tête.

C'était le dernier adieu de ses parens et de ses amies qu'elle venait recevoir! On se pressait pour l'approcher. C'était à qui l'embrasserait le plus étroitement ; bien des mots entrecoupés et sans suite furent échangés. Il y eut bien des larmes mêlées, bien des étreintes douces et amères.

Une demi-heure avait été accordée à ces épanchemens.

Un jeune homme, pâle et en désordre, fendit tout-à-coup ces flots de femmes, et se précipitant aux pieds de la nouvelle épouse du Christ :

— Urbana ! cria-t-il.

On n'entendit que ce seul mot ; — et saisissant le bas du scapulaire de la jeune femme, il le baisa passionnément.

Quel était donc cet homme? sœur Urbana, sans proférer une parole, tomba plus pâle que lui dans les bras des deux discrètes qui l'emportèrent, — et l'inexorable porte se referma en même temps.

—Que Marie, très-sainte, lui donne la force! dit à voix basse une vieille femme qui était debout près de moi son rosaire dans les mains.

TABLE.